KB049538

어서오세요 실력지상주의 교실에 2학년편

Welcome to the Classroom of the Second-year

⑦

키누가사 쇼고 ✕ 토모세슌사쿠

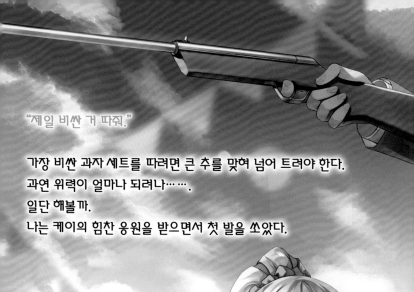

"제일 비싼 거 따줘."

가장 비싼 과자 세트를 따려면 큰 추를 맞혀 넘어 트려야 한다.
과연 위력이 얼마나 되려나······.
일단 해볼까.
나는 케이의 힘찬 응원을 받으면서 첫 발을 쏘았다.

아마사와 이치카 ╱

치바시라 사에

7

어서오세요 실력지상주의 교실에 2학년편
Welcome to the Classroom of the Second-year

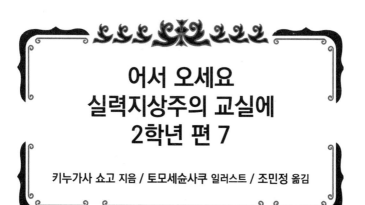

어서 오세요
실력지상주의 교실에
2학년 편 7

키누가사 쇼고 지음 / 토모세슌사쿠 일러스트 / 조민정 옮김

소미미디어

c o n t e n t s

커버, 본문 일러스트 : 토모세슌사쿠

○하세베 하루카의 독백

나는 나를 나쁜 사람이라고 평가한다.
누구나 한두 번쯤은 『해서는 안 되는 행위』를 저지른 적이 있을 것이다.

이를테면 적신호를 무시하는 것.
악의가 없었더라도 경험 정도는 해보지 않았을까?

이를테면 계산할 때 거스름돈을 많이 받았는데 돌려주지 않는 것.
1엔이든 10엔이든 직원이 실수로 더 줬는데 입 싹 닦는다거나.

이를테면 길에 침을 뱉거나 쓰레기를 아무 데나 버리는 것.
사소한 일일지라도 이 역시 엄연한 잘못이다.

하지만 그런 경험만으로 자신을 나쁜 사람이라고 평가하지는 않는다.

나는…….
아니, 그 일 역시 누군가의 시선에서는 사소할지도 모르지.

하지만 그 과거를 여전히 붙잡고 있는 나는 고등학교에서 친구를 사귀지 않기로 했다.

옛 친구들과도 거리를 두고 누구와도 이어지지 않은 세계로 들어가고 싶었다.

그래서 고도 육성 고등학교가 있다는 걸 알았을 때, 여기라면 괜찮겠다 싶어서 결정했던 기억이 난다.

그랬는데, 어느새 친구가 생겨 있었다.

키요뽕, 유키무, 미얏치.

그리고…… 아이리.

나는 청춘을 되찾았다.

그렇게 생각했다.

하지만 그 청춘은 뜻하지 않게, 하루 만에 빼앗기고 말았다.

누가 빼앗아갔느냐고?

답이야 뻔하지.

호리키타 스즈네 그리고 아야노코지 키요타카.

이 두 사람이 멋대로 벌인 짓에 희생당하고 말았다.

용서할 수 없다.

용서해서는 안 된다.
그래서——.

나는 복수하기로 했다.

○문화제를 향하여

쌀쌀해지기 시작한 가을의 초입, 11월 1일 월요일.

시간이 빠르게 흘러, 이제 겨울 방학까지 2개월도 채 남지 않았다.

바뀐 자리에서 보았던 풍경도 머지않아 끝을 고하게 될까.

이렇듯 아쉬운 마음이 드는 것은 자리 바꾸기가 나에게 좋은 시스템이었다는 증명이기도 했다. 내년에도 똑같이 자리가 주기적으로 바뀔지 지금으로서는 잘 모르겠지만, 어찌 됐건 지금까지와는 전혀 다른 풍경이 펼쳐지겠지.

"좋은 아침이야. 안 온 사람 없지?"

종이 울리고 몇 초 후, 차바시라 선생님이 교실에 모습을 드러냈다.

잡담하던 학생들이 바로 입을 다물고 익숙한 자세로 선생님에게 눈과 귀를 집중했다. 수업 이외의 태도도 전부 반 전체의 평가에 영향을 미치는 이 학교의 독자적인 제도가 규율을 잘 지키는 성실한 태도를 만들어주었다.

지난주와 비교해 뭔가가 크게 달라진 것은 아니다.

하지만 분명 지난주보다 한층 성장했음을 실감한다.

나날이 성장하는 학생들을 보며 고개를 깊이 끄덕인 차바시라 선생님이 입을 열었다.

"문화제를 앞두고 차근차근 준비하고 있을 텐데, 추가로 설명할 사항이 있다. 우선 복습 차원에서 문화제의 개요를 다시 보여줄 테니 필요한 사람이 있으면 확인하도록."

차바시라 선생님의 뒤에 있는 모니터가 켜지고 규칙 설명이 떴다.

문화제 개요

• 2학년에게는 반마다 문화제 준비에만 사용 가능한 프라이빗 포인트를 학생 일 인당 5,000포인트씩 지급하며, 그 범위 내에서 자유로운 활용이 허락된다
(1학년은 5,500포인트, 3학년은 4,500포인트의 초기 비용)

• 학생회 봉사 등 사회 공헌, 동아리에서의 활약 등에 따라 추가 자금이 지급된다
(자세한 내용은 확정 후 다시 반별로 발표한다)

• 초기 비용과 추가 자금은 최종 매출에 반영되지 않으므로 사용하지 않았을 경우 그대로 몰수된다

• 1위에서 4위까지의 반에는 반 포인트 100점 지급
5위부터 8위까지의 반에는 반 포인트 50점 지급
9위부터 12위까지의 반에는 반 포인트에 변동 없음

"이상이 지금까지 했던 설명이야. 여기까지는 잘 숙지하고 있겠지."

학생들에게서 의문의 목소리가 들리지 않아서 차바시라는 말을 계속 이어나갔다.

"이 개요 설명 중에서 『추가 자금』의 상세한 내용이 정해졌으니 알려주마."

추가 자금. 학생회 봉사, 사회 공헌, 동아리 활동에서의 활약 등을 하면 문화제 때 쓸 수 있는 포인트가 늘어난다는 것. 그 상세한 내용을 고지할 때가 되었다는 뜻이다.

예산이 확정되지 않으면 부스 개수와 주제, 규모를 결정하기 어려우니.

난감하기는 해도 모든 학년 모든 반이 같은 조건인 이상 문제라고 할 수는 없지만.

"일단 우리 반에 지급될 추가 자금의 총액 그리고 내용을 모두 표시하마."

그렇게 말한 후 곧바로 태블릿을 터치해, 스프레드시트로 만든 일람을 띄웠다.

총 열두 명이 추가 자금을 얻을 자격을 얻었다는 사실이 드러났다.

호리키타 스즈네: 학생회 임원 보너스—— 10,000포인트
스도 켄: 동아리 활동 활약 보너스—— 10,000포인트

오노데라 카야노: 동아리 활동 활약 보너스—— 10,000
포인트

10,000포인트가 최대인지 몰라도 그 가장 높은 추가 자
금을 획득한 학생은 세 명뿐이었지만, 그 밖에도 아홉 명
의 학생이 공헌을 인정받아 수백 포인트에서 수천 포인트
까지 획득했다.

이를테면 요스케는 동아리 활동 활약 보너스로 3,000포
인트, 아키토는 1,000포인트. 우리 반은 주로 동아리에서
활약한 듯한 학생들의 이름이 많았다.

종합적으로 우리 반이 따낸 추가 자금은 39,400포인트.

인원수로 따지면 여섯 명 분량의 초기 포인트에 해당한다.

이 포인트는 문화제를 운영하는 데 있어서 꼭 필요한 자
금이라고 할 수 있겠지.

"내역은 알려줄 수 없지만, 사카야나기의 A반은 18,800
포인트. 류엔의 C반은 17,000포인트, 이치노세의 D반은
26,600포인트를 추가 자금으로 얻었다. 다시 말해서 2학
년 중에 우리 반의 추가 자금이 가장 많다는 뜻이지."

이치노세의 반이 2위이고 사카야나기의 반은 류엔의 반
을 근소한 차이로 따돌려서 3위인가.

생각지도 못한 결과지만, 학생회 임원 보너스가 하나의
요인일지도 모르겠군. 호리키타, 이치노세 둘 다 임원이라
는 이유만으로 10,000포인트씩 따낸 것은 단순히 생각했

을 때 큰 요소다.

그 밖에도 스도와 오노데라 같은 학생은 모든 학년을 통틀어 동아리 활동에서의 공헌이 컸던 듯하다. 문화제 때는 개인이 가진 프라이빗 포인트를 한 푼도 쓸 수 없으므로, 호리키타 반으로 한해 말하자면 인원수에 추가 자금까지 더해 총 229,400포인트 이내에서 써야 한다. 포인트가 늘어나서 나쁠 건 없다.

다만 이 결과만 보고 방심해서는 안 된다.

시작 전 준비 단계에서야 유리하지만, 추가 자금은 최종 매출에 반영되지 않는 데다가 잘 활용하지 못하면 보물을 가지고도 그냥 썩히는 꼴이니까.

이상이 추가 자금에 대한 설명인 듯한데, 이것으로 끝은 아니겠지.

문화제를 치르는 데에 필요한 정보가 아직 몇 가지 공개되지 않았다.

"자. 다음으로 매출을 올리는 데 중요한 내빈에 관한 상세한 정보를 전달하마."

문화제에 얼마나 많은 손님이 오고, 또 어떤 손님이 올 것인가.

그리고 얼마나 많은 자금을 가지고 있을지, 지금까지 상세하게는 밝히지 않았었다.

"내빈은 이 학교의 운영 관계자 또는 그 가족이 초대되는데, 당연히 연령대가 폭넓어서 고령자에서부터 유아, 초등학생 등도 많이 올 예정이야. 그리고 케야키 몰, 편의점 등에서 일하는 사람들도 올 거다."

태블릿 화면이 그래프로 바뀌고 연령별 내빈 숫자가 떴다.

30대와 40대 비율이 가장 높았고, 다음으로 20대 미만과 50대로 이어졌다.

"내빈 중에서 성인은 일 인당 10,000포인트. 미성년자는 5,000포인트를 지급받는다. 성인이 283명, 미성년자가 202명. 참가 인원은 총 485명으로 총액 3,840,000포인트가 되지."

모든 학년, 열두 반의 순위는 그 총액 중에 얼마나 많은 포인트를 매출로 가져갔는가로 결정된다.

"또 이 참가 인원수에는 우리 교사들도 포함된다. 담임은 담당 학년에서는 포인트를 쓸 수 없다는 조건이 있긴 하지만, 그것 이외에는 내빈과 차이가 없어."

같은 학년에서 쓸 수 없다는 조건은 뺄 수 없겠지. 담임 교사는 자기 반에 돈을 쓸 수만 있다면 쓰고 싶은 게 일반적인 마음일 테니.

"개인 소지금으로 10,000포인트 이상 쓸 수는 없나요?"

이케의 질문에 차바시라는 곧바로 고개를 가로저었다.

여느 때처럼 순서를 앞서는 질문이었는데도 특별히 주의 주지 않고 대답했다.

오히려 그런 변함없는 이케의 태도를 즐기는 것 같기도 했다.

"아니야. 주어진 포인트 이상 쓰는 것은 불가능해. 상한 금액이 정해져 있다."

내빈들에게 자금이 무한히 제공될 리 없다는 것. 즉 특정 큰손 고객을 확보하면 끝인 것이 아니라 서로 손님을 유치하는 이른바 쟁탈전을 피할 수 없다.

"중요한 결제 방법은 스마트폰 전용 앱을 이용하는 시스템이고, 상시 실시간으로 학교 측이 매출을 확인할 수 있어. 문화제가 끝나는 오후 4시가 된 순간 앱을 사용할 수 없다는 것을 미리 염두에 두도록. 계산 타이밍은 알아서 자유롭게 설정해도 상관없지만, 서비스를 제공하기 전에 미리 포인트를 받는 쪽을 추천해."

식사를 마친 후에 계산하게 되면 자칫 오후 4시가 넘어가 버리는 경우도 생긴다. 즉 포인트 회수가 불가능해질 위험이 있는 거겠지.

"여기까지, 질문 있는 사람은 손을 들도록."

발언이 허용되는 시간을 주자 곧바로 호리키타가 손을 들었다.

"총매출 금액이 같으면 순위는 어떻게 되나요? 극단적인 이야기이긴 하지만, 모든 반이 똑같이 320,000포인트를 획득해서 동순위가 되면요?"

총액은 깔끔하게 나누어떨어지므로 방금 예로 든 경우도 절대 일어나지 않는다는 보장은 없다.

우연에만 의지한다면 모든 반의 매출이 똑같아지는 것

은 천문학적인 확률이지만, 담합은 불가능하지 않으니까.
모두 공동 1위로 인정된다면 반 포인트를 똑같이 늘릴 수
가 있다.

어떤 대책이 있겠지 생각했는데——.

"금액이 같으면 동순위로 인정된다. 호리키타가 예로 들
었듯 만약 열두 반의 총매출이 똑같다면 모두 공동 1위가
되어 반 포인트 100점을 획득하게 돼."

져도 반 포인트를 잃지 않는다는 점을 봐서도 규칙이 다
소 유한 걸까.

아니, 동률이 되어 많은 반이 나란히 이름을 올릴 일은
없을 거라고 처음부터 판단했는지도 모른다.

"하지만 매출 총액은 시험 종료 후에만 확인할 수 있고,
제삼자의 매출 조작은 일절 인정되지 않아. 그래서 문화제
전에 반끼리 논의해서 매출을 합산하는 계획을 세운다거
나 문화제가 끝난 후 매출을 똑같이 나누기로 약속하는 것
자체가 불가능해. 이게 무슨 말인지 알겠지?"

나중에 매출 총액을 조작할 수 없다면 모든 반이 나란히
1위가 될 일은 없다.

무엇보다도 소중한 한 번의 경쟁 기회를 잃으면서까지
서로 손잡지는 않겠지.

"웬만하면 금액이 같아질 일은 없지 않아? 별로 신경 쓸
필요 없는 것 같은데."

호리키타가 군이 질문한 의도를 이해하지 못한 마에조

노가 의문을 던졌다.

"마에조노의 말처럼 그냥 하던 대로 싸우면 그다지 신경 쓸 필요는 없지. 하지만 규칙의 상세를 미리 확인해둬서 나쁠 건 없어."

호리키타의 발언 역시 옳았다. 알아둬서 손해 볼 일은 없다.

담합이 아예 불가능한가를 묻는다면 현재까지는 불명확하다. 왜냐하면 특정 학년이나 반끼리 결탁해서 똑같은 매출액을 만들어내는 것은 가능하기 때문이다.

방법은 여러 가지가 있는데, 모든 상품의 최종 매출액을 반끼리 미리 정해두면 완판=동일한 매출액이라는 그림을 그리는 것 자체는 어렵지 않다.

하지만 배신이라든지 예측하지 못한 사태, 문제도 미리 대비해 둘 필요가 있다.

무엇보다도 완판에만 신경 쓴 결과, 총매출액이 하위로 떨어지면 웃지 못할 이야기겠지.

의도적으로 동률을 만들기 위해 넘어야 할 산은 상상보다 훨씬 높다.

"또 질문 있는 사람?"

그 이후로는 특별히 문화제와 관련해 손을 드는 사람이 없었다.

"그럼 문화제 관련 이야기는 그만하고. 다음으로 저번 2학기 중간고사 결과를 발표할게. 이번에는 나까지 놀란 결과를 낸 학생이 있어."

화제가 필기시험 결과 발표로 넘어갔다.

필기에 약한 학생들 사이에 비명 같은 소리도 꽤 쏟아졌다.

받아들이기에 따라서는 『놀랐다』는 뜻을 나쁜 쪽으로 이해할 수도 있다.

다만 차바시라 선생님의 표정이 어둡거나 딱딱하지 않은 것을 볼 때 그건 아닌 듯하다.

총점이 높은 학생부터 순서대로 총 38명의 이름이 일제히 표시되었다.

1위를 차지한 사람은 케세이. 모든 과목이 높은 점수로 빈틈없는 성적을 거두었다.

2위는 근소한 차이로 호리키타. 케세이와 거의 비슷했고 총점도 겨우 3점 부족했다.

그리고 평소 우등생인 멤버들의 이름이 이어졌는데, 차바시라 선생님이 놀랐다는 학생이란 11위를 차지한 인물이 분명했다.

11위 스도 켄. 현대문학 73점, 화학 76점, 사회 70점, 수학 78점, 영어 70점.

모든 과목에서 균형 있는 점수를 얻어 총 367점.

이보다 높은 순위는 요스케와 쿠시다, 마츠시타와 왕 등 우등생 그룹이었다. 그렇기에 더욱 스도의 순위에 모두가 놀랐다.

공부를 열심히 했다는 것은 모두가 아는 사실이지만, 공부와 함께 동아리 활동도 매일 늦게까지 했던 스도가 상위에 오른 것은 예상하지 못한 일이다.

"진짜냐고, 켄이 11위라니…… 대박이다……."

거의 나란했던, 아니 출발선상에 있을 때는 그보다 위였던 이케의 솔직한, 아니 어안이 벙벙하다는 반응이 나왔다.

예상에서 벗어난 상상 이상의 비약. 이번 시험의 난이도는 평이한 편이라 스도보다 아래인 20위까지의 총점이 15점밖에 차이가 나지 않았지만, 그래도 이 결과에 많은 사람이 경악했으리라. 하지만 기뻐서 뛰어다닐 줄 알았던 당사자는 슬쩍 승리의 브이를 취했을 뿐 자랑하거나 남들을 앞질렀다고 뻐기지 않았다.

갱신된 최신 OAA를 스마트폰으로 확인해 보았다.

스도 켄 : 학력 C+, 신체 능력 A+, 기지 사고력 C-, 사회 공헌도 D-.

전체적으로 평균에 가까운 수준을 유지하면서, 신체 능력은 탁월했다. 또한 시험 점수를 이대로 잘 유지한다면 가까운 미래에 학력이 B 부근까지는 올라갈 수 있을 듯했다.

그리고 더 열심히 공부하면 학력과 신체 능력 모두 A 이상이 되는 것도 마침내 현실미를 띠게 되겠지. 지난 1년간 쏟아부은 노력은 상상 이상으로 결실을 보고 있다.

사생활에서 문제 행동이 줄어든 것도 있어서, 최하 수준이던 사회 공헌도도 D-까지 올라갔다. OAA에서 보이는 성장도 남들을 훨씬 앞서는군.

참고로 내 순위는 14위. 스도보다 밑이다.

수학이야 만점을 받았지만, 나머지 과목은 일부러 억제했다.

방심했다고 말하면 그뿐인데, 사실은 다른 목적이 있었다.

2학기 중간고사에서 올 만점을 받아봐야 쓸데없이 혼란만 일으킬 뿐.

높은 점수를 받을 수 있는 학생이 반에 있다고 안심하게 만드는 게 아니라 스도처럼 자신이 성장해 반에 도움이 되어야 한다고 생각하게 만드는 게 몇 배는 더 중요하다.

실제로 스도의 11위라는 결과에 아이들은 다양한 감정을 느끼기 시작했다.

그런 것들도 대부분 긍정적인 방향으로 작용할 터다.

상위에 이름을 올리는 사람이 있으면 필연적으로 하위에 이름을 올리는 사람도 있다.

그 아이들은 나쁘게 말해 단골이지만, 그래도 다른 반의 평균 점수와 비교했을 때 조금씩 변화가 나타나고 있음을 알 수 있다.

낮아도 개선해보려고 시도하는 학생들이 늘어났고, 착실하게 조금씩 성과를 거두기 시작하고 있다. 물론 모두가 스도처럼 되지는 않을 거다. 공부 하나만 해도 흡수할 수 있는 재능은 다 다르고, 끈기와 체력 면에서도 차이가 크다.

무엇보다 스도 같은 경우는 공부를 가르쳐 주는 호리키타를 좋아한다는 동기가 있다는 사실도 잊어서는 안 된다.

여하튼 아이리가 퇴학당하면서 발등에 불이 떨어졌기에 하위에서도 지지 않으려는 경쟁이 시작되었다.

1

이날 방과 후 교실.

학생들이 다 나가고 주요 멤버가 모였다.

사토, 마츠시타, 미짱, 마에조노까지 네 명. 이들의 공통점은 메이드 카페의 발안자라는 점.

거기에 나와 호리키타까지 총 여섯 명이었다.

첫 프레젠테이션 이후 메이드 카페에 관한 논의는 정보 유출을 막기 위해 채팅으로 했지만, 레이아웃과 출점 장소를 정하는 등 마침내 본격적으로 진행할 단계까지 왔기에 자세한 논의는 실제로 빌릴 특별동에서 할 필요가 있었다. 메이드 카페 콘셉트와 규모를 고려해서 실외는 처음부터 배제했다.

요컨대 교실이라는 큰 틀은 애초에 정했으나, 출점 장소를 아직 결정하지 못한 것이다.

우리가 후보로 정한 곳은 다른 학년 다른 반 학생들도 예비 조사 또는 탐색을 하러 매일같이 온다.

따라서 어디로 정할 예정인지 짐작하지 못하게 머리를 써가면서 둘러봐야 한다. 사실은 요스케 등 남학생도 섞여 있어야 주변 눈을 속이기에 더 효과적이겠지만, 공교롭게도 이 시간대는 동아리 때문에 바쁘다. 게다가 멤버가 너무 많으면 많은 대로 문제가 생길 수 있다.

모여서 이동하자마자 마츠시타가 호리키타와 나를 보며 질문했다.

"하세베와 미야케 말인데…… 어쩔 생각이야?"

"어쩔 생각이냐는 건 무슨 의미니?"

"학교에 매일 나오긴 하지만 애들이랑 말도 안 섞잖아. 우리 반 전체를 계속 적대시하고 있어."

"그야 그렇겠지. 뭐, 주로 나한테겠지만."

가장 친했던 아이리를 퇴학으로 내몬 일 때문에 하루카는 높은 벽을 쌓았다.

학교에 나오고는 있지만, 그 벽을 허문 것은 아니다.

"하세베가 앞으로 반에 복수하려는 게 아닐까?"

하루카가 직접 불러낸 것도, 그렇게 말한 것도 아니겠지.

하지만 지금 하루카를 보면 마츠시타 같은 사람은 그 낌새를 충분히 알아차릴 수 있다.

"그럴지도 모르지. 하지만 지금 당장 문제 행동이 보이지 않는 것 또한 사실이야. 문화제 관련 회의에도 참여하고 있고."

일찍부터 메이드 제안을 했었기에 하루카는 메이드 카페 계획에 대해 잘 알고 있다. 아직은 배제할 이유가 없다.

"복수를 용인하겠다는 말이야?"

"그럴 리 있겠니? 그 애의 화난 마음이야 이해하지만, 그렇다고 해서 반에 무턱대고 피해를 줘도 된다는 건 아니야."

특별시험 등의 어쩔 수 없는 상황이 아닌, 정상 참작의 여지가 없는 방해는 완전한 악으로 간주한다.

호리키타도 하루카가 난동 부리지 않기를 간절히 바라겠지.

"응. 하지만 그런 이유가 통용될 상황이 아니야. 시간이 그리 오래 걸리지 않을걸."

마츠시타가 그렇게 말하면서 자꾸만 나를 쳐다보았다.

어디까지나 리더인 호리키타를 앞에 내세우면서도 내가 입을 열도록 유도했다. 하지만 나는 여기서 나의 견해를 밝힐 생각은 없다.

하루카가 복수를 노리는 것은 분명하지만, 지금은 학교에 잘 나오고 있고 시험도 똑같이 치르고 있으며 반에 피해주는 행동을 전혀 하지 않았다.

앞으로는 어떨지 모르겠지만 지금은 추궁할 수 없는 일이다.

"미리 손쓸 방법은 거의 없다고 봐야 해. 복수하지 말라고 설득해봐야 신경만 건들 뿐. 다만……."

"다만?"

"만약에 그 애가 정말로 복수할 기회를 엿보고 있다면 몇 달씩 끌지는 않겠지, 분명."

그 생각에는 나도 동의한다.

이대로 반년이고 일 년이고 얌전히 학교생활을 할 거라 보기는 어렵다.

그러니까 제일 경계해야 할 타이밍은——.

"문화제에서 그 애가 뭔가 저지를 가능성을 부정할 수 없어."

그 말이 듣고 싶었을 마츠시타가 조용히 고개를 끄덕였다.

"아야노코지한테서 하세베는 메이드로 일할 생각이 없다고 들었어. 그래서 그 애랑 미야케가 상황을 알고 있음에도 일반적인 역할을 맡겼지. 괜히 정보를 감추거나 배제하면 우리가 그 애를 의심하고 있다는 사실을 대놓고 알리는 셈이 돼."

만약 만에 하나 복수할 생각이 없는데 호리키타 무리가 하루카 측을 무시하면 꺼졌던 불씨가 되살아날지도 모르니.

"같은 편이 될 수 있다는 가정을 남겨두면서도 중요한 역할은 맡기지 않는다는 거네."

"맞아. 혹시 모르니까 그렇게 해야 한다고 생각했어."

물론 문화제 때 일을 벌일 수 있다고 심각하게 걱정하는 건 아니리라.

그래도 리더로서 미리 대비해두는 것은 중요하다.

문화제에는 많은 내빈이 온다. 내빈 사이에 호리키타 반의 악평이 퍼진다면 어떤 식으로든 페널티를 받아도 이상하지 않으니까 말이지.

"하루카 일도 마음 쓰이겠지만, 이제 슬슬 다 왔어."

이야기에 푹 빠진 마츠시타는 목적지에 가까워진 것도 몰랐던 눈치였다.

아직은 어디에 부스를 열지 정하지 못해 우왕좌왕하는 반이 많다.

부주의한 발언을 했다가 누가 주워들을 수도 있다.

3층으로 된 특별동에서 부스를 열 수 있는 교실은 총 8개. 지금 우리는 3층에 와 있는데, 입구 쪽 계단과 가까울수록 비싸다. 실내 출점 장소로서는 정문에서 가장 멀리 위치한 만큼 비용을 제일 많이 아낄 수 있다는 이점이 있다. 3층은 10,000포인트에서 13,000포인트 사이면 빌릴 수 있는 한편, 1층은 일괄 50,000포인트. 40,000 가까이 되는 차액이 생기면 식자재 등을 더 많이 살 수 있다. 반에 주어진 포인트는 한정적이다. 그러니 부스 장소 비용으로 얼마나 할애할지 머리를 잘 굴려야 하는 것은 피할 수 없는 길.

"생각했던 것보다 거리가 머네요."

미짱이 제일 먼저 느낀 점은 역시 거리였다.

그건 모두가 동의하겠지.

"사토 씨는 어떻게 생각해요?"

오늘 아직 아무 말도 하지 않은 사토에게 미짱이 물어보았지만, 대답이 바로 돌아오지 않았다.

"사토 씨?"

다시 한번, 이번에는 가까운 거리에서 부르자 사토가 허둥지둥 대답했다.

"아, 응. 나도 좀 먼 것 같…… 응, 그렇게 생각해."

"정말 괜찮은 내용의 부스가 아닌 이상에는 다들 굳이 여기까지 오려고 하진 않겠어요."

의견은 대체로 같은지, 우선도가 낮은 3층에는 그리 오래 머무르지 않았다.

그 후 우리는 한 층 아래로 내려왔다.

"역시 3층보다 2층이 낫네. 물론 1층이 제일 이상적이지만."

마에조노가 창문으로 바깥 경치를 보면서 중얼거렸다.

"그렇죠. 하지만…… 1층은 아무래도 가격 면에서 너무 부담스럽지 않나요."

미짱이 스마트폰을 뚫어지게 보면서 어렵다는 표정을 지었다.

"그래도 이제 슬슬 결정해야 해. 꽤 많이 찼으니까."

마츠시타가 미짱의 스마트폰을 보며 말했다.

"네. 점 찍어뒀던 다섯 중에 둘이 마감됐으니까요……. 그렇지만 1층에서 3층까지 후보지가 골고루 남아 있다는 게 오히려 고민된달까요."

편리성을 추구해 포인트를 많이 쓸 것인가, 아니면 편리성은 포기하고 포인트를 아낄 것인가.

"난 역시 1층이 좋은 것 같아. 다른 부스들 때문에 손님이 2층까지 안 올라오면 그만큼 불리하니까."

"2층이든 3층이든 오고 싶게만 만든다면 크게 상관없지 않아?"

마에조노, 미짱, 그리고 마츠시타가 의견을 주고받았다.

늘 의욕이 넘치고 물어보지 않은 것도 먼저 얘기하는 편인 사토는 아까부터 줄곧 얌전했다.

친구들이 종종 이상하다는 듯 쳐다보았지만, 정신이 딴데 가 있는 듯했다.

"요즘 들어 계속 저래, 사토."

내가 사토의 상태를 보고 있는 걸 알아차린 마츠시타가 슬쩍 귀에다 대고 속삭였다.

"그러고 보니 요 며칠 특히 기운이 없는 것 같네."

"아야노코지는 뭔가 알고 있을 줄 알았는데, 아닌가 보네."

마츠시타는 나를 초능력자라고 착각하고 있나.

아니면 사토와 친한 케이를 의식한 발언인지도 모르겠는데, 어찌 됐든 자세한 정보는 가진 게 없다.

"컨디션이 나쁜 느낌도 아니고, 고민이 있는지 은근히 물어봤지만, 확실히 말해주지 않아서."

"누구나 그냥 내버려 뒀으면 하는 시기가 있지 않나?"

"그렇지. 하지만 뭐라고 할까, 이번엔 그런 건 아닌 느낌이 들어."

"그럼?"

마츠시타는 뭔가 짐작 가는 구석이라도 있는지, 이 화제를 끊지 않고 이야기를 계속 이어나갔다.

"말하고 싶지만 말할 수 없는 느낌? 사토는 힘든 일이 있으면 혼자 앓는 타입이거든."

1년 반이나 친구로 지내다 보면 그런 것까지 알 수 있는 건가.

"하지만 혼자 앓고 끝은 아닐 거 아냐?"

"그건 뭐…… 대부분은 털어놓지만."

"그럼 조금만 더 지켜보자. 만약에 마츠시타, 네 예상이 옳다면 조만간 털어놓지 않겠어?"

"……그럴지도."

내키지 않는 듯이 보였지만, 사토 근처에서 이 이야기를 계속할 수도 없으므로 마츠시타는 순순히 물러났다.

사토의 마음이 콩밭에 가 있는 부분은 마음에 좀 걸리지만, 지금은 일단 어디에 부스를 차릴지부터 정해야 한다.

슬슬 자리를 확정 짓고 다음 단계로 나아가고 싶다. 2층을 다 둘러본 우리는 마지막으로 1층에 가려다가 다른 소수 그룹과 마주쳤다.

"여어, 아야노코지. 너도 부스 장소를 물색 중이냐?"

그렇게 말한 사람은 2학년 A반 하시모토였다. 뒤이어서 카무로와 함께 리더 사카야나기도 모습을 드러냈다.

이 세 사람이 동시에 움직인다는 건 단순한 산책은 아니겠지.

"글쎄. 이미 정했을 수도 있고, 실내로 할지 실외로 할지 조차 못 정했을 수도 있고."

"못 정했다고? 뻔한 거짓말을 다 하네. 굳이 호리키타와 애들을 데리고 아무 의미도 없이 특별동을 배회하고 있을 리 없잖아? 그냥 무슨 부스를 할 건지 가르쳐주라."

사카야나기는 대화에 참여하지 않고 은은한 미소를 지은 채 지켜보기만 했다.

"얘한테 물어도 소용없어. 우리 반의 모든 것을 파악하고 있는 건 아니니까."

가만히 듣지 못하고, 호리키타가 중간에 끼어들어 대화를 끊었다.

"그럼 단순히 하렘을 즐기고 있을 뿐인가?"

여섯 명 중에 혼자 남자라는 점을 지적하고는 카무로에게 동의를 구했다.

"그러는 너야말로 어때? 사카야나기에 카무로. 사람 수는 다르지만, 너도 마찬가지잖아. 그런 이상한 지적을 한다는 건 네가 그렇게 의식하기 때문이니?"

일부러 똑같은 수준으로 반박하면서 여유 있게 대응하는 호리키타.

한 방 먹은 꼴이 되었지만, 그걸로 하시모토가 어떻게 되는 것은 아니다.

"사토에 마츠시타, 거기에 왕과 마에조노. 너희 요즘따라 학교에서도 자주 모이는 것 같더라?"

하시모토가 메이드 카페 발안자 네 사람을 쳐다보았다.

경계하는 세 사람과 달리 마츠시타는 평소와 다름없는

태도로 한 발짝 앞으로 나왔다.

"우리한테서 뭔가를 유도하려고 해도 소용없어."

"이제 좀 알아차리지?"

호리키타가 노려보고 마츠시타까지 합세해 여자 둘이서 하시모토를 무섭게 압박했다.

"딱히 그럴 의도는 없는데? 아니, 진짜야. 단지——."

의미심장한 말투에 나를 제외한 학생들이 불온한 느낌을 받기 시작했다.

"아차차, 더 나가는 건 쓸데없는 오지랖인가?"

히죽 웃은 하시모토가 그제야 처음으로 사카야나기를 보았다.

말해도 상관없겠지? 그렇게 묻는 것처럼 보이기도 했다.

"뭔가 하고 싶은 말이 있나 보네, 하시모토."

세 여학생을 지키듯 가로막고 서 있던 마츠시타가 살짝 화난 목소리로 물었다.

하시모토는 그 말을 기다렸다는 듯 신나게 지껄이기 시작했다.

"난 너희의 문화제가 걱정돼. 체육대회 때야 류엔과 손을 잘 잡은 모양이지만, 그렇다고 그놈을 계속 신뢰해도 될 것 같아?"

"무슨 의미지?"

"그대로야. 놈은 같은 편인 척하면서 아무렇지도 않게 뒤통수를 친다고."

"체육대회는 체육대회, 문화제는 문화제야. 너희 반은 물론이고 류엔의 반도 이겨야 할 적. 신뢰할 리 없잖아?"

"그렇다면 다행이고. 난 너희가 또 류엔이랑 편먹는 줄 알았지."

만약 손잡을 거면 조심하라는, 노파심 같은 말을 했다.

그 이면의 의미심장한 낌새를 예리한 마츠시타도 눈치 챘겠지.

뭐 아는 것이라도 있냐고 캐묻고 싶겠지만 꾹 참았다.

"우린 지금 시간이 없어서 말장난을 계속 받아줄 수가 없는데. 안 그래, 얘들아?"

뒤돌아보며 여학생과 나에게 동의를 구했다.

"맞아. 이만 가자. 여기서 쟤랑 말 섞어봐야 시간 낭비야."

"너, 미움받는 것 같은데?"

험한 분위기에 카무로가 놀리자 하시모토가 일부러 보란 듯이 한숨을 푹 내쉬었다.

"그러게나 말이야. 난 그냥 물어본 건데……. 뭐, 그럼 잘 해봐라."

사카야나기는 끝까지 한마디도 하지 않고, 조금 전까지 우리가 보던 교실로 들어갔다.

"좀 무서웠어요……."

가슴을 쓸어내린 미짱이 왼쪽에 서 있는 사토에게 속삭였다.

"……어? 아, 으, 으응. 좀."

들은 건지 어떤 건지, 지금도 사토의 태도는 부자연스러웠다.

"어쨌든 이만 가자."

여기 계속 서서 얘기하면 A반 애들과 또 마주칠 것이다. 그건 모두 피하고 싶었기에 다른 후보지에 가기로 했다.

"아까 하시모토가 한 말…… 뭔가 좀 걸리지 않아?"

마에조노가 찜찜하다는 투로 말했다.

메이드 카페를 준비하면서 나와 호리키타는 그 취지를 이 멤버들에게만 미리 알렸다. 그런데 하시모토가 흔들어 대니 불안해졌겠지.

"이번 문화제도 류엔의 반과 협력하는 건 확정된 사항이지?"

"응. 체육대회 때 협력하기로 하면서 류엔 쪽의 동의도 받았어."

서로 내용이 겹치지 않게 정하기.

유사 혹은 서로 경쟁하게 될 경우 부스 위치를 다르게 할 것.

효율적으로 인원을 교환하거나 일시적으로 파견하는 등 서로 지원하기.

가볍게 한 약속이긴 하지만 불시의 사태에 대비하기 위한 협정을 맺었다.

"체육대회 때 잘 풀려서 별로 신경 안 쓰고 있었는데, 그런 말을 들으니 불안해졌달까……. 정말로 믿어도 되는 거겠지?"

"물론 류엔을 믿을 수 있을지는 의심스럽지. 그래서 카츠라기를 중간에 개입시킨 거야. 난 괜찮다고 봐."

"저도 믿고 싶어요. 하지만 하시모토 군이 뭔가 아는 눈치 같지 않았어요?"

"응, 나도 느꼈어. 류엔이 배신하지 않아도 우리가 손잡았다는 정보가 새어 나갔을 수는 있지 않을까?"

"이걸 아는 사람은 나랑 아야노코지. 그리고 메이드 카페 아이디어를 낸 너희 넷. 류엔의 반에서는 카츠라기. 그 밖에도 주요 멤버에게 말했을지는 모르겠지만 정보를 누설해서 얻을 이익이 없는걸."

정보가 샜다고 보기는 어렵다고 두 사람에게 설명하는 호리키타.

"나도 호리키타와 같은 의견이야. 체육대회 때 호리키타와 류엔이 편 먹고 A반에 패배를 안길 줄은 몰랐을 테니. 다음에도 그렇게 하지 않을까 경계하는 것뿐이겠지. 앞으로도 비슷하게 접촉해오고, 속을 떠보려고 할 수도 있는데 너무 신경 쓰지 않는 게 좋아."

나는 무심한 척 그 의견에 힘을 보탰다.

"그래, 그렇구나. 알았어."

마에조노와 미짱이 고개를 끄덕였고, 마츠시타와 사토도 다시 정신을 가다듬었다.

그 후 교실에 돌아온 우리는 최종 판단을 하기 위해 모였다.

"여기 있는 멤버끼리 다수결로 부스 장소를 정했으면 해. 그래도 되겠니?"

"만약에 의견이 똑같이 나누어지면 어떻게 해?"

"그건 그때 가서 생각하자. 일단 한번 해보는 거야. 바위면 1층, 가위면 2층, 보면 3층. 알겠지?"

미짱이 헷갈리지 않으려고 그러는지 작은 목소리로 복창한 후 손바닥을 쳐다보았다.

"자, 한다. 가위바위보."

나까지 포함해서 여섯 명이 일제히 희망하는 층을 손으로 표시했다.

눈으로 바로 알 수 있는 결과가 나왔다. 바위는 네 명, 가위가 두 명, 보는 아무도 없었다.

3층은 역시 이동이 힘들다는 걸림돌 때문에 제외되었다.

나는 초기 비용을 아끼려는 목적으로 가위를 냈지만, 가장 편리한 1층을 고르는 것도 나쁜 선택은 아니리라. 또 한 사람, 가위를 낸 것은 마츠시타였다.

여하튼 이렇게 해서 1층으로 결정되면서 한 걸음 앞으로 나아갔다.

"당장 신청할게. 아직 간 보는 반도 있을 테고, 빼앗기면 골치 아프니까."

호리키타가 스마트폰을 써서 곧바로 1층 확보 신청에 들어갔다.

"그럼 오늘은 이만 해산하는 거야?"

"아니, 그 전에 한 가지 할 얘기가 있어."

메이드 카페에 관해 내 나름대로 최근까지 정보를 모아왔다.

그 부분을 알려줘야 한다.

"메이드 카페의 주요 고객층은 남자야. 문화제에 참석할 내빈은 가족 동반도 많지만, 기본적으로는 남자 고객이 승부처가 될 거야."

"여성 고객이 아예 안 오지는 않겠지만, 비율을 따지면 꽤 차이가 나긴 하겠지."

이 부분은 군이 조사할 필요도 없이 일반적인 이미지상 누구나 그렇게 생각할 것이다.

"그리고 메이드 카페의 반대, 그러니까 집사 카페라는 것도 있다고 해. 시중을 드는 사람이 메이드 여자아이가 아니라 집사로 분장한 남자인 거지."

이 이야기는 마츠시타 일행도 처음 듣는지 깜짝 놀랐다.

"메이드도 집사도 콘셉트 카페의 일종이야."

"……너도 꽤 자세히 알고 있구나, 호리키타."

"나도 정보 수집 정도는 하고 있어. 도움이 될지 안 될지는 숙지한 다음에 판단하면 되니까."

그런 부분은 역시 호리키타답다고 해야 하겠지.

"그럼 계속 얘기할게. 무엇보다도 중요하면서 빼놓을 수 없는 건 청결이야. 특별동 교실에서 부스를 여는 만큼 충

뿐 아니라 그런 부분도 염두에 두어야 해."

각 교실은 수업 사용 빈도도 크게 차이가 난다.

"바닥, 벽, 천장, 그 밖에 의자 같은 것도 사용한 기간에 따라 노후화 차이가 커. 그런 부분도 놓치지 않고 체크했으면 좋겠어."

"중요하지. 우리가 어느 정도 청소해도 다 커버할 수 없는 부분이 있을 거야. 깨끗하면 깨끗할수록 카페에 도움이 되겠지."

이 자리에 있는 모두가 동의하면서 다시 한번 교실 안을 이리저리 둘러보았다.

지금까지 편리성과 경관에만 주목하던 의식이 변하기 시작한 것이다.

"그리고 유니폼도 너무 대놓고 에로티시즘을 내세워서는 안 돼."

"뭐? 방금 뭐라고 했어……?"

"에로티시즘. 에로스와 에로틱은 고대부터 미술에서 중요한 요소로 여겨졌지. 속옷 같은 걸 보여주는 건 말도 안 되지만, 잘하면 보일지 모른다는 희망을 아예 꺾어버리지는 않는 것도 중요해."

역시 거기까지는 생각이 미치지 않았는지 호리키타도 어안이 벙벙한 표정을 지었다.

"저, 저기, 아야노코지. 왜 이렇게 자세히 알아?"

"메이드 카페 운영을 맡은 이상 당연히 방심하면 안 되지.

최대한 도움받아가며 공부했어."

이런 화제에 강한 학생이 반에 몇 명 있었던 것도 마음 든든한 요소였다. 물론 호리키타 반이 메이드 카페를 한다고 확실하게 말한 것은 아니고, 내가 개인적으로 관심이 생겼다는 전제를 깔고 접근했다. 내가 오타쿠로서 눈을 떴다고 오해한 일부 학생이 동지가 늘어나는 일이라면 보답 따위 필요 없다면서 이상할 정도로 챙기고 알려주던 게 조금 괴롭긴 했지만.

"계속 얘기해도 될까?"

"으, 으응……."

아무도 내 말을 막으려고 하지 않아서 그 후로도 얼마간 메이드가 어떤 것인지 알려주었다.

이 이야기를 실제로 메이드복을 입을 사람들이 잘 알아 두는 것이 중요하다.

그러면 의식해서 손님을 대할 수 있게 되겠지.

"그리고 판매 전략도 고민해봤는데, 음식 제공 이외에도 폴라로이드 사진 촬영을 할 수 있는 권리를 파는 거야. 거기에 특화된 카메라를 사용해 메이드 한 명을 찍는 데 800 포인트. 손님과의 투샷은 1,200포인트로 가격을 설정했어. 비용을 아끼는 차원에서 스마트폰으로 촬영한 후 프린트 하는 방법을 제안했더니, 나한테 정보를 준 박사가 그건 안 된대. 이익을 위해 품질에 소홀했다간 아무도 거들떠보지 않을 거라더군."

잘만 살리면 음식 메뉴에 뒤지지 않는 매출을 올릴 수도 있다.

"하지만 재고가 생기면 어떻게 해?"

"아니, 필름과 관련해서는 과감하게 나갈 거야. 그리고 품절됐을 경우의 대책도 생각해뒀어. 물론 사진은 공개하지 않는 것이 조건이야. 그리고 호리키타의 주도로 남자애들 중심의 노점도 열 건데, 거기서 쓰는 재료도 메이드 카페랑 연계시켜야겠지."

이야기를 마치자 호리키타가 잠시 침묵했다가 한 차례 헛기침했다.

"음식점은 다른 학년까지 포함해 많이 할 테니 경쟁률이 필연적으로 올라가겠지. 그러니까 우리는 가벼운 먹거리에 특화해서 가격을 낮게 설정하는 거야."

"하지만 그렇게 하면 돈을 많이 못 벌잖아?"

"그렇지. 그래서 주력인 메이드 카페를 위한 포석으로 삼을 거야. 노점 이용자에게는 메이드 카페에서 쓸 수 있는 음료 한 잔 반값 쿠폰을 주는 거지."

메이드 카페를 알리고 특별동까지 오게 해야 하니까.

야외에서 홍보하고 유도하는 동선을 확보해야 한다.

2

메이드 카페 회의가 끝난 후 나는 케야키 몰로 향했다.

오늘은 식자재 가격 조사를 해야 하기 때문이다.

몰에서 파는 식자재와 인터넷으로 살 수 있는 식자재.

조금이라도 더 싸면서 질 좋은 재료를 준비하는 것은 중요한 요소다.

케이를 불러내면 탐색이 아닌 데이트로 바뀌고 말기에, 오늘은 혼자 움직이기로 했다.

마트로 향하다가 층별 안내도를 노려보고 있는 한 사람을 발견했다.

평소보다 표정이 험악한 게 조금 마음에 걸려서 말 걸어보기로 했다.

"오늘 주목 많이 받았지, 스도."

가까이 다가오는 것도 몰랐는지 흠칫 놀라면서 뒤돌아보았다.

"으앗? 뭐야, 아야노코지였냐. 무슨 주목?"

"중간고사를 말하는 거야."

"아아, 그거? 기쁘긴 한데, 노력한 만큼 나왔다고 할까…… 그냥 가채점 결과랑 거의 일치했다는 느낌이 제일 커."

들어보니 중간고사가 끝나고 꼼꼼하게 가채점까지 한 모양이군.

"입학 초반의 네가 지금 이 모습을 보면 얼마나 놀랄까."

"아하하, 틀림없어. 단어고 수식이고 외워가며 공부해서 뭐 되려고? 그딴 삽질 할 시간에 농구 연습이나 더해라,

하면서 성질내겠지."

과거의 자신을 떠올리며 스도가 대답했다.

나는 그런 스도에게 한 가지 질문을 던지고 싶어졌다.

"만약 과거의 네가 삽질하지 말라고 하면 지금의 너는 뭐라고 대답할 거야?"

"어? ……글쎄……."

잠시 생각한 후 스도는 자기 나름의 답을 내놓았다.

"단어랑 수식조차 못 외우는 너는 뭐가 될 수 있는데? ……같은?"

어울리지 않는 대답이었지만 예전의 스도는 보통 수단으로는 안 된다는 것도 사실이다.

"프로농구선수가 될 거니까 상관없어, 하는 대답이 돌아올 것 같은데."

"윽, 하긴……! 그렇게 말할 것 같군……. 그럼 뭐라고 말하는 게 정답이야? 두뇌 싸움까지 잘하는 프로가 한 수 위잖아……라고? 웬만한 이유가 안 먹힌다는 거 아주 성가시구만……."

고민하면서 쓴웃음 짓는 스도.

"솔직히 조금씩 공부가 어려워져서 불안하기는 해. 지금까지는 요령을 파악하니까 성적이 쑥쑥 올라갔지만 말이야……."

지금까지 뒤처졌던 부분을 전력 질주로 따라잡은 스도에게서 보이는 불안과 조바심.

중학교 수준, 아니 스도 같은 경우는 초등학교 수준에서 다시 시작한 것이나 다름없다. 그러다 고등학교 2학년 수준까지 올라오고 정체기를 실감했나.

이번에 차지한 11위라는 성적. 반의 절반을 앞지른 그 결과는 충분히 자랑할 만하지만, 여기서 기세가 꺾일 위험이 있다.

앞으로는 단순히 공부 시간을 늘리기만 해서 되는 문제가 아니겠지.

노력 이외의 요소, 더 많은 이해력과 효율과 재능이 복잡하게 요구될 것이다.

"그보다 나한테 무슨 볼일 있어?"

"볼일 있는 건 아니고 그냥 마음에 걸려서. 오늘도 동아리 가야 하는 거 아니야?"

표정도 그렇지만 이 시간에 스도가 케야키 몰에 있는 것이 이상했다.

문화제가 코앞까지 다가왔어도 동아리 활동은 계속 이어지고 있는데.

"오늘은 좀 쉬기로 했거든."

"그런 날도 다 있군."

어디가 아파 보이지도 않는데.

"좀 다른 문제……가 있어서."

"다른 문제?"

"요즘 들어서 스스로 알 정도로 시력이 많이 떨어진 것 같아."

그렇게 말하고는 먼 곳을 응시했다.

"어릴 때부터 쭉 2.0이었는데 말이지, 아무래도 요즘 좀 이상해."

공부에 몰두한 폐해로 스도의 몸에 변화가 생긴 건가.

스포츠맨에게 시력은 중요하다.

앞으로도 계속 시력이 떨어진다면 플레이에도 영향을 미치겠지. 물론 안경이나 렌즈를 착용하면 많이 보완할 수 있지만, 그래도 원래 눈이 좋은 게 최고다.

"그래서 시력 한번 재보려고 안경점을 찾는 중이야. 가본 적도 없고, 어디 있나 싶어서."

그래서 안내 지도를 노려보고 있었나. 눈이 나빠졌다고 강하게 체감했다면 정말로 시력이 떨어졌을 가능성도 적지 않겠군.

"앞으로 시력이 더 떨어진다고 해도 난 공부를 놓지 않을 거야. 뭐랄까, 농구는 목숨만큼 소중하고 그만둘 생각이 없지만……. 프로를 꿈꾸면서 그 이외의 선택지까지 쥐고 있어도 괜찮겠다 싶어서."

"그 이외의 선택지라니?"

"……듣고 비웃지 마라?"

"걱정하지 마."

"남들처럼 대학 가서 계속 공부하는 것도 나쁘지 않겠다고. A반이라는 특권으로 억지로 프로가 되어봐야 실력이 받쳐주지 않으면 어차피 스포츠업계에서는 무용지물이야. 그러니까 차라리 가고 싶은 대학에 가서 열심히 해보는 길도 있다는 거지."

마지못해 시작한 공부가 이제는 스도의 사고방식에 큰 변화를 일으키고 있다.

"대학을 졸업한 다음에 프로가 될 수도 있는 거고."

"그렇지."

꼭 고등학교에서 취업의 길로 갈라져야만 하는 것은 아니다.

지금까지는 고등학교 졸업 후 프로가 되는 길밖에 몰랐던 스도였는데, 거기에 대학 진학이라는 선택지가 새로 생겼다. 자신이 걸어가려는 길도 더욱 세분되어 가겠지.

"아."

스도가 멀리서 뭔가를 알아보고 소리를 냈다.

나도 뒤늦게 시선을 보내니 아키토와 하루카의 뒷모습이 보였다.

"데이트……일 리는 없지?"

"그렇지."

멀리서 뒷모습만 보면 평범한 커플이 걸어가는 것 같겠지.

하지만 지금 두 사람이 어떤 상태인지 같은 반 아이들은 잘 알고 있다.

"계속 저대로 둬도 되겠어?"

"지금 말을 건다고 해결될 문제가 아니야."

"그건 그럴지도 모르지만."

답답하다는 듯 스도가 주먹을 움켜쥐었다.

"사쿠라랑 딱히 친했던 건 아니지만 나도 비슷한 경험이 있으니까."

예전에 이케까지 포함해 바보 삼인조라고 불릴 정도로 야마우치와 친했던 스도.

그렇기에 야마우치가 퇴학당해 괴로웠던 기억이 있을 것이다.

"하지만 그때의 나랑은 비교도 안 되겠지. 대신 자기가 퇴학당하겠다고 나서는 거, 난 못 했으니까."

하루카에게 아이리라는 존재는 학교생활 자체의 가치와 똑같은, 아니 그 이상이었던 모양이니까 말이지.

"어려운 일 있으면 언제든지 말해. 뭐, 넌 내 도움 따위 필요 없겠지만."

"그렇지 않아. 의논하고 싶은 게 생기면 주저 없이 말할게."

"그래. 그럼 난 이만 간다. 다음에 보자, 아야노코지."

나는 스도와 인사한 후 마트로 향했다.

3

다음 날 아침, 기숙사 앞에서 케이를 만났다.

"미안해, 키요타카. 많이 기다렸어?"

"별로. 그럼 가볼까?"

옆에 나란히 선 케이는 주저 없이 내 손을 잡고 걷기 시작했다.

이렇게 손잡고 걷는 것도 이제는 놀랄 일이 아니게 되었다.

"어제는—— 밤늦게까지 고마웠어. 나, 엄청 기뻤어."

살짝 얼굴을 붉히며 케이가 잡은 손에 힘을 주었다.

"들키면 좀 문제가 될 행동이긴 했지만."

통금 시간이 지난 후에도 케이는 내 방에 있었다. 다행히 방에서 나갈 때 목격자가 없었던 것 같으니 페널티는 받지 않겠지.

"아하하, 하긴."

왠지 옆모습이 믿음직스러운 케이. 고작 반나절 만에 이렇게도 바뀔 수 있나.

"아프지는 않았어?"

"……지금 그걸 물어보는 거야?"

"물어보면 안 되는 건가?"

"안 되는 건 아니지만…… 뭐랄까, 익숙해졌다고 생각했는데 말이야."

빨개진 얼굴로도 케이는 기쁘다는 듯 눈을 가늘게 떴다.

"어떤 의미에서는 처음 해보는 경험이었으니까 마음이 미처 따라가지 못했던 건지도 몰라. 그래도, 그래서 더 키요타카가 통금 같은 거 신경 안 쓰고 계속 옆에 있어 줘서 정말로 마음이 든든했어."

하긴 만약 내가 옆에 없었으면 어떻게 됐을지 모른다.

"그런가."

또 하나, 케이는 어제의 경험을 통해 어른이 되는 계단을 하나 올라갔을지도 모른다.

기둥에 의지하긴 했지만, 케이는 손을 놓고 혼자 서는 데 성공했다.

더는 설 수 없으리라 생각했던 곳에서의 오랜 시간에 걸친 재활 치료.

넘어지면 스스로 다시 일어서는 것을 배우는 게 케이에게는 무엇보다도 중요했다.

다른 학생들처럼 하루아침에 될 수는 없는 특수한 경우.

그것도 마침내 끝이 보인다고 할 수 있겠다.

"아, 안녕, 『케이』짱."

교실에 들어가자마자, 먼저 와 있던 사토가 케이를 발견하고 일어서서 달려왔다.

"아── 안녕, 『마야』짱!"

케이는 눈빛으로 내게 양해를 구한 다음 망설임 없이 사토와 가까운 거리에서 대화를 시작했다.

살짝 어색함이 엿보였지만 금세 평소와 다름없이, 아니 평소보다 더 친근하게 이야기를 나누었다. 두 사람으로부터 시작된 행복의 고리가 다른 여학생들에게도 퍼지면서, 한때는 갈등이 있었던 시노하라와 미짱 등 평소에 별로 얽히지 않는 학생에게까지 파급되어 갔다.

리더로서 조금씩 힘을 발휘하기 시작한 호리키타는 많은 사람을 결속하는 능력을 각성하고 있지만, 그것과는 별개. 소그룹을 만들어 이끌고 통솔하는 능력.

틀림없이 케이는 그 소질과 자질을 다 갖춘 존재다.

반을 견고히 다지는 데 빼놓을 수 없는 그러한 사항들과 더불어 문화제 준비는 순조롭게 되어가고 있었는데, 큰 불씨가 될 수 있는 사건 소식이 난데없이 들려왔다.

"야, 우리 반이 메이드 카페 한다는 게 진짜야?!"

교실에 뛰어 들어온 이케가 대뜸 그렇게 외친 것이 발단이었다.

일부 학생을 제외하고는 극비사항이었던 만큼 마에조노가 깜짝 놀라 자리에서 벌떡 일어났다.

사토와 마츠시타, 미짱 같은 발안자들도 일제히 얼굴을 마주 보았다.

메이드 카페에 대해 아는 사람은 현재 스태프로 참여가 확정된 일부 여학생과 제안받은 여학생. 그리고 문화제 일을 지휘하는 호리키타뿐이다.

호리키타는 이케의 말에 당황하지 않고 냉정하게 귀를 기울였다.

괜히 과하게 반응하면 메이드 카페를 정말로 한다는 사실을 반 전체가 알게 되고 만다. 다른 반도 마찬가지고.

사실 마에조노 일행이 강하게 반응해버린 시점에서 그 의미는 사라졌지만.

또 메이드 카페라고 바로 말한 것을 보아 그냥 대충 내뱉은 말일 가능성은 작다.

"그 이야기 어디서 들었어, 이케?"

"어디서냐니, 그게……."

얼굴이 딱딱하게 굳은, 화난 듯한 마에조노를 본 이케는 겁을 먹고 머뭇거렸다.

"아까 로비에서 이시자키랑 스즈키랑…… 그리고 노무라였나. 셋이 완전 큰 목소리로 떠들어대던데."

"호리키타, 어떻게 된 거야? 아직 비밀인 거 아니었어?"

바로 어제 하시모토를 맞닥뜨렸던 일도 똑똑히 기억하는 마츠시타가 가까이 다가왔다.

"어어, 그럴 리 없다고 생각했는데, 내가 안이했나 봐."

이시자키 무리가 시끄럽게 군 시점에서 이미 답은 명백해졌다.

"역시 류엔이 배신한 건가? 괜찮을 거라고 했잖아, 호리키타."

마에조노가 화난 목소리로 호리키타에게 따지려고 했을 때, 교실 문이 열리고 스도가 살짝 당황한 모습으로 들어왔다.

"저, 저기, 류엔이 여기 왔는데."

"……내가 나가는 수밖에 없겠네. 너희는 그냥 교실에서 기다려줘."

괜히 관계없는 사람까지 끼면 이야기가 복잡해질 수 있

다고 판단한 호리키타는 복도에서 만나야겠다며 성가시다는 듯 자리에서 일어났다.

"오호. 몸소 나와준 거냐, 스즈네?"

류엔이 선두에 섰고 이시자키와 알베르트, 카네다가 그 뒤에 있었다.

"시끄럽게 구는 멤버까지 대동해서 여긴 무슨 일로 왔니?"

"오늘 너희한테 얘기해둘 게 있어서. 안 그래? 이시자키?"

"네, 네에."

이시자키가 살짝 긴장한 얼굴로 우리를 보았다. 교실에 있으라고 말했는데도 도저히 궁금해서 안 되겠는지, 반 아이들이 여기저기서 지켜보고 있었다.

특히 마에조노는 화를 감추지 않고 류엔을 노려보았다.

"네가 아침부터 야단 떨었던 게 이 녀석들 귀에도 이미 들어간 모양이군."

주변 분위기를 피부로 느낀 류엔이 웃으면서 말했다.

"솔직히 놀랐어. 넌 정말 예측할 수 없는 행동을 아무렇지 않은 얼굴로 잘하는구나?"

"크큭, 예측할 수 있는 행동은 시시하기만 하잖아?"

아직 상황 파악을 하지 못한 이케 무리에게도 들리도록 류엔이 자세히 설명하기 시작했다.

"스즈네가 제안해서 우리 반이랑 체육대회 때 손잡기로 약속했었지. 그리고 이번 문화제 역시 일찍부터 그러기로 했었고."

정확하게 말하면 문화제에서 손잡는 것은 내 주도로 요청한 것이지만, 지금 별로 중요한 문제는 아니다.

그리하여 호리키타와 카즈라기가 이야기를 정리해 문화제 때도 계속 협력하기로 합의했다.

"부스 주제 겹치지 않기. 출점 장소 미리 의논하기. 필요에 따라 서로 학생을 파견해서 돕기. 맞지?"

"맞습니다. 학생 상호 지원은 좀 더 나중에 할 예정이었지만요. 부스 주제는 이른 단계에 알았고, 출점 장소도 어제 들었고요."

보충 설명을 한 카네다가 히죽 웃었다.

"넌 처음부터 배신할 계획이었구나? 그런데 오늘까지 그걸 감추었던 이유는 장소를 알아낼 때까지 기다려서고."

"바로 그거야. 미안하지만 협력한다는 계약은 백지로 되돌려야겠어."

"그냥 백지로 되돌린다고 말하기에는 너무 심한 짓을 저질렀네. 일방적으로 부스 장소를 알아내고 내용까지 폭로하다니."

"폭로? 이시자키랑 애들은 그냥 잡담을 나눈 것뿐이야. 어쩌다가 그걸 너희 반이랑 다른 반 애들이 들었던 거고. 남의 말을 엿듣기나 하고 참 야비한 놈들 아니냐?"

이제 반 아이들도 상황을 조금씩 이해하기 시작했다.

"이 이야기 진짜야? 호리키타."

그렇게 물어보는 요스케에게마저 아직 알리지 않았던

류엔 반과의 협력 관계 유지.

"전부 다 정해지면 말하려고 했는데……."

일이 마지막 단계에 갑자기 엎어졌다.

그 상황을 요스케까지 포함해 반 아이들 모두가 알아차렸다.

"일단 이유나 물어보자. 배신해서 네가 얻는 이익이 뭐니? 사카야나기 아니면 이치노세랑 새로 손잡기라도 했어?"

"난 A반을 무너뜨릴 목적으로 체육대회 때 힘을 좀 빌려줬던 거다. 그런데 너희는 순조롭게 승리를 쌓고 단물 쪽쪽 빨았잖아?"

체육대회 때 두 반 모두 승리를 가져갔지만, 결과적으로 반 포인트에서 100이라는 차이가 났다.

"대등한 계약을 바탕으로 치렀잖아. 문화제 제안도 마찬가지야."

"하지만 결국 A를 끌어내려도 너희 B가 그 위치에 올라간다면 의미가 없지. 반 포인트는 많이 못 따겠지만, 이번 문화제는 우리가 이겨야겠다. 너희와 같은 내용으로."

"그거, 메이드 카페를 말하는 거야?"

같은, 이라는 키워드에 바로 반응한 사람은 마에조노였다.

"뭐, 콘셉트는 많이 바꿀 거지만. 비슷한 걸 할 생각이다."

부스 내용이 누설된 정도까지는 그래도 그렇게 많이 중요하지는 않다.

하지만 일부러 같은 장르를 하는 것이 호리키타 반에 큰

치명상이 된다는 사실은 마에조노를 비롯한 입안자들과 반 아이들에게도 잘 전해졌으리라.

1위에서 4위까지. 반 포인트 100점이 걸린 네 자리를 두고 대결하자는 선언이었다.

"굳이 같은 장르로 경쟁하자고? 너한테 아무 이익 없을 것 같은데."

"물론 손님 유치 경쟁이라는 점에서는 다른 장르보다 리스크가 클 수 있겠지. 하지만 그게 뭐 어쨌는데? 우리는 너희의 매출을 뛰어넘고 상위에 오를 방법이 있거든."

일부러 그 이야기만 하려고 여기까지 온 것 같지는 않다.

"그러니까 더 뜨겁게 승부를 겨뤄보지 않겠어? 스즈네."

"……승부?"

점점 더 소란스러워지면서 다른 반의 칸자키 일행 등 아무 상관 없는 학생들까지 류엔의 선전 포고를 들었다. 하시모토가 왠지 재미있다는 듯 지켜보고 있는 건 이 사실을 호리키타 반보다 먼저 알아서겠지.

"1포인트라도 더 많이 번 쪽이 상대 반에서 500만 포인트를 받는 거야. 아주 재미있는 승부가 될 것 같지 않나?"

"진심으로 하는 말이니? 아무리 생각해도 정상적인 내기 금액이 아닌 것 같은데."

"내 기준에서는 고작 500만 포인트일 뿐인데."

반 포인트는 마음대로 주고받을 수 없다.

하지만 개인이 소유한 프라이빗 포인트는 사정이 다르다.

그 점을 이용한 『내기』를 제안했다.

열두 반의 경쟁과 별도로 일대일 대결을 벌이자는 제안.

만약 문화제에서 상위에 오르지 못하고 지더라도 이 일대일 대결에서 이겨 프라이빗 포인트 500만을 얻는다면 과연 뜨거운 승부라고 표현할 수 있겠군.

"뭐, 사실은 너 말고 다른 상대와 더 높은 금액을 걸고 배틀하면 좋았을 텐데 말이지. 학생회의 나구모가 이번 문화제는 노터치하겠다면서 미꾸라지처럼 빠져나갔어. 3학년은 A반 이외에는 죄다 어중간하니까. 도망친 건 아니겠지만, 어쨌든 상대를 못 찾았으니 어떡해. 2학년끼리 대결하는 걸로 가야지."

"네 멋대로 진행하지 마. 그런 황당무계한 제안 받아들일 생각 없으니까."

"너도 도망치는 거냐?"

"계약을 일방적으로 어긴 데다가 비밀 누설. 그것도 모자라 유사한 부스 장르로 승부를 펼치자? 그걸 누가 받아들이겠니. 페널티 정하는 걸 피했던 카츠라기의 진짜 의도를 이제 알겠어."

"그딴 건 이제 아무래도 상관없잖아. 나랑 싸워서 이길 자신이 없냐?"

"그렇게 말한 적 없어."

"오호?"

"이렇게까지 네 멋대로 구는데 나도 가만히 있을 수는

없지. 네가 제안한 내기를 긍정적으로 검토해볼게."

"크큭, 좀 하네? 그럼 좋은 대답을 기다리고 있지, 스즈네."

용건이 다 끝났는지 류엔은 만족했다는 듯 물러났다.

지켜보던 하시모토 무리가 길을 터주자 위풍당당하게 지나갔다.

류엔 무리가 떠나자 구경하던 다른 반 학생들도 하나둘 돌아갔다.

그 와중에 나와 눈이 마주친 하시모토가 슬쩍 웃으면서 어깨를 으쓱거렸다.

마치 『류엔과 손잡는다는 게 무슨 의미인지 이제 알겠어?』라고 말해주고 싶다는 듯이.

그건 이미 2학년 전체 그리고 모든 학년에 알려진 사실이겠지.

류엔의 요란한 참전까지 더해지며 메이드 카페 부스는 힘든 환경에 놓였다.

혹시 같은 것을 검토하던 다른 반이 있다면 지금부터 궤도를 수정한다고 해도 놀랍지 않다.

하지만 우리는 이미 많은 사전 준비를 해버린 상태다.

"어쩌지, 호리키타. 우리, 이미 많이 진행했지……?"

"정말로 류엔의 반이 메이드 카페를 할까?"

마에조노와 아이들이 호리키타에게 불안 그리고 불만을 애써 감추려고 노력하며 물었다.

"가능성은 커. 단순한 협박 같지는 않아."

"지금부터라도 다른 걸로 바꾸면 어떨까?"

사태를 호전시키려면 그런 선택지도 고려해야 한다고 요스케가 의견을 냈지만…….

"그럴 수는 없어. 이미 예산이 일부 투입되었거든."

메이드복 발주 등을 최대한으로 끝마쳐버렸으니까 말이지.

이제껏 들인 비용을 버릴 수는 없다.

지금 그만두면 귀한 자금을 그냥 날리는 게 된다.

앞으로 어떻게 대처할지, 시간은 점점 줄어들고 있지만, 다시 한번 검토할 수 있으면 좋겠는데.

그야말로 콩코드 효과*라고 할 수 있다.

"이 상황을 역이용하는 수밖에 없어. 500만 포인트까지는 아니더라도 내기에 응해서 많은 프라이빗 포인트를 획득할 기회로 여기자."

물론 이 이야기를 반 아이들이 받아들였을 때의 이야기지만.

그렇게 큰돈을 걸려면 모두가 십시일반으로 포인트를 모아야 하기 때문이다.

4

---

*손해 볼 것을 알면서도 지금까지 한 투자가 아까워 그만두지 못하는 행동

배신당해서 밝혀져 버린 호리키타 반 같은 예도 있지만, 어느 반이 어디에 출점하고 어떤 내용을 하는지 공식적인 정보는 당일까지 알 수 없다.

하지만 규모가 크면 클수록 미리 준비에 들어가야 하기 마련이다.

실제로 출점 장소로 보이는 여러 포인트에 각반이 차근차근 작업을 시작하고 있었다.

그러던 중, 의외의 정보가 퍼진 것은 나구모가 이끄는 3학년 A반.

처음부터 감출 생각이 없었는지, 체육관이라는 큰 공간을 빌려서 『귀신의 집』과 『미로』를 융합한 부스를 연다는 소문이 돌았다.

굳이 경쟁해서 반 포인트를 벌 필요가 없는 제왕의 풍격이라고 평가해야 할까.

아마도 나구모가 주도하는 것이 아니라 반의 종합 의견에 따라 하고 싶은 부스를 여는 것이리라. 승리는 뒷전이란 생각이 드는 선택을 했다.

운반되는 소품 등을 멀리서 보기만 해도 상당한 자금이 투입되었음을 알 수 있었다. 그것을 보여주기라도 하듯 결국 3학년 A반은 어제 독자적으로 프리 오픈을 고지했다.

희망하는 학생들에게 실제로 미로 귀신의 집을 체험하게 하고 의견을 받았다. 문화제 당일, 손님들에게 퀄리티 높은 서비스를 제공하겠다는 의지가 느껴졌다.

문화제에 대해 아무것도 모르는 나로서는 어떤 형태든 다른 반이 내놓는 것을 피부로 느끼고 싶은 마음이 들었다.

방과 후가 되자 나는 프리 오픈을 체험해보려고 체육관으로 이동했다.

며칠 나눠서 프리 오픈을 하기 때문인지, 첫날인데도 1학년과 2학년의 모습은 그리 많지 않다.

불 꺼진 체육관은 평소와 달리 분위기가 조금 음산했다.

줄 제일 뒤에 선 지 얼마 지나지 않아 귀에 익은 목소리가 들려왔다.

"학생회장 진짜 대단해. 당당히 공개하다니."

"이 정도로 규모가 크면 끝까지 감추고 있기도 쉽지 않지. 연습도 할 겸, 일찍 정보를 푼 것은 현명한 판단 같아."

슬쩍 뒤돌아보니 이치노세와 칸자키가 가까이에 있었다.

보아하니 나처럼 탐색을 겸해 어떤지 보러 온 모양이다.

"아……."

줄을 서려던 두 사람은 당연히 나를 알아보았다.

곧바로 과민한 반응을 보인 이치노세는 살짝 고개를 숙이며 시선을 피했다.

칸자키는 그런 이치노세와 나를 아무 말 없이 번갈아 본 다음 줄을 섰다.

어색한 침묵이 흐르기 시작했는데 줄은 생각보다 빨리 줄어들지 않았다.

첫날이라는 이유도 있어서인지, 3학년들도 아직 원활한

진행이 어려운 듯했다.

"……마, 맞아. 나, 나 급한 일이 있었던 게 갑자기 생각 났어. 칸자키, 미안한데 자리 좀 맡아줄래……?"

누가 봐도 둘러대는 것이었지만 칸자키는 의문을 드러 내지 않고 받아들였다.

"이, 이따 봐."

어떤 순간에도 매정하게 굴지 못한달까, 예의 바른 이치 노세는 나한테도 인사하고 줄을 이탈했다. 그 후부터는 나 와 칸자키만 남아서 묵직한 공기가 흘렀다.

아무것도 모르는 학생이라도 조금은 이유를 짐작할 수 있는 상황. 하물며 칸자키라면 상황이 불 보듯 뻔했으리라.

"좀 어때?"

돌려서 묻자, 칸자키의 얼굴이 곧바로 험악해졌다.

"좋을 것 같아?"

반 포인트가 조금씩 떨어지고 있는 이치노세의 반인데 상황이 좋을 리 없다.

반쯤은 도발하는 것으로 들렸으리라.

나는 이름을 써넣고 규칙 설명을 들었다.

말이 설명이지 최소한으로 지켜야 하는 매너 같은 것이 었다.

『안에서 휴대전화 사용 금지. 반드시 매너 모드로 해둘 것』

『큰 소리로 잡담 금지』

『무의미하게 안에 머무르지 않을 것』

『기본적으로 제작물을 만지지 않을 것』

설명을 다 읽었을 때, 칸자키가 줄에서 빠져나와 몸을 돌렸다.

아마 이치노세가 돌아오기를 기다리는 거겠지.

내가 체육관에서 나갈 때쯤에는 돌아올 거라고 짐작하고 하는 행동이다.

칸자키에게서 관심을 끈 나는 설명서에 동의한다는 사인을 하고 안으로 들어갔다.

사방에 벽이 세워진 귀신의 집은 당연히 좁고 시야가 몹시 나빴다.

균일가 생활용품점에서 샀음 직한 조명이 달려 있었는데, 광원을 좁힐 목적인지 테이프로 칭칭 감아놔 조명 역할은 그다지 못 하고 있었다.

최근에 인터넷까지 활용해서 문화제를 많이 조사했지만, 이 정도까지 높은 퀄리티를 낼 수 있는 거였나.

솔직히 말해서 3학년, 아니 3학년 A반의 뛰어난 기술력에 깜짝 놀랐다.

나는 귀신의 존재는 무시하고 더욱 주의 깊게 관찰하기 시작했다.

당연하다면 당연하겠지만 기본적으로는 장식으로 분위기를 연출하고, 가장 중요한 겁주는 부분은 대부분 사람이 직접 하고 있었다.

목이 쭉 늘어나는 요괴는 그 뒤에 학생이 숨어, 손님이 오는 타이밍에 맞춰 조작했다.

패잔 무사 귀신이 튀어나와 검을 뽑는 것도 당연히 다른 누군가가 맡았다.

아직 제작 중이라고 표시된 장치도 여러 개 있었는데, 문화제 당일에는 그것들도 완성되어 퀄리티가 더욱 올라가겠지.

어른들은 반응이 별로 없을지 몰라도 그 가족, 따라온 아이들에게는 큰 인기를 얻을 것 같다. 가격을 비싸게 설정하면 내키지 않아 할 수 있지만, 아이들이 조르면 지갑이 쉽게 열리리라.

이는 앞으로 메이드 카페 방침을 확고히 하는 데 있어 중요한 요소가 될 것이다.

이제 중반까지 왔을까.

왼쪽으로, 라고 된 표지판을 따라 이동하려는데 갑자기 눈앞에 뭔가가 움직였다.

또 새로운 장치로 나를 겁주려고 한 것이다.

"으악, 아아악?!"

갑자기 튀어나온 유령은 원래 비명을 질러야 하는 쪽인 나를 무시하고, 앞쪽 단 차이에 발을 잘못 내디뎌 발라당 넘어졌다. 3학년 A반 아사히나 나즈나였다.

이것도 연출일지도 모른다는 생각에 가만히 있었는데, 너무 아파하는 것을 보니 예기치 않은 사고가 분명한 듯했다.

이렇게 어두우니 발을 잘못 내디디는 것도 무리는 아니

지만…….

"아파, 너무 아파!"

"……괜찮, 으세요?"

살아 있을 리 없는 유령에게 손을 내미는 것은 어떤 의미에서 무서운 그림이다.

"고, 고마워…… 아야야야."

혼자 힘으로 서는 것조차 힘든지 그 자리에 주저앉아 버렸다.

이대로 놔두고 갈 수도 없는 노릇이라 어깨를 빌려주기로 했다.

"출구가 어디죠?"

"어? 추, 출구……? 아마 이쪽…… 이었나……?"

"모르겠으면 되돌아갈까요?"

입구까지 가는 길은 기억하고 있으니, 부축하더라도 금방 돌아갈 수 있을 터였다.

"괜찮다니까, 선배를 믿…… 으윽……!"

통증에 비명을 질렀다. 괜히 허세 부리면서 승리의 V를 그리려고 했기 때문이다.

도저히 믿음이 안 가는 지시지만, 지금은 얌전히 따르는 편이 좋겠지.

처음부터 내가 감에 의지해 출구를 찾아가는 것보다는 빠를 터.

몇 번인가 헤매고, 또 자기 반 아이들 때문에 무서워하는

선배를 부축해 겨우 출구에 다다랐다.

당장 아사히나를 맡기려는데, 프리 오픈인 탓에 일없는 학생을 찾을 수 없었다.

"이제 신경 쓰지 마. 고마워, 아야노코지. 좀 쉬면 나아질 것 같아."

나는 쭈그려 앉아 아사히나의 발목을 확인했다.

"아, 아앗?"

"보여 주세요."

"으, 으응······."

살짝 삐었다고 하기에는 벌써 퉁퉁 부어 있었다.

적절한 치료를 받지 않으면 나중에 지장이 생길 수도 있을 듯하다.

"보건실에 가는 게 좋겠어요. 문화제 당일에 빠지면 안 되잖아요?"

"그래. 응, 그렇게 해야겠어."

혼자 일어나 걸으려다가 통증 때문에 마음대로 되지 않는다는 것을 깨닫고, 다치지 않은 왼발만 써서 움직이려고 했다.

하지만 점프할 때마다 오른발까지 진동해서 표정이 고통으로 일그러졌다.

"역시 도와드릴게요."

"윽······ 하지만······."

창피한 마음도 전혀 없지야 않겠지만, 내게 도움받는 것을 주저하는 데에는 다른 이유가 있어 보였다.

"나구모 학생회장, 때문입니까?"

"……느껴졌어?"

"뭐, 어렴풋이요."

"아야노코지가 A반이랑 얽힌 걸 보면 아마 반기지 않을 거라서. 나 때문에 너한테 민폐 끼칠 수는 없잖아?"

자기가 다친 것보다도 나를 염려하고 있었다.

"걱정 안 하셔도 됩니다. 이제 나구모 학생회장은 저를 거들떠보지도 않거든요."

"그런, 거야?"

"저를 과대평가했다는 걸 깨달은 게 아닐까요?"

나는 아사히나를 도와 보건실에 데려가기로 했다.

"고마, 워."

살짝 튀는 복장이라 좀 난감하지만 어쩔 수 없지.

어깨를 빌려주고, 몇몇 사람의 호기심 어린 시선을 받으면서 보건실까지 갔다.

그리고 선생님께 바로 치료받기 위해 침대에 앉혔다.

준비해야 하니 잠깐만 기다리라고 지시받은 아사히나.

이만 가려고 등을 돌리려는 나에게 말을 걸었다.

"그러고 보니 아야노코지네 반, 봉변당했다며."

보건실에서 나갈 타이밍을 놓친 나는 선 상태로 대화를 시작했다.

"혹시 메이드 카페 정보 누설 일 말씀인가요?"

"응."

바로 오늘 아침, 류엔이 저지른 책략.

우리가 은밀히 진행하던 메이드 카페 소문이 온 학교에다 퍼졌다.

일찍부터 부스 내용이 알려지면 기본적으로 불리한 점이 많은 게 당연하다.

"C반, 류엔의 반도 똑같이 카페를 하겠다고 나오네요."

단순히 경합을 벌일 반이 생긴 만큼, 같은 목적을 가진 손님을 뺏고 빼앗는 싸움이 될 것이다.

"두 반이 유사한 부스로 경쟁하게 되었으니, 다른 반이 더 나오지 않기를 기대하는 수밖에요."

"세 반, 네 반씩 비슷한 부스를 해봐야 손님 유치 경쟁만 심해질 테니까."

뒤를 쫓아도 리스크만 올라갈 뿐.

부업 개념으로 출점하는 전략도 취할 수야 있겠지만, 그렇다고 해도 많은 자원을 쏟아부은 우리를 이기기란 쉽지 않으니.

잠시 후 선생님이 붕대 등 치료 도구를 가지고 왔다. 결국 나는 치료하는 과정까지 지켜보게 되었다. 문화제에는 지장 없으리라는 것을 안 아사히나는 그제야 참았던 통증과 안도를 동시에 토해냈다.

"아, 살았다. 이런 일로 반에 피해 주고 싶지 않았거든."

"반의 우위성은 변함없을 테니 그렇게 걱정할 정도는 아니지 않나요?"

설령 문화제에서 꼴찌를 하더라도 반 포인트를 잃지 않는다.

"꼭 그렇지도 않아. 반 포인트는 많을수록 좋잖아. 이번에 미야비가 방임하는 것만 해도 반감을 품은 애들이 꽤 있어."

아사히나가 눈을 깔면서 말을 이었다.

"생존이 확실히 보장되지 않은 사람은 반 포인트가 1점이라도 더 필요하잖아? 문화제에서도 1등 하면 그만큼 졸업 전까지 확보할 수 있는 프라이빗 포인트가 많아지지."

나구모가 지배하는 3학년의 규칙에 비추어 보면 한 명이라도 더 많은 학생을 A반으로 졸업시키고 싶다고 생각하는 것은 자연스럽다.

A반도 B반 이하를 저버리는 것은 할 수 없는 모양이다.

"일단 형식적으로는 A 이외의 반끼리 경쟁 붙여서 1위를 차지한 반 중에 한 사람을 구제하겠다고는 하는 것 같지만 말이야."

그렇게 하면 나머지 세 반도 그리 강하게 불만을 표출하지는 않는다는 건가.

하지만 그렇더라도 반 포인트를 조금이라도 더 많이 확보하려는 의지를 보여주지 않는다면 불만을 완전히 억제할 수 없다.

승리를 내팽개친 3학년 A반을 향한 압박은 앞으로 점점 더 커지겠지.

"아야노코지, 네가 아까 한 이야기 말인데. 미야비가 너를 과대평가했음을 깨달은 것 같다고 했잖아?"

"네."

"처음엔 나도 그런 줄 알았어. 하지만 역시 그건 아닐 것 같아."

"왜죠?"

"미야비랑 확실하게 승부를 낸 게 아니잖아?"

"그건, 그렇죠."

나와 나구모는 단 한 번도 정면 승부를 펼쳐서 승패를 결정지은 적이 없다.

"그럼 역시 끝나지 않았다고 생각해."

"하지만 저는 대결할 생각 없어요. 무슨 수를 쓴다고 해도 마음은 바뀌지 않을 겁니다."

나를 상대하는 만큼 나구모는 시간 낭비만 하는 셈이다.

"그건 상관없지 않을까? 오히려…… 지금보다 안 좋은 방향으로 흘러갈지도 몰라. 아야노코지가 아니라도 측근에게 무슨 짓을 저지를 수도 있고."

지금까지 3년 동안 옆에서 나구모를 지켜봐 온 아사히나 이기에 보이는 것도 있겠지.

"호리키타 전 학생회장 상대로도 그렇고, 나구모 학생회장은 대결하는 걸 좋아하죠."

"아, 응. 그건 분명한 사실이야."

"누군가에게 확실하게 진 적은 없나요? 조금이라도 좌절한 경험은?"

지금까지 겪은 나구모의 태도를 봐서 대충 짐작은 가지만.

"미야비는…… 단 한 번도 좌절한 경험이 없는 것 같아. 적어도 내가 아는 한에는."

나구모가 승리한다는 반 아이들의 신뢰는 두텁다.

"나구모 학생회장이 우수한 사람이라는 건 의심할 여지 없는 사실이겠죠. 만약 그게 가짜 실력이었다면 OAA를 가짜로 꾸미는 것도, 학생회장이 되는 것도 불가능해요."

정치적 책략만으로는 어쩔 수 없는 부분이 적잖이 존재한다.

"그 애는 1등을 좋아하니까. 그래서 이 학교에서도 1등이 되기 위해 싸워온 거지. 결국 학생회장까지 올라갔으니 내뱉은 말은 반드시 실천하는 사람이야."

"다만 나구모라는 인간이 최고인지를 묻는다면 저는 바로 아니라고 대답할 수 있어요."

"어째서……? 지금까지 아무한테도 진 적 없는걸."

"그건 상대 덕을 봤기 때문이라고 전 생각해요."

나구모가 약하다는 말이 아니다.

다만 나구모의 상대가 약했다는 것은 의심할 여지가 없다.

"그의 최대 불행은 같은 학년에 자신과 동등하거나 그 이상이면서 자신과 경쟁해 줄 사람이 없었다는 것 아닐까요?"

"호적수…… 라이벌이 없었다는 말이구나?"

"네."

불행하게도 수준 이하만 상대해왔기에 나구모는 크게 힘들이지 않고 1위를 계속 차지해 왔다. 물론 스타트 대시 때야 2등이나 3등을 하기도 했겠지만, 금세 따라잡고 독주를 펼쳤다.

한바탕 달리다가 뒤돌아보았는데 아무도 쫓아오지 않는다.

나구모는 못 이긴다며 단념하고 걷거나 아예 멈춰 서버리는 자들만 수두룩.

때로는 키류인같이 재능을 숨기고 있는 사람도 주위에 있었겠지만, 나구모를 따라잡고 앞서려고 하지 않는다면 길가에 있는 잡초 또는 돌멩이와 다를 바가 없다.

대결의 혹독함과 어려움, 져서 분한 감정을 어릴 때부터 경험하지 않았던 것이 나구모의 사고방식을 이토록 비틀어버린 원인이라고 봐도 되겠지.

나를 향한 기묘한 복수를 계획하고 실행하고 있는 것도 나에게 졌다거나 열등감을 느껴서는 아니고, 그저 나를 대결의 장 위로 끌어내는 데 의식을 집중하고 있다.

체육대회에서 일대일 승부를 희망했을 때도 자기가 질 거라는 생각은 조금도 하지 않았다.

물론 나에 대해 전부 아는 것도 아니니 어쩔 수 없지만, 설령 내 진짜 능력을 가까이에서 봤다 해도 나구모는 자기가 질 수 있다고 의심하지 않았으리라.

진정한 의미로 패배를 모르는 남자. 연승에 연승을 거듭해온 폐해.

"이제 이 학교에서 싸우는 거, 그만뒀으면 좋겠는데."

"어떻게 될까요."

"이대로 아무 일도 없으면 좋겠어……."

그렇지는 않겠지만.

이 문화제에서 간접적으로 알게 된 나구모의 상태가 노골적으로 변했다.

다른 사람들은 단순히 나구모의 호전적인 면, 호기심이 억제되었다고만 생각하겠지.

하지만 그게 아니다.

이건 폭풍우가 휘몰아치기 전의 고요함.

나구모는 앞으로 나에게…… 혹은 내가 아닌 누군가를 대상으로 뭔가 일을 칠 것이다.

한두 명 퇴학당하는 것으로는 그치지 않을지도 모른다.

지금까지 나구모를 무시했던 대가라고도 할 수 있을까.

이 정도로 커진 폭탄을 그냥 내버려 두면 방금 예로 든 전개가 기다리고 있겠지.

그 녀석은, 마나부는 말했었다.

『나구모의 방식 때문에 많은 사람이 불행해질 거다』라고.

절반은 맞는 말이다.

물론 내가 그 요인에 한몫하고 있음은 부정할 수 없지만, 원래도 나구모의 감정과 사고 회로에는 그런 선택지가 들어 있었을 뿐.

하지만 나머지 절반은 틀렸다.

바로 나구모의 그런 방식 때문에 원래는 A반으로 졸업하지 못할 학생들이 확실한 기회를 잡았다는 것.

3학년뿐 아니라 1학년과 2학년도 한정적이긴 하나 반 이동 티켓을 손에 쥐었다.

사용에 제한은 있지만 어쨌든 마나부의 시대에는 없었던 산물이다.

작년까지의 나였다면 나구모의 행동을 그대로 지켜보기만 했겠지.

"나구모 학생회장에게 살짝 흥미가 생기네요."

"방금 한 이야기에?"

"네."

지금까지 한 번도 느껴본 적 없는 흥미가 마음속 깊은 곳에서 끓어올랐다.

"역시 넌 좀 특이해."

붕대를 감은 발을 내려다본 후, 아사히나가 살짝 웃었다.

"첫 만남은 우연이었겠지만 그러니까 미야비가 붙고 싶어하는지도 모르겠어."

생각해보면 아사히나와 접점이 생긴 것도 『우연』이라는

산물이 큰 요인이지.

우연——이라.

나는 그녀와 대화를 나누면서 한 가지 논리를 세웠다.

방금 말한 우연은 컨트롤 되지 않는다.

하지만 그렇다고 아예 안 되는 것은 아니다.

왜냐하면 우연이란 그 시점과 견해 하나에 따라 보여주
는 형태가 크게 달라지기 때문이다.

아사히나 나즈나와 부적, 우연 그리고 나구모 미야비.

이는 하나의 테스트 케이스로서도 나쁘지 않다.

실험에서 실패를 거듭하다 보면 결국 그 끝에는 성공이
기다리고 있듯이.

5

아사히나를 보건실에 남겨두고 나는 체육관으로 돌아왔다.

또 하나 신경 쓰이던 칸자키 그리고 이제는 돌아왔을 이
치노세를 살피기 위해서였다. 괜히 눈에 띄었다가는 똑같
은 일이 생길 수 있으므로 이번에는 입구에서 멀리 떨어진
곳으로 갔다.

줄에 칸자키가 보이지 않는데 안에 들어간 걸까 아니면
이미 마치고 떠났을까.

다만 아까 상태를 봤을 때 이치노세가 돌아오기를 기다

리는 것은 확실했다.

다친 아사히나를 데려갈 때 조금 소란이 있었으니, 이치노세가 돌아오기를 기다리던 칸자키가 내 모습을 못 봤을 것 같지는 않다.

그때부터 보건실에 다녀올 때까지 걸린 시간은 15분 정도.

그 후 이치노세가 바로 돌아왔다면 이야기는 달라지지만, 다소 먼 곳에 있었다면 아직 저 안에 있어도 이상하지 않다.

전체적으로 관찰하면서, 밖으로 나오는 학생들도 살피기로 했다.

그로부터 몇 분 후.

출구에서 칸자키가 천천히 모습을 드러냈다.

역시 아직 체육관에 남아있었나, 그렇게 생각했는데 놀란 것은 그다음이었다.

분명히 이치노세가 같이 있을 줄 알았는데 칸자키 혼자였다. 늦게 나오는 것도 아니었고 칸자키가 뒤를 의식하는 것 같지도 않았다.

그대로 갈 줄 알았던 칸자키는 주위를 둘러보다가 나를 발견했다.

그리고 몇 초간 나를 응시하더니 가까이 다가왔다.

"역시 돌아왔군. 크게 다친 건 아니었나 보지."

만약 크게 다쳤다면 내가 이렇게 느긋하게 서 있진 않을 테니까.

그것을 보고 추측했으리라.

"이치노세가 없는 게 이상해?"

"솔직히 말하면 조금."

"보건실에서 돌아온 너랑 충돌할까 염려돼서 부르지 않았어. 그리고 문화제 전까지 프리 오픈 기간은 아직 남아 있으니까."

서두르지 않아도 견학할 시간이 있다는 뜻인가.

이치노세의 반도 어느 정도는 부스의 방향성을 정한 듯하군.

만약 아직 모색 중이라면 내가 어쩌고저쩌고 말할 것도 없이 견학을 강행했어야 한다.

"아까 하던 이야기 계속하고 싶어. 너희 반은 꽤 순조로운 모양이던데."

그 말은 무인도 시험에서부터 만장일치 특별시험까지, 좀 더 거슬러 올라가면 2학년이 된 후부터 있었던 일련의 일을 가리키는 게 분명했다.

"그렇지도 않아. 너희 반과 달리 우리는 결원도 생겼고. 반 포인트만으로는 보이지 않는 마이너스가 있어."

"보이지 않는 리스크는 너희만 가지고 있는 게 아니야. 보이는 부분이 플러스가 된 점을 비추어 보면 차이가 꽤 벌어진 거지."

질투라기보다는 칸자키의 솔직한 의견이리라.

"너희 같은 반이 언젠가 사카야나기 반과 붙게 되겠지."

한 가지 걸리는 것은 칸자키가 어딘지 달관한 듯, 한 발 뒤로 물러서서 자기 반을 평가하는 부분이었다.

"벌써 포기한 거야? A반으로 올라가는 걸?"

"······그럴지도 모르지."

부정하지 않고 긍정에 가까운 대답을 내놓는 칸자키.

속마음을 짐작하기란 그리 어렵지 않다. 절대 비참한 결과를 낸 적이 없는 이치노세의 반. 지각과 결석, 행실 문제 등과 같은 부분에서는 반 포인트를 거의 잃지 않는 성실한 면이 있고, 특별시험에서 크게 실수를 저지르지도 않아서 포인트를 크게 잃을 위험이 별로 없다. 하지만 이는 거꾸로 말하면 특별시험에서 크게 도약할 기회도 별로 없다는 뜻이다.

"서서히 아래로 가라앉는 반의 상황을 아직 아무도 몰라. 모르는 척하고 있을 뿐이라면 그나마 귀엽겠지만, 정말 진심으로 모두가 그렇게 생각해."

"너만은 다른 것 같은데."

"나도 얼마 안 됐어. 그리고 혼자 반기를 들어봐야 무슨 의미가 있겠어."

"그래서 포기했다는 거야?"

"우리 반은 A반으로 올라갈 수 없어."

이제 칸자키는 확실하게 단언했다.

"가능성이 아예 사라졌으면 이제 다른 방법을 찾는 수밖에 없어. 어차피 가라앉을 거라면 한 명이라도 더 많이 탈

출할 수 있게 기회를 만들어야 해."

"2,000만 포인트를 모아 다른 반으로 이동하는 거?"

"나구모 학생회장이 실제로 해서 효과가 나오고 있으니까. 이치노세에게 프라이빗 포인트를 집중시키는 건 지금까지도 해오던 일이야. 그 비율을 극한까지 늘린다면 적어도 두세 명은 A반으로 옮길 수 있어. 그리고 체육대회 때처음으로 반 이동 티켓이 있다는 사실도 알았어. 물론 쉽게 획득하긴 힘들겠지만, 플랜이 늘어난 건 단순히 반가운 요소지."

"나한테 굳이 그런 내부사정을 말해주는 이유는? 혼란을 주려는 것도 아닌 듯한데."

"왜일까. 나도 내가 왜 이러는지 모르겠다."

그답지 않은 대답이었다.

자기가 그렇게 대답하고서 마음에 들지 않았는지 이유를 찾기 시작했다.

"따로 털어놓을 데가 없어서. 그래서일지도 모르겠다."

일상생활에서 오는 고민이라면 반과 상관없이 친한 사람끼리 공유해서 해결책을 찾는다. 반대로 반에 관한 고민은 필연적으로 반 내부에서 해결하려고 하기 마련이다. 그런데 A반을 포기하고 반 이동을 하는 것밖에 답이 없다는 말을 반에 해버리면 불협화음을 피할 수 없다.

이치노세의 반에서는 동조를 얻기도 불가능하다.

"내 이야기를 이해하면서 함부로 소문내지 않을 인물 하니까 너밖에 떠오르지 않았어."

대나무숲으로 가장 적절하다고 판단했다는 거군.

물론 단순히 그 이유만 있는 것은 아니겠지.

이치노세에게 강한 영향을 미치는 나에 대한 불평도 섞여 있는 듯하다.

"너랑 이치노세 사이에 무슨 일이 있었는지, 어떤 관계가 있는지는 아무래도 상관없어. 만족스럽게 견학조차 못 할 만큼 나쁜 영향을 주지만 그것도 사사로운 문제에 불과해."

"말에 가시가 있는데."

"그 정도는 봐주라. 나도 불만이 쌓여 있어서 그러니까."

가볍게 손을 올리며 이만 돌아가겠다고 하는 칸자키.

승리를 포기한 반의 참모는 뒷모습이 평소보다 왠지 작아 보였다.

여기서 불러세우는 것은 좀 멋이 없지만, 칸자키를 이대로 돌려보낼 수는 없다.

"조만간 시간 좀 내줄 수 있어? 앞일에 관한 얘기를 좀 하고 싶은데."

"지금은 안 돼? 그 앞일인지 뭔지를 얘기할 시간은 되는데."

"미안하지만 지금은 3학년들 부스를 연구하고 싶어서."

그리고 지금은 대화를 시작해봐야 아무 진전도 없을 것이다.

차후의 문제를 의논하려면 미래로 도약할 수 있는 또 다른 퍼즐 조각이 필요하다.

"그럼 알겠다. 언제든 연락해라."

6

주말을 앞둔 금요일.

나는 어떤 학생을 만나기 위해 평소 별로 가는 일이 없는 장소에 와 있다.

노크한 후 학생회실의 문을 여니 순간 나구모가 놀란 표정을 지었다.

나구모 이외의 학생과 교사의 모습은 보이지 않아서, 아사히나에게 받은 정보대로 오늘은 혼자인 모양이었다.

그도 내가 올 줄 몰랐겠지.

조금 전까지 보고 있었는지, 왼손에 스마트폰이 들려 있었다.

환영하지 않는 손님인 모양이지만 쫓아내지 않고 들어오라고 했다.

"실례하겠습니다."

문이 탁 닫히자 둘만의 조용한 시간이 흘렀다.

"나즈나가 꼭 좀 시간을 내달라고 해서 기다리고 있었더니, 부탁한 사람이 너인 줄은 몰랐다. 학생회에 무슨 볼일이라도 있나?"

"아니요, 학생회에 용건은 없습니다. 나구모 학생회장에게 개인적으로 할 얘기가 있어서요."

그렇게 말하자 나구모는 의자를 바싹 당겨 앉고, 손에 쥐고 있던 스마트폰을 책상에 내려놓았다.

"그렇다면 내 앞에 잘도 얼굴을 내밀었다고 칭찬해줘야겠군. 안 그래? 아야노코지."

"체육대회 일을 말씀하시나 본데, 아파서 쉬는 것은 결석 사유로 인정되는 정당한 권리 아닙니까?"

"웃기고 있네. 체육대회가 끝난 다음 날 케야키 몰에서 네가 팔팔하게 돌아다니는 걸 본 놈이 있어."

"하루 만에 나았거든요."

"너무 뻔한 거짓말이군."

"진짜일 수도 있죠."

말장난을 살짝 주고받았는데, 나구모는 더 따져봐야 무의미하다는 것을 깨달은 눈치였다.

"진짜인지 거짓인지 그딴 건 아무래도 좋아. 어쨌든 여기 온 이유를 말해."

귀찮다는 듯한 태도는 진짜겠지.

나와의 대화를 얼른 끝내고 돌아가고 싶다, 그런 감정을 굳이 숨기려고 하지 않았다.

다만 저렇게 속이 다 드러나는 태도는 진짜 속내를 감추고 있다는 증거이기도 하다.

"앉아도 될까요? 이야기가 좀 길어질 것 같은데."

"학생회장으로서의 나한테 용건이 있는 건 아니라고 했지.

그럼 네 이야기를 거절해도 상관없다는 말이기도 하겠지?"

학생회장인 나구모로서는 원하지 않는 상대의 말에도 귀를 기울일 용의가 있다.

하지만 그게 아니라면 별로 듣고 싶지 않은 듯했다.

뭐, 당연하다면 당연하다.

"들을 생각이 없으시다면 돌아가고요."

개인 나구모가 나와 대화하는 것조차 귀찮다면 어쩔 수 없다.

아니, 하지만 그건 아니리라.

나에 대한 흥미가 완전히 사라졌다면 이야기가 달라지지만, 마음속 깊은 곳에 여전히 불씨가 남아 있어 보인다.

즉 절대 거절하지 않을 것이다.

그렇게 확신하기에 나 또한 귀한 시간을 할애해 여기까지 왔다.

잠시 침묵한 나구모가 앉으라고 권했다.

나는 그와 정면으로 마주 볼 수 있는 자리로 의자를 끌어와 앉았다.

"미안하지만 마실 건 못 준다."

"괜찮습니다."

사과하러 온 것도 아니라는 건 내 태도를 보면 잘 알 터.

그는 새삼스럽게 뭐하러 왔나 하는 감정밖에 없겠지.

"그나저나 3학년 A반이 프리 오픈을 할 줄은 몰랐습니다. 부스를 미리 공개하는 건 보통 이익이 없다고 생각하니까요."

"어느 얼빠진 반은 부스를 공개당했다는 이야기도 내 귀까지 들어왔지."

"듣기 거북하네요. 그런데 혹시 류엔이 나구모 학생회장에게도 왔던가요?"

"순위가 낮은 쪽이 높은 쪽에 수천만을 주는 대결을 하자고 나한테 들이댔었지."

"거절하신 모양이네요."

"너와의 승부도 그냥 지나가고 이제 내 학교생활은 모두 끝난, 결과랑 상관없이 남은 시합에 불과해. 문화제 역시 아무래도 좋아졌어. 그러니까 굳이 내가 지시할 필요도 없지. 졸업할 때까지 좋은 추억을 쌓을 뿐이다."

어떤 부스를 할지 전부 오픈하고 어느 학교에나 있는 흔한 문화제를 즐기는 자세로 전환한 건가.

1위를 하든 12위를 하든 3학년 A반의 반석에 변화는 없다.

B반 이하가 불만을 품든 말든 나구모는 아무래도 좋겠지.

"하지만 수천만이라니요? 반 전체의 포인트를 다 긁어모아도 부족할 것 같은데요."

수입도 있겠지만 나가는 돈도 많은 류엔 반은 주머니 사정이 절대 여유롭지 않을 것이다.

"자기까지 포함해서 원하는 학생을 퇴학시킬 권리를 주겠다던데."

다 준비할 수 없는 자금은 학생을 직접 담보로 잡을 작정이었나.

"작년의 나였다면 그 제안을 받아들였을지도 모르지. 상관없는 학년이긴 하지만 퇴학을 걸고 벌이는 승부는 재밌을 것 같으니까."

이제는 학교에 대한 열의, 흥미를 잃어버렸다고 나구모가 말했다.

"경쟁하고 싶으면 마음대로 하면 돼. 너희가 뭘 하든 자유야."

"개인적인 생각은 잘 알았습니다. 하지만 받아들이지 못하는 학생도 많지 않습니까?"

"나한테 불평할 수 있는 놈은 없어. 그랬다간 A반이라는 지위를 보장받지 못하니까. 날짜가 다가오면 내가, 아니 형식적으로는 학생회에서 나쁘지 않은 제안을 할 생각이야. 이기려고 필사적으로 바둥거리는 반에 주는 약간의 도움이지."

"그렇군요. 생각해둔 게 있으시군요."

"그래도 학생회장이니까."

모범적인 답변을 한 후, 나구모는 한숨을 내쉬며 말을 재촉했다.

"일단 용건이 뭔지나 들어볼까."

"제가 원하는 것은 나구모 학생회장과의 대화. 그뿐입니다."

"무슨 의미인지 모르겠군."

"갑자기 믿기는 힘드신가 보죠? 저도 제 행동이 좀 놀랍긴 합니다. 지금까지 저는 나구모 학생회장과 거리를 두려고 노력해왔었거든요."

그건 누구보다도 나구모 본인이 잘 알고 있다.

하지만 왜 그러는지 그 바탕까지는 모르겠지.

"왜인 줄 아십니까?"

"글쎄. 내 실력이 두려워서는 아닐 테고."

"전 학생회장이었던 호리키타 마나부와는 또 다르게, 나구모 학생회장은 주위 시선을 끄는 면이 있습니다. 저 같은 음지의 인간이 상대하기에는 지나치게 눈부시다는, 그런 이유도 있죠."

"그렇군. 하지만 그건 형식적인 이유겠지?"

형식적인 찬사 따위 가볍게 받아넘기고 그 이면에 있는 진짜 이유를 밝히라고 채근하는 나구모.

"흥미가 없었습니다."

그냥 직설적으로 본심만 말하면 그것으로 끝.

어느 정도 능력을 인정하지만 그뿐이다.

그래서 나구모가 뭘 하려고 들든 얽힐 필요 없다고 생각했었다.

"방금 그 말을 다른 사람이 했다면 나도 조금은 화났을지 모르겠군."

"실례되는 이야기였다는 건——."

"사과할 필요는 없어. 네가 그렇게 느끼는 건 네 자유니까.

진심을 말하라고 한 것도 나고."

그렇게 말한 나구모가 바로 덧붙였다.

"그래도 그 발언을 한 사람이 네가 아니었다면 당장 생각을 고쳐줬을 거다."

싫어도 흥미를 느끼도록, 발언자를 공격하는 데 조금의 망설임도 없었으리라.

나구모의 권력과 능력이면 그 정도쯤 어렵지 않다.

"이제 곧 학생회장 임기도 끝나고, 나구모 학생회장은 계속 A반에 남아 졸업. 그거면 된다고 여겼었죠. 불과 며칠 전까지는요."

"그럼 지금은 아니라는 건가?"

"심경에 변화가 좀 생겼어요. 직접 상대해봐도 좋겠다, 그렇게 느꼈기 때문에 여기 온 겁니다."

견제, 형식적인 아첨, 가짜 기쁨과 분노는 필요 없다.

생각을 있는 그대로 말하는 것이 미래를 위한 길이기도 하다.

다음 말을 기다리는 나구모에게 나는 오늘 여기에 온 가장 큰 목적을 밝혔다.

"나구모 학생회장에게 제안합니다. 이번에는 제가 학생회장에게 대결을 신청해도 되겠습니까?"

아마도 이 발언은 나구모의 예상에 없었으리라.

"마음에 안 드네. 너답지 않은데."

심경 변화, 그런 이유만으로는 쉽게 받아들이지 않았다.

"그 심경 변화인지 뭔지 일어난 시기가 구체적으로 언제인지는 모르겠지만, 이미 버스는 떠났다. 넌 내가 준 체육대회의 마지막 기회로부터 도망쳤지. 네 본심에서 나온 말을 빌리자면 그냥 흥미가 없어서. 안 그래?"

"네. 제가 너무 멋대로 드리는 제안이라고는 생각합니다."

"그래, 맞아. 여러 번의 기회를 스스로 버려놓고 심경에 변화가 생겼다는 이유로 지금 와서 승부를 청해봐야 내가 순순히 받아들이겠나?"

나구모는 자세를 바꾸지 않고, 아무 걱정도 없다는 태도로 일관했다.

"아까 체육대회 이야기도 그래. 시종일관 몸이 안 좋았다는 식으로 나오는데, 난 그것도 뻔한 거짓말이라고 본다. 그리고 무인도 일도 잊었다고 말하려는 건 아니겠지?"

"그럼 그때 일을 똑같이 재현하고, 단 이번에는 반대 입장이 되어보지 않겠습니까?"

여기서 나구모가 내 배에 주먹을 한 번 꽂아 넣는다면 일단 행동으로는 내 사과를 받아들이는 셈이 된다.

뭐, 그걸로 납득하고 넘어갈 사람이 아니겠지만.

"설마 똑같은 한 방이라고 생각하는 건 아니겠지. 너와 나의 가치에는 큰 차이가 있다고."

당연히 제안 따위 의논할 여지조차 없다. 적어도 이 학교에서 아야노코지 키요타카와 나구모 미야비는 그만큼의 차이가 나는 게 분명한 사실이다. 한쪽은 2학년 B반의 평범한 학생이고, 상대는 3학년 A반의 리더이자 학생회장을 맡은 인간.

비교조차 허락되지 않을 정도의 『실력 차이』가 있는 것이다.

"뭐, 지금은 그런 걸 따져도 소용없으니 다음으로 미루겠지만, 내가 너한테 승부를 거는 건 돼도 네가 나에게 승부를 거는 건 안 돼. 알 거 아냐?"

"알지만 그거야말로 미루는 행위죠. 지금 눈앞에 제가 있고 나구모 학생회장과 싸워도 상관없다고 말하고 있잖아요. 그걸로 받아들일 수는 없겠습니까?"

피에 굶주린 늑대 앞에서 일부러 손가락 끝을 베어 피를 뚝뚝 떨어트린다.

그런데 눈앞의 늑대는 쉽게 덤벼들려고 하지 않는다.

지금까지 그래왔듯 아무 준비도 없이 도발하는 것이 아니라 강한 경계심을 품고 있다. 적이라고 간주하지도 않았던 예전이었다면 이미 내 손가락에 송곳니를 박았을 터. 본인은 깨닫지 못하고 있겠지만, 그것이야말로 나구모가 나를 적으로 인식하고 있다는 증거이기도 했다.

"넌 정말로 특이해. 나를 상대하는데도 전혀 기죽지 않아. 아니, 나뿐만이 아니라 호리키타 선배에게도 그랬던가."

호리키타 마나부가 있었던 시절이 떠올랐는지 나구모가 창밖으로 시선을 던졌다.

원래는 나 따위가 아니라 마나부와 싸우고 싶겠지.

그 목표는 이룰 수 없지만, 달리 대역이 없는 것 또한 사실이다.

"──만약에 내가 너와 승부를 겨룬다면 어떤 식으로 할 생각이지? 2학기도 절반 이상 지나서 곧 3학기다. 너도 알고 있겠지만 문화제 매출로 경쟁하려 해도 난 반 애들한테 전권을 넘겼어. 지금 와서 다시 돌려달라고는 아무리 나라도 말 못 해. 그렇다고 해서 다음 특별시험까지 기다리자니, 모든 학년이 경쟁하는 시험이라는 보장도 없고."

운에 맡기고, 모든 학년이 경쟁할 기회가 있기를 기대하며 기다리는 것.

그게 꼭 불가능하지는 않지만, 아무래도 현실적이라고 말하기는 어렵겠지.

"무엇보다도 다른 학년끼리 본격적으로 대결하기 어렵다는 건 전 학생회장과의 일로도 충분히 알고 있겠죠?"

작년 체육대회와 합숙 등에서 나구모는 호리키타 마나부와의 승부에 집착했었다.

형태는 상관없으니, 어떤 사소한 대결이라도 해서 승부를 가리려고 했다.

하지만 마나부는 그런 나구모의 도발을 잘 받아넘겼고, 많은 학생이 휘말리는 승부는 결국 펼쳐지지 않았다.

"누구보다 잘 알지. 조정하기 위해 얼마나 애써야 하는지. 올해만이 아니야. 작년에도 너 때문에 호리키타 선배와의 승부를 성사시키지 못했으니까."

그런 의미에서도 나구모에게 나는 언제나 달가운 존재가 아니었다.

"지금부터 제가 하는 이야기를 듣고 대결을 받아들일지 말지 고민해 보세요."

그렇게 말하자 나구모가 다시 의자를 깊이 당겨 앉으며 자세를 고쳤다.

학교에서 내는 특별시험은 불명확한 것이 많으므로 여러 가지 패턴을 미리 준비해야 한다.

어떤 형태로 맞이하든 대결을 실현하기 위한 수단은 있기 때문이다.

이야기를 마치자 나구모가 조용히 생각에 잠겼다.

"백 퍼센트 완벽한 승부를 실현할 수 있을지는 모르겠지만 현실적이라고 생각합니다."

"그건 그렇군. 하지만 정말로 네가 말한 플랜이 실현 가능할까?"

"이미 나구모 학생회장의 눈에도 상황이 보일 겁니다. 매일 옆에서 그녀를 관찰하고 있을 테니. 그렇다면 자세하게 파악 못 했을 리가 없어요."

"그렇군. 난 그때 너를 흔들려고 한 건데 동요하기는커녕 그걸 역이용하자는 건가."

"제 제안, 받아들이시겠어요? 아니면 거절하시겠습니까?"

나로서는 꽤 길게 이야기한 듯하다.

하지만 이 작업은 나구모와의 교섭에서 꼭 필요한 일.

"받아들여도 되겠지만……."

긍정적인 대답이 돌아오기는 했지만, 그 말에는 다른 의미도 포함되어 있었다.

"그런데 네 진짜 목적이 뭐야?"

"못 믿으시는 겁니까? 나구모 학생회장과 대결하고 싶을 뿐이라는 걸."

"못 믿겠는데."

확신한다는 듯 바로 대답했다.

나는 조금 기뻐졌지만, 일부러 나구모의 이어지는 말을 기다렸다.

"빨리 본론으로 들어가. 네 제안을 받아들일지 말지는 그 후에 생각하지."

들을 준비가 되어 있다면 사양하지 않고 본론을 꺼내겠다.

"나구모 학생회장에게 부탁할 게 있습니다."

부탁 내용과 구체적인 전개까지 전부 설명했다.

다 들은 나구모는 지난 일 년 내내 써왔던 학생회장 전용 의자를 바짝 당겨 앉으며 자세를 다시 고쳤다.

"하고 싶은 말이 뭔지는 잘 알았다. 하지만 그렇다면 나와의 승부를 원해서 제안한 게 아니네. 네가 원하는 전개로 만들려고 어쩔 수 없이 나에게 대결을 청한 거야. 그렇지?"

"절반은 맞고 절반은 틀렸습니다. 나구모 학생회장에 대한 저의 시각이 달라졌기 때문에 대결해보고 싶다고 생각한 것도 사실이에요. 다만 반쯤은 성가시다는 생각도 듭니다."

"솔직한 놈이네."

"그러니까 방금 전제로 말씀드린 걸 들어주시면 좋겠습니다."

"뭐 이런 웃기는 놈이 다 있지. 대결하고 싶다고 청하는 주제에 뻔뻔한 것도 정도가 있지."

"부정은 하지 않겠습니다."

"그것까지 포함해서 내가 너랑 놀 거라는 거냐?"

"거절하시면 그걸로 끝입니다. 앞으로 제가 나구모 학생회장과 대결할 일은 없겠죠. 설령 저와 같은 반 또는 같은 학년의 누군가를 이용하거나 인질로 삼는다고 해도 저는 철저하게 무시할 겁니다."

"과연 어떨까. 어중간한 녀석이야 못 본 척할 수도 있겠지만, 그게 카루이자와 케이라면?"

여기서 나구모가 케이의 이름을 언급하며 동요하게 만들려고 했다.

"상관없는데요."

망설이지 않고 바로 대답하자 나구모에게서 미소가 사라졌다.

"단호하게 말해서 통하지 않는다는 걸 어필하고 싶다……뭐, 그런 것도 아닌 듯하고."

"저는 전지전능한 신이 아닙니다. 케이든 다른 반 아이든 모두를 365일 24시간 지켜줄 수는 없어요. 이 학교에서 가장 큰 권력을 쥐고 다수의 학생을 컨트롤할 수 있는 학생회장이 그럴 마음만 먹는다면 제 눈이 미치지 않는 데서 얼마든지 누군가를 퇴학시킬 수 있겠죠."

물론 그에 상응하는 수고와 대가를 치를 위험도 있겠지만 내 알 바는 아니다.

"누군가를 제거해도 저는 절대 움직이지 않을 겁니다."

신경전을 벌이려는 것이 아니다.

순수한 진심이기에 나구모도 자연스레 미소가 사라졌다.

"너와 붙고 싶으면 방금 그 부탁을 받아들일 수밖에 없다는 건가."

"물론 무시하고 당당하게 졸업하셔도 전혀 상관없습니다."

"하지만 내가 도와주지 않으면 곤란해지는 것 아닌가?"

"이미 다른 플랜도 세워 놓았습니다."

그렇다. 굳이 이 이야기를 나구모에게 할 필요는 전혀 없었다.

하지만 아까 말한 절반의 이유.

나구모와 싸워 보고 싶은 감정이 이 제안을 한 이유다.

나구모의 다음 대답에 따라 모든 것이 결정된다.

나와 나구모의 승부가 펼쳐질지 아닐지, 최종 판단의 순간이다.

"좋아. 네 감언이설에 넘어가 주지, 아야노코지. 어차피 내 A반 졸업은 확정 사항이야. 그러니 마지막으로 너와 놀고 끝내는 것도 나쁘지 않겠어."

자신이 질 거라는 생각은 조금도 없고, 상상조차 할 수 없다.

계속 이겨왔다는 자부심이 있는 남자의 압도적인 자신감.

"감사합니다."

"그런데 정말로 괜찮은 거지? 네 제안대로 하면—— 어떤 결말이 되어도 주변 사람이 심하게 다칠 텐데."

"물론 괜찮습니다. 어찌 됐건 결국 나구모 학생회장은 관여했을 테니."

그 말에 강하게 반응하는 나구모.

"……너……."

마지막 한마디에 나구모 학생회장이 자리에서 일어나 가까이 다가왔다.

"알고 있었나."

"거리는 있어도 나구모 학생회장을 쭉 관찰해 왔으니까요. 앞으로 어떻게 할지 대충 짐작이 갔습니다."

이제 상대할 생각이 사라졌다고 하면서도 이 남자는 계속 나를 노리고 있었다.

머지않은 타이밍에 행동하리라는 것을 이미 예상했었다.

"그럼 카루이자와뿐 아니라 호나미도 예외가 아니라는 말인가."

"말씀드렸다시피 누구든 똑같습니다. 케이를 퇴학시키든 이치노세를 가지고 놀든, 아니면 호리키타나 다른 누군가라고 하더라도요. 그런 걸로 저를 움직일 수 있다고 생각하지 않는 것이 현명합니다."

콧방귀를 낀 나구모가 이내 진지한 표정으로 바뀌었다.

"놀이라고 했던 말은 취소다. 넌 호리키타 선배가 인정한 유일한 존재. 그걸 확신했어."

"그거 다행이네요. 그럼 이만 실례하겠습니다."

"어이."

"아직 할 말이 남았습니까?"

"네 철저한 포커페이스 하나는 인정하지. 나를 끌어내리고 교섭에 강하게 나왔다는 것도 알겠어. 그러니까 딱 한 번만 네 진심을 들려줘. 정말로 카루이자와의 퇴학 카드를 내밀어도 넌 방관할 생각이었냐?"

"케이, 아니 다른 누구든 반에 결원이 나오는 건 바라지 않습니다. 최대한으로 저항할 생각이었어요."

"그건 대답이 못 돼. 방금 한 말은 같은 반이 빠지는 것에 대해서지. 내 말은 너한테 특별한 존재인 카루이자와가 사라진다는데 불안이 조금도 느껴지지 않았다는 거다."

나는 몸을 돌렸다.

원래라면 여기서 할 대답은 정해져 있다.

『진심을 들키지 않으려고 허세 부렸을 뿐입니다.』

그런 식의 발언이다.

하지만 지금 상대하는 나구모에게 그런 대답은 최선이 아니라는 생각이 들었다.

"사라지면 사라진 것으로 딱 거기까지인 존재. 그 이상도 그 이하도 아닙니다. 오히려 뒤처리하기 편하니 전 좋죠."

"……머리에 나사 하나 빠졌구만."

처음 보는 나구모의 동요, 아니 이해가 안 된다는 중얼거림.

"그럼 다시 연락드리죠."

나는 조용히 학생회실 문을 닫고 나와 걸음을 뗐다.

나구모는 나더러 머리에 나사 하나 빠졌다고 했지만 틀렸다.

내가 생각하기에는 일시적 감정에 휘말려 오판하기 때문에 나사가 잘못 조여지는 것이다.

상대가 생판 모르는 남이든 연인이든 가족이든 달라지는 것은 없다.

실패하고 탈락하는 날이 오면 그것으로 끝.

최우선은 자기 자신을 지키는 것이다.

그게 바로 흔들림 없는 『정답』이다.

○반역의 봉화

11월 8일 월요일, 콘셉트 카페 참전을 선언한 류엔에게 뒤통수를 맞고 이리저리 대응하는 데 급급하면서도, 싸움의 결의를 굳힌 아이들이 해야 할 일은 달라지지 않았다.

류엔이 제안한 내기의 대답으로, 호리키타는 반의 합의를 얻고 100만 프라이빗 포인트를 건 일대일 승부를 제시했다. 문화제 매출 총금액이 1포인트라도 더 많은 반이 상대 반으로부터 그만큼의 포인트를 받기로 정했다.

아등바등하지 말고 정면으로 붙어서 이기면 된다.

반 아이들의 그러한 긍정적인 자세는 아주 크고 좋은 재료가 되겠지.

차바시라 선생님이 교실을 떠나고 방과 후가 되자 나는 스마트폰을 꺼냈다.

그리고 채팅창에 뜬 답장을 바로 읽었다.

『시간은 낼 수 있어. 그 장소로 갈게.』

아무래도 내 부름에 순순히 응할 모양이다.

그때 앞일에 대해서라고 전제를 깔아둔 덕분일까.

"키요타카. 같이 돌아가자."

"미안, 오늘은 일이 좀 있어."

"앗, 그래? 그렇구나…… 그럼 마야 짱이랑 가야겠다!"

바로 생각을 바꾼 케이가 아직 교실에 남아있던 사토 쪽으로 몸을 돌렸다.

"난 아야노코지의 대타?!"

"아이참, 그렇게 말하지 말고. 응?"

사토는 투덜거리면서도 싫은 기색 하나 없이, 오히려 웃으면서 케이를 받아들였다. 그리고 몇몇 여학생들까지 함께 즐거워하면서 교실을 빠져나갔다.

그중에는 얼마 전까지만 해도 사이가 좋지 않던 시노하라도 있었다.

사토와의 거리가 좁혀진 이후, 케이는 예전보다 한층 성장한 듯 보인다.

여하튼 나야 케이를 상대해 줄 사람이 있다면 고마운 일이다.

나는 칸자키를 만나기 위해 교실에서 나와 특별동으로 향했다.

이번 일은 전화나 채팅 혹은 보는 눈이 많은 곳에서는 할 수 없으니까.

가는 길에 2학년 A반 담임인 마시마 선생님 그리고 다른 학년을 맡은 선생님들이 복도에 서서 이야기하는 모습을 보았다.

평소에 보기 힘든 광경이라 시선을 빼앗기면서도 걸음을 멈추지는 않았다.

"요새 차바시라 선생님이 좀 달라지셨더라고요."

스쳐 지나갈 때 그런 말이 교사들 사이에서 들려왔다.

"사람이 둥글어졌달까, 웃을 때도 많아진 것 같고요."

"마시마 선생님은 차바시라 선생님이랑 고등학교 동창이시죠? 저, 이것저것 여쭤보고 싶은 게 있는데——."

아무래도 차바시라 선생님에 대한 화제 같았다.

서서 대화할 거면 교무실에 가서 실컷 하지라는 생각이 들었지만, 특정 인물, 그것도 성별이 다른 교사에 관한 내용이라면 저러는 것도 무리가 아닌가. 교사들이 말하는 차바시라 선생님의 변화가 만장일치 특별시험이 계기라는 것은 굳이 말할 필요도 없겠지.

담임으로써뿐만 아니라 교사로서 껍데기를 깨고 나왔다는 느낌을 받은 게 틀림없다.

마시마 선생님이 나를 발견하고 대화를 끊었다.

부주의한 발언을 학생에게 들려줘서 좋을 게 없다고 판단한 모양이었다.

"아야노코지. 특별동에 무슨 볼일이 있나?"

방과 후에 아무 이유 없이 이 복도를 지나갈 학생은 별로 없으니 당연한 의문이라고도 할 수 있다.

"약속이 있어서요. 남이 들으면 안 되는 이야기도 할 거라서."

그렇게 대답하자 마시마 선생님을 제외한 교사들은 왠지 민망해하는 표정을 지은 후, 이만 해산하려는지 걸음을 떼기 시작했다.

나도 바로 자리를 뜰 수는 있지만 약속 시간까지 조금

여유가 있긴 했다.

"마시마 선생님, 마침 잘 됐어요. 여쭤보고 싶은 게 있는데 잠깐 시간 괜찮으세요?"

마시마 선생님이 끝까지 가지 않고 있던 것도 어떤 인연이겠지.

"나한테? 묻고 싶은 게 뭔데?"

"문화제의 명기되지 않은 규칙에 관해서입니다."

살짝 의아한 표정을 지은 마시마 선생님은 곧바로 교사의 눈으로 나를 똑바로 응시했다.

이 학교는 일반 고등학교와 크게 다른 특수 규칙으로 성립되어 있다.

학생 한 사람 한 사람, 착안점이 다르다는 것은 잘 알고 있을 터.

하지만 그러면 필연적으로 신경 쓰이는 부분도 생긴다.

"네가 뭘 묻고 싶은지는 모르겠지만, 일단 담임인 차바시라 선생님에게 확인을 구하는 게 맞지 않을까?"

그 전제가 잘못된 게 아니냐는 언질을 망설이지 않고 주었다.

하긴 원래라면 담임 교사에게 규칙 설명을 요구하는 것이 맞긴 하지.

"때와 상황에 따라서는 차바시라 선생님이 아닌 다른 분이 나을 때도 있죠."

"교사는 모든 학생을 공평하게 대해야 하는 존재지. 하

지만 같은 학년 다른 반이라면 문제가 전혀 안 생기는 것
도 아니야. 그 점은 잘 알고 있겠지?"

묻고 난 뒤에는 이미 늦을 수도 있다고 미리 못 박았다.

"마시마 선생님은 학생의 기대를 저버릴 분이 아니라고
판단했습니다."

"네가 그렇게 판단한다면 촌스러운 짓은 그만하지."

믿음에 부응하겠다기보다 그렇게 믿는다면 마음대로 하
라는 태도였다.

"그래, 명기되지 않은 규칙에 관해서 뭐가 궁금하지?"

질문을 받아들인 마시마 선생님에게 나는 특수 케이스
에 관해 물어보았다.

내용을 듣고도 선생님은 전혀 놀라지 않았는데 그야 당
연하겠지.

학교 측도 학생들의 다양한 희망에 따르기 위해 명기하
지 않은 이면의 규칙을 마련한 것이다.

그렇기에 나처럼 생각하는 학생이 나와도 이상하게 여
기지 않는다.

"네 생각대로인 건 맞아. 필요에 따라 행사할 수는 있다."

"역시 그렇군요."

절대 엉뚱한 이야기가 아니다.

반이 처한 상황에 따라, 또는 큰 불상사가 생겼을 때 요
구하는 경우가 있을 것이다.

"하지만 그게 효율적인지를 묻는다면 난 의문스러워.

너도 알겠지만, 그게 학생끼리라면 아무 문제도 없겠지. 아니, 정확하게는 문제가 일어나지 않게 자기들끼리 잘 논의하겠지. 내 말이 무슨 의미인지 알겠나?"

"네. 규칙으로 명기할 필요도 없고, 독자적으로 가능하다는."

"그래. 물론 각각 리스크가 다르겠지만. 그런데 왜 그 선택지를 시야에 넣는 거냐."

"만일의 사태에 대비하는 것은 당연하다고 생각합니다만."

그렇게 대답하니 마시마 선생님은 생각에 잠기면서 고개를 끄덕였다.

"행사할지 말지와 별개로——라는 얘기인가. 그렇군, 하긴 미리 알아둬서 손해 볼 건 없나."

마시마 선생님은 말로 하지 않았지만, 거기서 파생되는 매출까지의 과정이 어렴풋이 보이지 않았을까.

"확인할 수 있어서 다행입니다. 감사합니다."

"그래."

이제 문화제를 앞두고 확인해둬야 할 사항 하나가 줄었다. 생각지 못한 형태의 수확이네.

인사하고 이만 가려는데 마시마 선생님이 나를 불러세웠다.

"아야노코지, 아까 차바시라 선생님 이야기를 조금 들었을 것 같은데…… 만장일치 특별시험 때 무슨 일이 있었던 거냐."

"못 들으셨습니까? 차바시라 선생님한테?"

결과는 당연히 마시마 선생님도 알고 있겠지만, 차바시라 선생님의 심경 변화에 대해서는 이해가 미치지 않는 부분이 있는 듯했다.

"퇴학자의 유무와 상관없이 사람이 긍정적으로 웃게 되었어. 그 특별시험 때 그녀의 마음을 움직일 만큼 강렬한 사건이 있었던 게 분명해. 그렇지?"

그러고 보니 마시마 선생님과 차바시라 선생님은 고도육성 고등학교 출신에 같은 학년.

과거 모든 사정을 잘 알 테니 이렇게 놀라는 것도 무리는 아니다.

"학생한테 물을 건 아닌가. 방금 한 말은 잊어라."

"네. 그럼 저는 이만 가보겠습니다."

마시마 선생님에게 가볍게 인사한 나는 약속 장소인 특별동으로 향했다.

1

문화제가 조금씩 다가오고 있는데, 그와 별개로 병행 처리해야 하는 문제가 있다. 바로 이치노세의 반을 변화시키는 것이다.

그 반의 붕괴 카운트다운이 내 예상보다 빨리 진행되고

있었다.

그것을 막는 조치를 해야 한다.

이번에는 리더 이치노세와는 접촉할 생각이 없다.

지금 필요한 것은 그 아래에 이어진 반 아이들의 변화이기 때문이다.

하지만 이 일은 신중하게 진행해야 한다.

그 역할을 맡을 실력이 되는 적임자는 당연히 그 이외에 없겠지.

"이런 곳에서 보자고 해서 미안."

방과 후, 지정한 장소로 향하니 칸자키가 벌써 와서 기다리고 있었다.

표정이 험악해서, 즐겁고 유쾌한 대화를 나눌 분위기가 아님은 확실했다.

"나한테 무슨 용건이야?"

칸자키와는 다른 반이라도 입학 초기부터 알고 지냈지만, 특별히 가까운 사이는 아니었다. 최근에 와서는 나라는 존재에 불신감을 품고 있어서, 굳이 따지자면 나를 싫어한다고 생각했다. 아니, 싫어한다고 해서 내 부름을 꼭 거부하지는 않겠지만.

싫어하니까, 경계하니까 더 대화하고 싶은 마음이 들어도 이상하지는 않다.

게다가 남들이 보지 않는 곳에서의 만남이라면 그럴 가능성이 클 듯하다.

"앞일에 관해 얘기할 때가 왔어."

"앞일? 대체 무슨…… 뭐, 그건 그렇다고 치고. 나 먼저 얘기해도 될까?"

내가 용건을 꺼내기 전에 칸자키가 자세를 바로 했다.

예상하지 못한 선수에 나는 살짝 놀랐지만, 일단 칸자키의 이야기에 귀를 기울여보았다.

"요즘 들어 난 계속 고민하고 있어. 누구에게도 상의하지 못하고 그냥 혼자서 계속."

그렇게 말한 직후, 그게 아니라고 스스로 말을 정정했다.

"아니, 고민하고 있다는 말은 좀 과장이고, 내가 어떻게 굴어야 할지 매일같이 생각해."

언제나 차분하고 냉정한 칸자키답지 않게 말에 감정이 담겨 있었다.

그가 대답을 구할 때까지 나는 잠자코 듣고만 있기로 했다.

"앞으로 남은 학교생활에서 뭘 찾아내면 좋을까…… 하고."

친구 관계나 이성 문제로 좌절해서 고민인 것은 아니겠지.

이 학교 학생들이 가장 신경 써야 하는 포인트는 오직 하나, A반이 되는 것뿐.

"지금 와서 새삼스럽게 말할 것도 없지만 우리 반은 못 이겨."

무엇을 못 이긴다는 뜻일까.

문화제? 아니면 그 후에 있을 학년말 특별시험인가?

아니, 그런 작은 이야기로는 끝나지 않는다.

이치노세의 반은 A반으로 올라갈 수 없다는 현실.

그것을 깨달은 칸자키가 내지르는 비명이다.

"학력도 운동도 통솔력도, 다른 반에 뒤지기 때문은 절대 아니야. 오히려 더 뛰어난 면도 있다고 느껴. 하지만 그게 꼭 승리로 이어진다는 법은 없다는 걸 알았어."

스스로 생각하고 스스로 이해하고 스스로 고민하기 시작했다. 상상했던 대로 그 시작은 칸자키였다.

"하고 싶은 말이 뭔지는 알겠어. 그래서 나한테 뭘 원하는 거야, 칸자키."

이야기에 귀를 기울이고, 잘 알았다고 이해를 드러내는 것만이라면 누구나 가능하다.

"너한테…… 이치노세에 관한 조언을 듣고 싶어."

내가 아니면 안 되는 이유.

몇 없는 공통 화제가 될 듯한 인물의 이름이 바로 나왔다.

"아니, 그게 다는 아니고. 우리 반이 앞으로 어떻게 하면 좋을지도 네 의견을 들려주면 좋겠다."

"……그렇군."

이 남자는 가벼운 마음으로 남에게 도움을 청하는 성격이 아니다.

이 정도까지 내몰렸기에 칸자키는 수단을 고민하는 수밖에 없었다.

아니, 처음에는 그 도움조차 검토의 여지가 없었다.

혼자만 계속 껴안고 있는 그런 미래도 있지 않았을까?

"그 녀석은 내 의견을 진지하게 듣지 않아. 아니, 내가 아니라 누구라도 같을 거야."

"이치노세는 그게 누구든 하는 말을 잘 들어주는 학생이라고 인식했었는데."

"그건 이치노세와 방향이 같을 때에 한해서지. 지금 굳이 설명할 것까지도 없는데."

일부러 시험하듯이 말했는데 이제 그럴 필요도 없나.

쉽게 설명해서 누군가를 구하기 위해 협력해주면 좋겠다고 부탁하면 이치노세는 리스크도 고려하지 않고, 배신하지 않고, 끝까지 옆에서 도와준다. 하지만 반대로 아무 이유도 없이 누군가를 끌어내리는 것을 도와달라고 부탁한다면 이치노세는 절대 돕지 않는다.

악을 바로잡고 정의를 이룬다, 그런 말로도 그녀를 표현할 수 있다.

근본을 뒤집으려고 금전적 대가 등을 제시해도 달라지지 않으리라.

"그 녀석이 가는 방향이 틀렸다는 말은 아니야. 하지만 이상론은 이상론이야."

"그 이상론이 필요할 때도 많은데."

"그렇지, 잘될 때는 고생을 감수하고서라도 함께할 각오는 되어 있어."

실제로 칸자키를 비롯한 반 아이들은 지금까지 이치노세를 따르며 고락을 함께해왔다.

"지금도 그래. 이치노세의 방침에 따라 계속 반 포인트를 잃었어. 꼴찌로 떨어져, 벗어날 실마리조차 잡지 못하고 있어."

"거침없이 말하네. 괜찮아? 반의 속사정을 이렇게까지 들려줘도 돼?"

"우책이지."

자기가 생각해도 어이없다는 식으로 말을 토해냈다.

"하지만 우책도 엄연한 방책이야. 지금은 너한테 부탁하는 것밖에 방법이 없어."

왠지 단념한 듯한 시선을 내게서 돌려, 아무도 없는 복도 바닥을 응시했다.

"만장일치 특별시험에서 난 누군가를 퇴학시켜서라도 반 포인트를 획득해야 한다고 주장했어. 찬성표를 던지며 발버둥 치려 했지만, 그것도 불발로 끝났지."

그 반의 내부사정은 전혀 아는 바가 없지만, 그렇다면 상상해보긴 쉽다.

칸자키는 반의 향상 그리고 현실을 이해시키기 위해서 퇴학자가 나오는 쪽에 찬성했다. 계속 찬성표를 던져서 아이들의 인식을 바꾸려고 했지만, 이치노세를 비롯한 아이들은 아무도 그의 의견에 동의하지 않았다. 그렇다고 해서 반란을 일으킨 칸자키를 집요하게 비난하지도 않고 같이 노력하자고 설득했다. 실패했더라도 비슷했을 것이다.

"……웃기는 이야기지."

내가 대답하지 않자 칸자키가 침묵을 깨고 중얼거렸다.

"적이고 아군이고 이런 얘기를 해서 뭐가 달라진다고."

조언을 얻을 리 없다고 혼자 멋대로 이해했다.

그냥 흥분해서 이성을 잃고 한 행동이라며, 이제는 자책이 드는 모양이었다.

"이치노세는 너에게 푹 빠져 있어. 이치노세의 방침을 바꿀 수 있는 유일한 사람은 그런 특수한 존재뿐이야. 이렇게 일직선으로밖에 보지 못하게 되었어."

"그렇군."

반을 구제하려면 리더인 이치노세의 생각과 가치관을 바꿔야 한다.

반의 전체적 능력은 충분하니 그렇게 하면 과연 희망이 보일 것이다.

"흐름을 바꿔서 정체된 이 상황에서 벗어나고 싶은 마음은 진짜인 것 같군."

지금 와서 아닌 척할 필요도 없으므로 칸자키는 고개를 깊이 끄덕였다.

하지만 정말 그게 반을 위한 길인지는 잘 생각해보아야 한다.

불안에 빠진 칸자키의 눈에는 보이지 않겠지.

이치노세만 바꾸면 반을 구할 수 있다는 미래상은 허구

에 불과하다는 사실이.

설령 이치노세가 내 말 한마디에 바뀐다고 해도 그것을 진정한 성장이라고 말할 수 있을까?

때로는 비정한 결단을 내릴 줄 아는 이치노세가 되면 다른 반을 맹추격할 수 있을까?

단점을 없애기 위해 유일무이하다고도 할 수 있는 장점을 없앤다.

한번 그쪽으로 방향을 틀어버리면 다시 돌이킬 수 있다는 보장이 없다.

"흐름을 바꿀 필요가 있다는 데에는 동의해. 하지만 방법은 동의 못 하겠어."

"그것 말고 다른 선택지가 없어. 이치노세를 움직일 수 있는 사람은 아야노코지뿐이야."

"과연 그럴까. 나보다 더 적임자가 있을 것 같은데."

"전혀 생각도 안 나."

떠오르는 인물이 전혀 없는 칸자키로서는 인상이 찌푸려지는 이야기겠지.

"실은 오늘 칸자키한테 말한 후에 한 명 더, 여기로 부른 애가 있어."

"누군데."

"칸자키도 잘 아는 너희 반 애야."

"설마 이치노세를 부른 건 아니겠지?"

어떤 의미에서는 이곳에 제일 나타나지 않았으면 하는

인물이리라.

"미안하지만 이치노세는 아니야. 흐름을 바꿀 가능성이 숨어 있는 아이지."

"찬물 끼얹어서 미안한데 유감이지만 우리 반에서 이치노세에게 이의를 제기할 수 있는 사람은 나밖에 없어. 그건 내가 직접 경험해서 잘 알고 있지."

"시야가 너무 좁은 거 아닌가, 칸자키."

"뭐라고?"

"너희 반은 하나의 바위 같아 보여도 진정한 의미로는 하나가 아니야. 서로 이어붙인 거고, 그 속에서 주변 분위기에 휩쓸려 어쩔 수 없이 있는 학생도 적잖이 있을 거야."

그렇게 말했지만, 칸자키는 아직 감이 오지 않는 눈치였다.

그것도 무리는 아닌가.

자기 반 아이들에게 쉽게 불안을 느끼게끔 행동한 적은 없을 테니.

"어째서 너희 반의 순위가 떨어지고 지금 큰 위기에 빠져 있을까."

연쇄적으로 일어난 문제들을 더듬어 가다 보면 최종적으로 어디에 다다르는지.

그것을 칸자키와 아이들이 인지해야 한다.

"앗? 칸자키는 여기 왜 있는 거야?"

여기에 나만 있을 줄 알았는지 히메노가 약간 당황한 표정을 지었다.

약속 시간보다 조금 빨리 왔는데 오히려 좋은 타이밍이다.

"히메노? 아야노코지랑 접점이 있었던가?"

"조금."

학교에서는 만난 적이 없다고 해도 과언이 아닌 상대니까 말이지.

칸자키뿐 아니라 대부분이 비슷하게 생각할 것이다.

"히메노가 네가 말한 적임자라니 도저히 믿을 수 없군."

지금까지 학교생활을 해오면서 칸자키가 히메노의 이미지를 어떻게 그렸는지 대충 상상이 간다. 반의 다른 아이와 다르지 않은 여학생 중 한 사람에 불과하겠지.

"그걸 지금부터 증명할게."

"잠깐만. 지금 내 얘기를 하는 것 같은데, 뭐야?"

아무것도 모르고 불러서 온 히메노에게는 당혹스러운 상황이겠지.

"그게…… 아니, 잠깐만."

설명하려던 칸자키가 어떤 모순점을 깨달았다.

"뭐지? 아야노코지."

"뭐가."

"너 말이야, 무슨 얘기를 하려고 나를 부른 거야? 히메노는 미리 불렀다고 했지. 이건 마치 처음부터——."

말하던 도중에 입을 닫은 칸자키는 히메노와 나를 번갈아 응시했다.

"뭐야 뭐야, 이게 다 무슨 소리야?"

"내가 오늘 너한테 우리 반 일로 상의할 거라고 미리 읽었던 거냐……. 너도 우리 반이 변화해야 한다고 생각했던 거야? 아니, 하지만 그런 생각하는 의미도, 직접 실행하는 의미도 난 모르겠는데……."

나는 이곳으로 칸자키를 불러냈고, 칸자키는 내가 말을 꺼내기 전에 자기 반의 속사정을 털어놓았다.

그 타이밍에 히메노가 모습을 드러냈는데 이야기의 흐름이 이어지는 것 자체가 부자연스럽다.

"넌, 네 눈에는 어디까지 보이는 거냐……."

칸자키가 이야기를 먼저 꺼냄으로써 내 계산을 의외의 형태로 알게 되었다.

그 결과, 칸자키를 놀라게 하는 데 충분한 효과가 나온 것 같다.

"본론으로 들어갈까. 오늘 내가 칸자키를 불러낸 이유를 말할게. 내 도움을 받아 이치노세를 바꿀 필요 없어. 바꿔야 하는 건 너희 반의 의식이야. 반의 의식이 바뀌면 이치노세에게도 저절로 변화가 일어날걸."

"……소용없는 일이야. 지금까지 내가 몸으로 경험했다고."

"너 혼자면 그렇겠지. 하지만 두 명이라면? 세 명이라면? 이치노세를 제외한 모두의 의식이 바뀌었다면 만장일치 특별시험의 결과도 달라졌겠지."

"모두의 의식이 바뀌다니, 무슨 꿈 꾸는 소리 하고 있어.

그리고 설령 애들 인식이 바뀌었다고 특별시험 결과가 달라졌을까? 이치노세는 끝까지 퇴학자가 나오는 걸 인정하지 않았을 텐데."

"물론 반을 생각하는 이치노세는 퇴학자가 나오는 걸 찬성하지 않았겠지만, 그렇게 해서 특별시험이 실패로 끝나고 페널티를 받았을지는 또 모르는 거지."

"잠깐만. 이치노세는 무거운 페널티를 감수해서라도 반 아이를 지킬 애야."

여기 와서, 방관자에 가까웠던 히메노가 끼어들었다.

"39명이 반대하는데도 이치노세가 정말 끝까지 관철했을까?"

"그랬을 거야, 이치노세라면. 안 그래? 칸자키?"

"나도 그렇게 생각, 하지만……. 모순이 생기는 것도 분명하긴 해."

이치노세는 반을 위해 가장 앞장서서 싸운다.

하지만 그 아이들 모두가 반대한다면 과연 어떻게 될까?

자신이 틀린 행동을 하고 있다는 것을 알면서도 끝까지 반대표를 던질 수 있었는지는 모를 일이다.

만약 계속 밀고 나간다고 해도 그다음에 기다리고 있는 것은 이치노세 스스로 느낄 자기혐오.

자기 때문에 반 포인트를 크게 잃었다는 사실만이 남는다.

"자책감에 시달린 이치노세가 계속 리더의 책무를 다했을지는 모르는 일이지."

"그거, 지금보다 더 최악의 결말이잖아."

"그래. 그리고 이치노세는 그런 전개를 바라지 않을 거야. 그럼 실제로는 어떻게 됐을 것 같아? 칸자키."

"반 애들 모두 나처럼 퇴학자가 나오는 쪽을 받아들인다면 말이야?"

비현실적이라는 것을 알면서도 그렇게 가정하고 시뮬레이션을 해본다.

"제한 시간을 넘길 것을 각오하고 39명이 계속 찬성에 투표한다면 결국 이치노세는 의지를 꺾고 찬성 쪽으로 바뀌었을 거야. 그런 다음 자기를 퇴학시키도록 표를 유도했겠지……."

막힘없이 나온 대답.

이치노세를 퇴학시키고 반 포인트 획득에 성공하는 반.

게다가 동시에 이치노세라는 선에 대한 속박도 끊어낼 수 있었다.

"말도 안 된다니까. 그리고 만에 하나 그런 전개가 되었더라도 단점이 훨씬 더 많은걸."

이치노세 반에서 이치노세가 사라진다.

생각해보지도 못한 전개이긴 하겠지만, 칸자키에게는 탈피의 계기가 될 것이다.

"물론 이치노세를 퇴학시키라는 게 아니야. 그저, 반 아이들이 바뀌면 반에도 변화가 찾아올 거라는 말이 하고 싶었어. 난 이치노세를 바꾸는 게 아니라 반의 의식을 바꿔야 한다고 생각해. 그리고 그 시작이 너희 둘이고."

"나, 나?"

"넌 이치노세가 한 일에 전부 찬성하진 않았잖아. 맹신적인 애들과 달리 칸자키처럼 의문을 가질 수 있는 사람이야. 안 그래?"

"그건——."

"칸자키가 만장일치 특별시험에서 저항감을 드러냈을 때 넌 어떻게 생각했어?"

"……."

침묵하며 고개를 숙이는 히메노.

"들려줘. 나도 네 생각을 알고 싶다."

"무리라고 생각했어. 반은 그리 쉽게 변하지 않아. 자기가 다치는 것보다 남이 다치는 모습을 더 보기 싫다는 듣기 좋은 말만 늘어놓으니까."

자기가 느꼈던 것을 조금씩 털어놓기 시작했다.

"칸자키의 저항은 단순히 시간 낭비라고 생각했어. 그래서 난 빨리 그 고통스러운 시간이 끝나길 바라서, 적당히 하라고…… 그렇게 말했었지."

그때가 생각났는지 칸자키가 눈을 한 번 감고는 살짝 고개를 끄덕였다.

"넌 히메노의 그 말을 듣고 다른 애들도 같은 생각이라고 받아들였던 것 아니야? 이치노세를 거스르지 마라, 친구를 버리는 선택지가 있을 리 없다, 히메노가 그런 생각에 발언했다고 여겼을 거야."

칸자키는 부정하지 않고 고개를 끄덕였다.

"하지만 사실은 아니었어. 히메노는 사실 반의 존재 방식에 의문을 품고 있어."

"그럼 왜 말하지 않았어. 만장일치 특별시험 때가 아니더라도 언제든 말할 수 있었을 텐데."

그 반 사정을 모르는 나는 관여할 수 없는 대화가 시작되었다.

원래 이 이야기는 여기서 나눌 것이 아니다.

제삼자인 내가 들어서 좋을 일이 하나도 없기 때문이다.

하지만 지금은 오히려 상황이 역전되었다.

내가 있기에, 이곳이기에 비로소 히메노로부터 이야기를 끄집어낼 수 있다.

요컨대 지금 이 기회를 놓치면 하나도 달라지지 않은 이치노세 반의 일상으로 다시 돌아가게 된다.

"하아……."

히메노의 눈은 칸자키처럼 다양한 감정의 빛깔을 띠지 않았다.

"쉽게 말하지 마."

토해낸 한숨처럼, 회피하듯 시선도 놓아주었다.

"대답 안 해도 알 거 아냐. 우리 반에는 강한 동조 압력밖에 없어. 내가 흰색이라고 생각해도 다수가 검은색이라고 말하면 검은색이 되는 거야. 그게 옳은지 아닌지와는 상관없어. 그런 반인데 소수파가 발언해봐야 무슨 의미 있겠어. 검은색이라고 생각하는 걸 흰색이라고 말할 때까지 주위에서 둘러싸고 계속 설득한다면 고통스럽기만 할 뿐이야. 그래서 난 지금까지도 아무 말도 하지 않았고, 앞으로도 그럴 생각이야."

"하지만 말하지 않으면 흰색은 영원히 검은색이 되는데."

"그래도 상관없어. 남들 멋대로 결론 내리고 검은색이라고 주장하는 걸 그냥 받아들이면 되는 거야. 그래도 마음속으로는 흰색이라고 계속 생각할 수 있어."

패기라고는 없는, 이게 바로 자기 반의 실체임을 보여주는 듯한 히메노의 태도.

"칸자키도 무리하게 주장했다가 상처만 받았잖아? 자기는 흰색이라고 믿는데 억지로 검게 물들이고 덧칠하니까. 그거 진짜 괴롭지?"

쓸데없는 고생. 그것을 피하고자 히메노는 그냥 넘기는 쪽을 택했다.

아니, 그런 사람은 히메노만 있는 게 아니겠지.

이치노세 반의, 다른 학생들에게도 통용되는 이야기이다.

"나를 같은 편이라고 생각하지 않았으면 해. 미안하지만 난 칸자키처럼 뜨거워질 수는 없어서."

따지듯 가까이 다가서는 칸자키를 물리치듯 한 발 뒤로 물러서는 히메노.

"정말 괜찮아? 지금의 반 그대로여도?"

처음에는 히메노도 반의 다른 아이와 똑같다고 생각한 칸자키.

하지만 자기도 모르게, 이제는 나를 중간에 끼우지 않고 필사적으로 대화를 끌어내려고 하고 있다.

"괜찮고 안 괜찮고를 떠나서 그 이전에 난 나를 지키는 게 더 중요하니까. 그 누구와도 허물없이 가까운 친구가 될 수는 없지만, 그렇다고 그 누구와도 사이가 나빠질 수 없어. 같이 놀 때도 있고 없을 때도 있는 딱 그 정도의 거리감과 분위기를 무너뜨리고 싶지 않아."

아무 일 없이 끝날 수 있다면 그게 제일이라는 히메노의 주장도 나쁘지는 않다.

하지만 그래서는 아무리 시간이 지나도 반은 앞으로 나아갈 수 없다.

"만약 칸자키의 주장을 반 애들 과반수가 받아들인다면 그땐 나도 그쪽에 붙을게. 그럼 되겠지?"

무슨 일이 있어도 소수파가 될 생각은 없다고 히메노가 단호하게 말했다.

"윽······!"

그 말에서 느껴지는 진짜 마음과 가짜 마음.

칸자키와 함께 반기를 들게 된다면 히메노를 기다리는 것은 다수파의 회유라는 이름의 공격이다.

그건 자기 생각을 버릴 때까지 계속 반복되겠지.

"그만 가봐도 될까? 이번 일은 아무에게도 말하지 않을게.

말하면 나만 곤란해지니까."

떠나려고 하는 히메노에게 칸자키는 어떻게 나올까?

이대로 보내면 결국 반에 개혁은 일어날 수 없다.

"……잠깐만 기다려줘."

"싫은데."

"아무한테도 말할 생각 없었는데, 실은 내가 큰 결단을 내리려고 해."

"그게 무슨 소리야?"

"난 언제까지고 이치노세랑 지금의 반에서 같이 가라앉을 생각이 없어."

칸자키는 지금까지 아무에게도 보인 적 없었을 마음을 히메노에게 말로 전했다.

"그 말은…… 반을 배신하겠다는 뜻이야?"

"부정은 안 할게. 이기지 못하는 반에 계속 머물러 있어도 의미 없으니."

만약 칸자키가 반에서 사라진다면 반격의 봉화는 절대 피어오르지 못할 것이다.

지금의 환경에서 이치노세 반의 선두에 설 수 있는 사람은 분명 칸자키 뿐이니까.

"협박하려는 게 아니야. 하지만 그것만은 미리 말해둔다."

설령 칸자키가 어떤 방법을 써서 반을 떠나더라도 히메노 개인에게 미치는 영향은 없다.

하지만 반이 위로 올라갈 계기를 잃는다는 것 정도는 잘 알겠지.

히메노의 동요. 명백하게, 남 일처럼 굴던 태도와는 다른 반응을 보였다.

"그래도 괜찮은 거지? 히메노."

"치사하네. 그거 협박이잖아……."

"그렇게 받아들일 수도 있겠지."

히메노를 통해 이치노세 쪽 귀에 들어갈 위험도 있는 배신의 기미.

이치노세는 둘째치고 다른 아이들은 칸자키에게 반 이동 권리가 가지 않도록 막을 수도 있는, 리스크밖에 없는 폭로였다.

이것은 칸자키가 거는 도박. 진심인지 아니면 그냥 엄포를 놓은 것인지는 중요하지 않다.

"──정말로 반을 바꿀 생각이야?"

"반가운 일이라고는 말 못 하겠지만, 아야노코지의 말은 틀리지 않았어. 우리 힘으로 이치노세를 바꿔야 반을 구제할 수 있다고 난 믿고 싶어."

"하지만 나는……."

히메노가 아랫입술을 깨물며 눈을 질끈 감았다.

고립무원에 있는 칸자키와 손잡는다면 히메노도 백안시의 대상이 될 것이다.

그녀가 그것을 바라지 않는다는 건 칸자키도 잘 알고 있다.

하지만 누군가는 해야만 한다.

"······나도······ 이길 수 있다면 이기고 싶어."

칸자키가 선두에 있는 자신이 사라질 가능성을 내보이자 그제야 히메노는 마음의 빗장을 열었다.

적어도 반을 변화시키고 이길 가능성을 버리려고 하지 않았다.

다만, 아직은 빗장만 푼 상태일 뿐.

"그럼 이제부터는 행동하는 수밖에 없어. 안 그래?"

이랬는데도 히메노가 움직이지 않는다면 칸자키가 쓸 방법은 완전히 사라지게 된다.

선택하고 싶지 않아도 다른 반으로 옮겨서 승리하는 방침으로 전환하는 수밖에 없다.

반면 다수파가 아니면 검은색을 검은색이라고 말하지 못하는 히메노는 패배 확정이다.

"하고 싶은 말이 뭔지는 잘 알았어. 하지만 아직은——."

"아직 이치노세의 방침으로도 이길 가능성이 있다고 말하려는 건 아니겠지?"

칸자키가 가로챈 말이 히메노를 강하게 찔렀을 것이다.

하던 말을 다 잇지 못하고 입술이 굳게 닫혔다.

"히메노는 A반으로 졸업하고 싶지 않아?"

그 말이 마치 창처럼 히메노의 마음을 찔렀다. 통증과 출혈을 동반하는 것.

"나도 A반으로 졸업할 수만 있다면 그러고 싶다고!"

찢어질 듯한 목소리가 복도에 크게 울려 퍼졌다.

예상보다 몇 배는 더 컸을 히메노의 성량에 칸자키가 깜짝 놀라 할 말을 잃었다.

"하지만 지금 상태에서는 아무리 생각해도 가능할 것 같지 않아! 될 것 같지 않다고!"

감정이 폭발하면서 히메노가 소리쳤다.

"칸자키도 잘 알 거 아냐!"

"알지! 아니까 지금 해야만 한다고 말하는 거야! 난 다른 반에 지고 싶지 않아!"

성량은 히메노에 한참 못 미치지만, 그래도 칸자키답지 않은 큰 목소리에 히메노 또한 놀랐다. 흥미롭게도 당황하고 기죽은 히메노를 보면서 나는 더욱 확신했다.

히메노가 처음으로 자신의 솔직한 모습을 보인 것. 그리고 칸자키의 아이 같은 일면. 이치노세의 반에는 이렇게 겉으로만 아무렇지 않게 잘 지내는 학생들도 적지 않을 거라는 사실이다.

1년 반 동안 호리키타의 반은 많은 아이가 자신의 약점을 드러냈다.

우등생인 자신만 우선하고 남이 퇴학당하든 말든 상관없던 사람.

공부와 소통이 어려워 금세 폭력으로 달아나던 사람.

카스트의 상위로 올라가기 위해 힘 있는 사람에게 기생하던 사람.

자기 과거를 지우기 위해 친구의 퇴학을 획책하던 사람.

그렇게 마음속 약점을 가진 학생들은 추락할 데까지 추락했고, 다시 올라올 수 있었다. 그중에는 지금은 믿어지지 않을 만큼 성장한 사람도 있다.

"……칸자키도 그런 느낌이구나. 늘 냉정해서 몰랐는데, 깜짝 놀랐네."

"……나도 마찬가지야. 히메노가 그런 생각을 하는 줄 몰랐어."

이치노세 반에는 호리키타 반처럼 겉으로 쉽게 드러난 고난이 없었으리라.

넘어져서 긁힌 상처를 발견하면 바로 치료하고, 다음부터는 넘어지지 않게 양쪽에서 잘 잡아준다. 손이 아픈 학생이 있으면 대신해서 부축한다.

이윽고 학생들은 이해하게 된다. 걱정 끼치지 않게 조심해야 한다고.

왜 넘어졌는가. 왜 손이 아픈가.

사실은 더 아픈 곳이 있을 텐데, 걱정 끼치지 않으려고 조용히 혼자 견딘다.

그렇게 해서 형성된 것이 형식적인 관계만 있는 이치노세 반이다.

"진정한 의미에서 같은 편이 될 때가 온 거야."

침묵으로 일관하던 나는 두 사람에게 그렇게 말했다.

"하지만 어떻게? 어떻게 해야 앞으로 나아갈 수 있는데? 히메노가 의식을 바꿀 수 있는 사람이라고 해도 그다음으로 이어지지 않는다면 의미가 없어."

"답을 성급하게 찾을 필요는 없어. 지금부터 둘이서 찾아보는 거야."

"찾다니…… 뭘?"

"너희처럼 진심을 감춘 사람."

혼자서는 찾기 힘들어도 둘이서 의논하다보면 그 시야가 몇 배는 확장될 것이다.

누군가의 시점이 더해지면 새로운 발견을 얼마든지 할 수 있겠지.

"만약에…… 한 사람을 찾게 된다면……?"

"간단하지. 그다음에는 셋이서 찾는 거야. 그리고 넷으로 만들어. 그걸 계속 반복해."

그러면 작은 불씨는 이윽고 커다란 불길이 된다.

그리고 이치노세도 알게 될 것이다.

반이 바뀌려고 하고 있다고.

"아직 늦지 않았어. 강해져라. 그리고 학년말 시험에서 호리키타가 이끄는 반을 쓰러트려 보는 거야."

그걸 해낸다면 3학년이 될 때 A반이 될 희망이 조금이나마 남아 있을 것이다.

"……어떻게 해? 칸자키."

"상상 이상으로 고생할 각오를 해야 할 거야. 그래도……
못 할 건 없지."

히메노라는 실제 사례를 본 이상, 반에 그런 사람이 없다고는 절대 말할 수 없다.

한편 히메노도 칸자키의 강한 의지를 가까이에서 확인했을 것이다.

"A반으로 졸업하고 싶은 마음은 같아. 지금까지 아무한테도 말하지 못했지만……."

어떤 경위가 되었든, 히메노의 마음은 칸자키에게 전해졌다.

"그래, 그랬던 거야. 우리의 목표는 처음부터 조금도 달라지지 않았어."

이제부터 첫걸음마를 둘이 함께 내딛게 된다.

"저기…… 아야노코지의 이야기를 듣다 보니까 좀 마음에 걸리는 아이가 생각났어. 괜찮으면 이따가 같이 만나러 가보지 않을래?"

히메노의 제안에 칸자키가 힘차게 고개를 끄덕였다.

지금부터는 제삼자인 내가 끼어들 영역이 아니다.

"아야노코지, 이 빚은 학년말 시험에서 갚을게."

승리 그리고 A반 도전권을 따내는 것이 오늘 일에 대한 보답이라는 소리인가.

"호리키타 반은 막강해, 칸자키."

"그렇지. ……미안하지만 나 먼저 가볼게. 1분 1초도 헛되이 쓰고 싶지 않아서 말이야."

히메노도 고개를 끄덕인 후 스마트폰을 들고 칸자키와 뒤돌아 걷기 시작했다.

저 두 사람이 어디까지 바뀔 수 있을지 걱정되는 측면도 있었는데, 보아하니 예상보다 훨씬 큰 성과를 발휘할지도 모르겠다.

학년말 시험 때 어쩌면 정말 호리키타의 반을 박살 낼지도 모르지.

어느 쪽으로 굴러가든 내 계획에 지장은 없겠지만, 즐거움이 하나 더 늘어났군.

○한 통의 러브레터

11월 9일 화요일 아침. 학교에 가기 위해 탄 엘리베이터에서 호리키타를 맞닥뜨렸다.

가볍게 인사를 나눈 우리는 나란히 로비를 지나 기숙사 밖으로 빠져나왔다.

"들었어? 문화제 전날에 3학년 전체가 문화제 예행 연습을 한다는 이야기."

"어. 1, 2학년도 참가하라고 했다던데."

바로 어젯밤, 모든 학년이 알 수 있도록 학교 게시판에 올라온 정보였다.

출처는 학생회—— 다시 말해서 나구모의 판단. 이것이 바로 지난주에 나구모가 자기 입으로 말했던, 학생회의 나쁘지 않은 제안이겠지.

참가 형식은 자유. 실제로 먹거리를 제공해도 좋고 단순 모의 연습이어도 좋다.

어디까지나 다음날 문화제에 대비해서 다 같이 조정해보자는 제안이었다.

"이미 많은 반이 참가하겠다고 학생회에 신청했어. 지금까지 숨기기만 했던 반도 실전을 앞두고 제삼자의 평가를 받아보고 싶겠지."

"호의적으로 받아들이는 반이 더 많다는 뜻인가."

"3학년 A반이 체육관을 빌려서 부스를 공개했던 게 컸던 것 같아."

부스를 꽁꽁 싸매는 게 아니라 공개하고 직접 실연까지 했다.

그리고 그 과정에서 드러난 개선점 등을 받아들였다는 것은 재학생들 사이에 널리 알려진 사실이니까. 이번 문화제는 승부도 승부지만 학생으로서 멋지게 성공해내고, 즐기고 싶다고 생각하는 학생이 어느 정도 있겠지.

"학생회 측에서 소모품 재료비 등을 부담해주기로 한 것도 결정에 뒷받침이 되었겠지."

예행 연습에도 돈은 들어간다.

문화제용으로 지급되는 것과 별개로 예산을 편성해야 있고, 그 재원은 당연히 개인의 프라이빗 포인트를 모으는 형태가 될 것이다.

사비를 들이는 예행 연습이라면 그냥 패스하는 반이 나와도 이상하지 않지만, 그런 부분은 역시 학생회라고 할까. 학생회가 비용을 대준다니 이게 웬 떡, 거절할 이유가 없는 것이다. 영수증을 가져가면 학생회 예산으로 정산해준다는 고지도 이미 끝났다.

물론 무한정 해주는 것은 아니고, 각 반 균등하게 수만 포인트로 정해놓았다.

"우리도 참가하는 방향으로 가면 되겠지?"

"물론이야. 어차피 메이드 카페를 한다는 소문도 학교에

다 퍼졌으니까. 해서 손해 볼 것 없어."

"그래. 류엔 쪽 일도 있고."

의미심장한 눈빛을 보내는 호리키타에게 나는 살짝 고개를 끄덕이며 대답했다.

"그쪽 솜씨 좀 보러 가볼까."

류엔이 어떤 전개를 펼칠지 상세한 내용을 확인할 절호의 기회이기도 하니까.

"질 것 같지는 않아?"

"글쎄."

"꽤 자신만만해 보이는데."

"자신이 있는 건 아니야. 그냥 할 수 있는 걸 하는 거지."

"그건 그렇지만. 그래도 보통은 불안해지지 않나?"

아무래도 호리키타는 만반의 준비를 하면서도 질지도 모른다는 걱정이 드는 모양이었다.

"질까 봐 겁나는 것 같기도 해."

져도 반 포인트는 잃지 않는다.

하지만 반 포인트를 획득하지 못한다면 지는 거나 다름없다.

기세를 타고 A반과의 거리를 좁히고 있는 상황에서 정체되고 싶지 않은 마음이야 당연하다.

"작년의 너였다면 그렇게 불안해하지 않았을 것 같은데."

"그때는 단순히 무모해서…… 아니, 주위가 눈에 들어오지 않았던 것뿐이야."

지금의 호리키타는 시야가 조금씩 넓어지기 시작했다.

그렇기에 지는 것도 생각하지 않을 수 없다.

"반의 리더로서 승리하는 패턴과 패배하는 패턴을 다 가정해두는 건 나쁘지 않아. 난 그냥 장기 말 중 하나니까 이렇게 무책임한 발언을 할 수 있는 거야."

뭐, 그런 발언도 쉽게 흘려넘기지 않는 것이 호리키타의 단점이자 장점이지.

사카야나기나 류엔이라면 한 귀로 흘리고, 이치노세라면 과하게 의존해서 받아들인다.

그리고 호리키타는 그 양쪽 측면을 다 가지고 있다.

"알고는 있는데…… 그게 잘."

나는 자조하는 호리키타의 등을 손바닥으로 한 차례 때렸다.

"무슨 짓이야."

"승리에 익숙해지기에는 아직 너무 이르거든."

"윽……."

약간 화난 표정을 지었지만, 정곡을 찔렸다는 것도 알겠지.

"그래. 내가 뭔가를 적극적으로 해서 얻은 결과도 아닌데 오만한 생각이었네."

무인도, 만장일치, 둘 다 정직하게 실력만으로 얻어낸 승리가 아니다.

"……너란 애는……."

135

"뭐가?"

"네가 하는 말만큼은 모두 그대로 받아들일 생각이 없었는데, 요즘 들어서 꽤 협조하는 면이 있으니까 묘하게 더 신경에 거슬려. 머릿속으로 어떻게 처리해야 좋을지 몰라서 곤란하다고."

"그럼 앞으로는 일절 협력하지 않는 방향으로 부탁한다."

이 자리에서 벗어나려고 걸음 속도를 올리려다가 어깨를 붙잡혔다.

"그건 거절할게."

이탈을 시도했으나 바로 잡혀서 원래 위치로 돌아왔다.

"학교 가기 전에 편의점에 좀 들르고 싶은데 너도 같이 가는 게 어때?"

"편의점?"

"문화제 전날 준비도 해야 하고, 오늘은 점심시간을 아끼고 싶거든."

"난 딱히 상관없어."

몇 분 들렀다 간다고 해서 문제가 생기는 것도 아니다.

나는 호리키타를 따라 편의점에 들어갔다.

그러다가 때마침 계산 중이던 코엔지를 마주쳤다.

두유 하나와 닭가슴살 샐러드 두 개뿐.

점심치고는 꽤 가벼운데, 오전 쉬는 시간에 먹으려는 건가?

평소에 코엔지가 밥 먹는 모습을 거의 본 적 없기에 사적으로 미스터리한 구석도 많다.

"안녕, 코엔지."

호리키타가 말을 걸었지만, 계산을 마친 코엔지는 살짝 웃기만 할 뿐 말을 섞지는 않았다.

"문화제 때도 코엔지만 하는 게 없다며?"

"아무것도 안 하겠다고 말했으니까. 마음이 바뀌지도 않았을 거고."

호리키타도 특별히 신경 쓰지 않고, 먹을 것을 얼른 골라 계산대로 향했다.

비닐봉지는 필요 없다고 거절한 후, 직접 가방에 집어넣었다.

"넌 아무것도 안 사도 돼?"

"필요한 것도 없고, 프라이빗 포인트가 넉넉한 것도 아니라서."

11월이 되고 어느 정도는 지갑에 여유가 생겼지만, 곧 지출 예정도 있으니까.

"쿠시다에게는 이제 안 줘도 되지?"

"특별히 청구하지 않아서."

"청구하면 줄 거고?"

"청구할 것 같아?"

빈정거리는 말투여서 똑같이 받아쳤더니 호리키타는 "안 하겠지" 하고 중얼거렸다.

"아니 해선 곤란해. 또 그 애 일로 머리 아프게 될 테니까."

아무리 일그러진 형태였다고 해도 쿠시다는 큰 변화를

보여주었다.

또한 성장하는 방향으로 가고 있고, 그렇게 가고 있다고 믿어야만 한다.

1

그날 방과 후. 앞쪽에 앉은 호리키타에게 이치하시가 머뭇머뭇 다가갔다.

"저기 호리키타…… 잠깐 시간 좀 내줄 수 있어?"

평소에 호리키타와 별로 접점이 없는 그녀는 먼저 말 거는 일이 거의 없었다.

곧 실전을 맞이할 문화제에 관한 일……이라고 보통은 생각하겠지.

하지만 그녀의 손에 들려 있는 그것이 다른 일임을 암시했다.

"무슨 일이니?"

"실은 좀 부탁할 게 있어서. 이따가 학생회에 가지?"

"응. 아까 모두에게도 전했다시피 난 학생회 일도 있어서. 문화제 일만 돕기는 어려워."

"응, 그것 때문이 아니고. 이거…… 부탁 좀 해도 될까?"

그렇게 말하며 내민 것은 한 통의 편지.

하트 스티커가 봉투 입구에 붙어 있는 게 언뜻 보였다.

"이게 뭐야?"

"러브레터, 인데……."

"……뭐라고?"

순간 무슨 뜻인지 몰라 당황하는 표정을 지었는데, 무리
도 아니다.

아무리 다양성을 인정하는 시대가 되었다지만 여자가
여자에게 러브레터라니, 남자한테 받을 때보다 다른 의미
로 동요하는 것도 무리는 아니다.

"아, 그게 말이야. 호리키타한테 주는 게 아니고, 실은……
나구모 학생회장한테 전해달라고 친구한테 부탁받았어."

"학생회장? 하지만 이런 건 직접 줘야 하지 않아?"

마음에 품은 사람에게 고백할 때는 당연히 얼굴을 보고
하는 것이 도리다.

"떨려서 못 줄 것 같다고 대신 부탁받았어. 하지만 난 학
생회장에게 직접 전달할 용기가 없달까…… 당사자인 것
도 아니고."

나구모는 예컨대 전 학생회장인 호리키타 마나부에 비
하면 사교적인 사람이기는 했지만 그래도 선배에다가 이
학교를 대표하는 학생이다. 아무런 접점도 없는 사람이 말
을 걸기가 상당히 어려운 존재다.

하지만 호리키타라면 다르다. 매일 학생회 일을 하면서
대화를 나누는 모습이 쉬이 상상이 간다.

"상황은 알겠는데……."

"부탁이야. 그 애도 계속 고민하다가…… 겨우 용기를 낸 것 같거든."

얼마 전까지의 호리키타였다면 이 부탁을 거절했을지도 모른다.

하지만 지금은 반 아이들과 관계를 구축하는 것도 중요하다.

만장일치 특별시험에서 잃은 것을 만회하기 위해서라도 어쩔 수 없다.

"……알았어. 틈을 봐서 전달해볼게. 그러면 되지?"

"아, 응."

이치하시가 그렇게 대답했는데, 뭔가 걸리는 게 있어 보였다.

"아직 문제가 남아 있니?"

"으음, 그게, 이 러브레터에 약간 문제가 있긴 해서."

편지를 받아든 호리키타는 앞뒤를 뒤집어 봐도 이름이 적혀 있지 않다는 것을 알아차렸다.

즉 내용을 읽어보지 않으면 누가 보냈는지 모른다.

"이거, 누가 쓴 편지인지 안에는 적혀 있는 거겠지?"

"글쎄…… 보통은 적혀 있기 마련이지만……. 그 애, 마음을 전하는 걸로 만족한다면 쓰지 않았을지도 몰라."

요컨대 주는 사람도 받는 사람도 누가 쓴 러브레터인지 모르는 구도가 된다.

"그럼 받아들이기 좀 힘든데……. 물론 줄 때 설명이야

하겠지만 잘못하면 내가 보내는 편지라고 오해할지도 모르잖아."

다른 사람에게 부탁받았다고 했는데 사실은 호리키타가 쓴 편지였다.

그런 식으로 나구모가 받아들일 가능성도 전혀 없지는 않다.

"그럼, 그럼 다른 사람한테라도 부탁해줄 수 없을까? 학생회에 아는 남학생이라든지…… 안 돼? 어떻게든 오늘 전달했으면 해."

"쉽게 말하네……."

걱정하면서도 호리키타는 잠시 고민한 후 고개를 끄덕였다.

"여러 가지 방법을 써보겠지만 반드시 전달된다는 보장은 없어, 알겠지?"

"호리키타가 받아줘서 다행이야. 그 애도 분명 기뻐할 거야."

호리키타는 내키지 않은 얼굴이었지만 나구모에게 러브레터를 전달해달라는 부탁을 받아들였다.

보통은 누가 주는 편지인지 물어보기 마련이건만, 호리키타는 별로 궁금하지 않은지 깊이 캐묻지 않았다.

2

뜻밖에 받은 부탁이라 내 발걸음이 조금…… 아니 상당히 무거워졌다.

"왜 내가 전달해야 하나…… 정말."

받아들인 것이 잘못이었다. 아무 상관도 없는 내가 왜 이런 걸…….

역시 돌아가서 이치하시에게 본인이 직접 주라고 말해야 하지 않을까…….

"그게 옳아."

회피하자는 생각이 머릿속을 스치고 지나갔을 때.

고등학교 진학이 결정된 오빠에게 편지를 주려고 했던 기억이 갑자기 떠올랐다.

오빠가 나를 생각해서 일부러 차갑게 굴었던 것도 모르고, 어떻게든 사이가 좋았던 예전으로 돌아가고 싶어서 필사적이었던, 바보 같던 예전의 나.

얼굴을 보고 말할 수 없다면 편지로 마음을 전하면 된다고 생각했었지.

하지만 손에 쥔 펜은 생각과 달리 술술 움직여지지 않았다.

며칠이고 며칠이고 고민하고, 헤매고, 썼다가 지웠다가 썼다가 지웠다가.

어떻게 하면 이 마음이 전해질지.

어떻게 하면 오빠가 좋아해 줄지.

단지 편지를 쓰는 그 행위 하나에 악전고투했었다.

그리고 결국—— 건네주지 못했어.

오빠는 이 학교로 진학했고, 만나지도 연락하지도 못하게 되었다.

"그러고 보니 그 편지, 어떻게 했더라⋯⋯."

기억을 더듬어보니, 오빠 책상 서랍에 넣었던 것 같은⋯⋯.

"앗, 혹시 집에 돌아간 오빠가 보는 게?"

복도에서 걸음을 멈춘 나는 심박수가 급격히 빨라지는 것을 느꼈다.

지금 와서 그 편지를 읽는다면—— 오빠는 실소를 터트리겠지.

"——잊어버리자."

여기서 아무리 전전긍긍해봐야 편지를 처분하고 없던 일로 되돌릴 수는 없다.

오빠가 부디 편지를 발견하지 않기를 바라는 수밖에.

창밖을 바라보며 오빠의 뒷모습을 떠올린 나는 두 손 모아 기도했다.

"⋯⋯그래, 그런 거네."

좋아하는 사람에게 편지를 쓴다는 건 쉬운 일이 아니다.

하물며 그 편지를 직접 전달하는 것은 훨씬 어렵다.

지금의 나도 오빠에게 마음을 담은 편지를 새로 써서 주라고 한다면 알았다고 바로 대답하기 어려울 것이다. 보내는 이가 누군지는 모르지만, 상대는 나구모 학생회장.

주눅이 드는 마음을 조금 덜어내야 할지도 모르겠어.

어떻게든 전달하기 위한 구실을 속으로 찾으면서 목적지인 학생회실에 도착했다.

문을 여니 나구모 학생회장을 제외한 학생회 멤버가 모두 모여 있었다.

학생회에 소속된 남학생은 나구모 학생회장을 빼고 세 명.

1학년 야가미, 같은 1학년 아가, 그리고 3학년 부회장인 키리야마 선배다.

다만 남자면 누구든 되는 것이 아니다. 러브레터 전달은 학생회 잡무도 아닌데 쉽게 부탁할 수 없지.

이 중에서 내가 비교적 친밀감을 느끼고 아무렇지 않게 대화를 나눌 수 있는 사람은 야가미뿐.

선배라는 위치를 이용하는 형태가 되겠지만 대를 위해 이 정도는 감수해야겠지.

야가미는 자리에 앉아 이치노세와 담소를 나누고 있었다.

귀찮은 일은 빨리 끝내자며, 나는 가방에 든 러브레터로 손을 가져갔다.

그런데 그 타이밍에 나구모 학생회장이 학생회실에 모습을 드러냈다.

"바로 회의를 시작하지. 다들 자리에 앉아."

들어온 나구모 학생회장의 목소리는 어둡고 무거웠다.

순간 긴장된 분위기로 확 바뀐 것을 느낀 나는 가방에서 손을 뺐다.

이런 상황에서 러브레터를 전해달라고 부탁받았다는 말을 어떻게 꺼내겠는가.

"이치노세, 할 보고가 있으면 들어볼까."

"네. 문화제 전날에 있을 예행 연습은 모든 반이 참가하기로 정해진 듯합니다."

"거의 반나절 만에 정해진 건가. 학생회장의 판단이 옳았던 것 같네. 그렇지만 자의적으로 판단할 거면 적어도 우리한테 좀 더 일찍 말해줬으면 좋았을 텐데."

부회장 키리야마 선배가 날 선 발언을 했다.

"즉흥적이었어. 조금이라도 빨리 정해야 후배들도 기뻐할 것 같았거든."

딱히 사과하지도 않고 대답하는 나구모 학생회장.

이는 늘 있는 학생회 회의의 풍경이다.

학생회 주도로 이루어지는 사안들은 기본적으로 나구모 학생회장의 머리에서 시작된다.

때로는 회의에서 발언하던 도중에, 때로는 우리가 전혀 모르는 곳에서 생겨난다.

그 후 정적이 찾아오자 나구모 학생회장이 팔짱을 끼며 눈을 감았다.

분명 화를 참고 있는 모습이었다.

"저기, 나구모 학생회장…… 무슨 일 있으셨나요?"

이치노세가 참지 못하고 조심스럽게 물었다.

"오늘 이상한 소문을 들었어."

"소문……이라니요?"

"아무 근거도 없는 헛소문이긴 한데, 내가 거금을 걸고 특정 학생을 퇴학시키는 놀이를 하고 있다는 소리를 지껄이는 놈이 있었어."

"네? 그게 무슨 말이에요?"

이치노세가 되묻는 것도 무리는 아니다.

나 또한 나구모 학생회장이 한 말의 의미를 바로 이해하기 어려웠으니까.

"그런 시답잖은 이야기를 어디서 들었는데?"

"너희 반, 키시가 그러던데."

나구모 학생회장은 눈을 여전히 감은 채 키리야마 부회장에게 말했다.

"……키시라고?"

"너희 반에서 떠도는 소문은 네가 파악하고 있어도 이상하지 않은데 말이야."

"미안하지만 난 금시초문이야. 애당초 거금을 걸고 누군가를 퇴학시키는 의미를 모르겠는데."

보통은 거금을 써서 특정 누군가를 A반으로 이동시키려고 하기 마련이니까.

그런 이야기라면 과연 나도 이해가 갈 것이다.

특히 3학년은 승패가 정해져 있어서, 나구모 학생회장 반의 부름을 받으면 실질적으로 A반이 보장되는 거니까.

이렇게 말하면 좀 그렇지만, 나구모 학생회장이 친밀하

게 느끼는 상대에게 몰래 프라이빗 포인트를 제공하고 반 이동 권리를 주는 건 가능하지.

"단순한 헛소문이야. 하지만 나에 관한 유언비어를 듣고 도 그냥 넘길 생각은 들지 않는군."

하긴 학생회장에게 이런 소문은 일방적 손해일 뿐이다.

눈에 다 보일 정도로 기분이 언짢아지는 것도 무리가 아 니야.

"당분간 학생회는 중단한다."

"중단……이라고요?"

예상하지 못했던 나구모 학생회장의 발언에 이치노세가 깜짝 놀랐다.

학생회는 일주일에 한 번씩 이렇게 모여서 다양한 의제 를 논의하고 있다.

예외는 시험 기간이나 일부 특별시험 정도로, 평상시에 쉬는 것은 이례적이다.

"문화제에 관한 의논도 다 했고. 딱히 문제없잖아."

"범인을 찾으려고?"

"당연하지. 철저하게 찾아내 줄 거다. 다음 회의는 문화 제가 끝난 이후에 열지."

그 후부터는 문화제 전날에 대해 회의를 이어갔고, 잠시 후 해산했다.

나는 자리에서 일어나 야가미에게 다가갔다.

내 기척을 느꼈는지, 노트를 보던 그가 고개를 들더니

뭔가 쓰던 것을 멈추고 노트를 덮었다. 그는 학생회 서기이기 때문에 의사록을 쓰고 있다.

다른 학생들 먼저 학생회실을 빠져나가 주어서 나로서는 고마웠다.

둘만 남았을 때 대화를 시도했다.

"잠깐 좀 괜찮니?"

조금 놀란 표정을 지은 야가미가 나를 응시했다.

"미안, 아직 쓰는 중이야?"

"아니요, 지금 막 끝났습니다. 괜찮아요."

덮은 노트 위에 손을 얹으면서 나를 향해 웃었다.

"무슨 일로 그러시죠, 호리키타 선배."

"야가미. 너한테 좀 무리한 부탁을 해도 될까?"

"무슨 부탁이요?"

"나구모 학생회장에게 이걸 좀 전달해줬으면 해서. 러브레터야."

나는 편지를 꺼내 야가미에게 내밀었다.

"요즘 같은 세상에 흔치 않네요. 보통은 채팅이나 전화로 해버리는 것 같던데……."

깜짝 놀라면서 받아들이기에 나는 서둘러 말을 덧붙였다.

"혹시나 해서 말하는데 내가 쓴 게 아니야."

"그렇군요. 저는 호리키타 선배가 쓰신 러브레터인 줄……. 아니면 그런 걸로 하고 전해드리면 될까요?"

"아니야. 같은 반 여학생한테 부탁받았어."

"누가 보냈는지 이름이 없는데, 어떤 분이 쓰신 러브레터인가요? 전달해드릴게요."

"그건 말 못 해. 그 사람이 익명을 희망한다고 해서."

"익명의 러브레터……인가요."

"학생회 임원이어서 나한테 부탁한 건데, 익명이라는 문제도 있고 내가 주면 오해할지도 모르잖아?"

"충분히 그럴 수 있겠네요. 솔직히 저도 살짝, 호리키타 선배가 쓰신 게 아닐까 의심했거든요."

조금 재미있다는 듯 웃는데 솔직히 난 하나도 안 웃기거든.

"농담입니다. 선배의 그 싫은 듯한 표정을 보니 아니라는 걸 잘 알겠어요."

그럼 다행이고…….

"나구모 학생회장이 들어오기 전에 줬으면 수월했을 텐데……."

"받아도 못 전했을 거예요. 도저히 편지를 전할 분위기가 아니었잖습니까."

"그래, 그건 어쩔 수 없네."

그런 상황에서 나구모 학생회장에게 말을 붙일 수 있는 사람은 아무도 없다.

"부탁하는 입장인데 미안하지만, 최대한 빨리 전해줄 수 있을까? 상대는 오늘 전달된다고 생각할 거라서."

"그럼 나중에 기숙사로 찾아가 볼게요."

러브레터를 빤히 바라보던 야가미가 살짝 어려워하는 표정을 지었다.

"그런데 이거 정말 러브레터 맞아요?"

"아마도? 마음을 담았다던데, 나도 확실하지는 않아."

스티커를 떼고 내용을 확인할 수도 없으니.

"혹시라도 러브레터라고 하면서 줬는데 사실은 아니면 나구모 학생회장에게 실례가 아닐까 싶은데요."

"그럴 수도 있겠네."

"어떤 사람한테 편지를 부탁받았다는 식으로 좀 돌려서 말해두겠습니다."

"그래, 그게 좋겠어. 고마워."

순순히 받아준 것에 고마움을 표시했다.

"그나저나 요즘 같은 시대에도 수기로 의사록을 쓰다니, 서기도 힘들겠구나."

이제는 컴퓨터로 작업해도 괜찮을 텐데.

"전통도 중요하니까요. 이 학교 설립 이래로 의사록은 줄곧 파일로 남기고 있다고 하고. 갑자기 디지털로 방식이 바뀌어도 위화감이 생기죠."

야가미가 몸을 뒤로 돌려 책장을 쳐다보았다. 그곳에는 지금까지 학생회가 쌓아온 역사를 말해주는 수많은 의사록이 꽂혀 있었다.

우리 대에 와서 컴퓨터 디스크 등으로 바꾼다고 해서 절대 잘못은 아니지만, 야가미의 말도 일리가 있다.

전통을 중시한다면 앞으로도 계속 이어가야 할지도 모른다.

"학생일 때는 고생 좀 하는 게 좋다고도 들었습니다. 일찍부터 편한 것에 익숙해지면 나중에 힘들어질지도 모르잖아요."

고등학교 1학년답지 않게 꽤 어른스러운 야가미.

"그런 의미에서는 이 러브레터도 비슷하죠."

하긴 요새는 스마트폰으로 고백하는 경우도 흔해졌다.

하지만 자기만의 글씨로 마음을 전하는 것에 어떤 의미가 있다는 건 나도 잘 안다.

"그런데 오늘 나구모 학생회장, 정말 여유가 없는 느낌 아니었니?"

"네. 거금을 걸고 퇴학자를 만들려 한다고 했었나요. 이름이—— 뭐였더라……."

뭔가를 떠올리듯, 야가미가 의사록 노트를 펼쳤다.

첫 페이지는 작년 중반 무렵, 그러니까 지금의 3학년이 2학년일 때 쓴 것이다.

그러다가 글자체가 바뀌고 최근의 의사록이 되었다.

그 사실을 바로 알았던 건 야가미가 쓴 듯한 의사록은 논리정연하고 꼼꼼한 성격이 엿보이는 완벽한 글씨체였기 때문이다.

그리고 수기라는 생각이 들지 않을 만큼 글씨가 세련되었다.

"있네요. 여기 이 키시라는 선배가 소문을 퍼트렸을지도 모른다고 했었죠. 키시 선배가 몇 반인지 아시나요?"

야가미가 평소와 다름없는 얼굴로 의사록을 보여주며 내게 물었다.

하지만 내 정신은 단숨에 다른 영역으로 끌려가 있었다.

이 글씨는…….

이제는 기억에서 사라져가던, 내가 찾는 그 글씨와 몹시 유사하다.

무인도 시험 때 내게 편지를 보낸 인물.

동요한 나머지 흔들리려는 눈동자를 겨우 진정시킨 나는 오늘 쓴 의사록을 보았다.

넓은 시야로 야가미의 모습을 보니, 변함없는 미소로 나를 응시하고 있었다.

설마…….

하지만, 아니, 그럴 리가.

다양한 감정이 회오리치는 가운데, 나는 의사록을 보는 척하면서 생각했다.

"호리키타 선배?"

"……미안해, 모르겠어. 하지만 OAA를 보면 알 수 있을 거야."

"그렇군요. 바로 알아볼게요."

"미안한데 갑자기 할 일이 생각났어. 난 이만 가볼게."

"아, 그러세요? 알겠습니다."

나는 그에게서 시선을 떼고 달아나듯 등을 돌렸다.

"그럼 미안하지만 학생회장에게 편지 전달, 잘 부탁해."

"네. 고생 많으셨습니다, 호리키타 선배."

지금 그의 눈을 보게 되면 나는 아마 묻고 말 것이다.

그것만은 피해야 한다고 직감했기에.

학생회실에서 나와 천천히 문을 닫았다.

완전히 닫히기 직전, 아주 약간의 틈새로 보이는 실내에서 야가미가 나를 향해 계속 웃고 있었다.

마치 나를 시험하는 듯한 눈빛을 하고서.

마치 『눈치채셨어요?』하고 도발하는 것처럼 느껴지기도 했다.

그게 아니라면 굳이 자기가 먼저 의사록 노트를 펼치고 글씨를 보여주지 않겠지.

탁 닫힌 문.

우연히 비슷한 글씨였을 가능성도 부정할 수는 없다.

그 글씨를 본 뒤 시간도 어느 정도 흘러서 기억이 흐릿해졌기도 하다.

하지만 무슨 영문인지 확신이 들 만큼 유사한 필체.

그가 내게 편지를 쓴 인물이라고 가정하면…… 지금까지 뻔뻔한 얼굴로 옆에 쭉 있었다는 이야기가 된다.

그리고 동시에, 내 추측에 현실미를 무척 높여준다는 생각을 지울 수가 없다.

○문화제 전날의 협의

　시간은 다시 빠르게 흘러, 어느덧 11월 12일 금요일. 문화제 전날 방과 후가 되었다.

　그동안 모든 반은 조용히 준비해왔다. 오늘 방과 후에는 학생회 주도로 예행 연습을 한다. 내일 실전을 앞둔 중요한 테스트가 될 것이다.

　일부를 제외한 반 아이들 모두 준비하려고 일제히 움직이기 시작했다.

　호리키타 반이 할 부스는 총 4개.

　첫 번째는 굳이 말하지 않아도 모르는 사람이 없는 메이드 카페로 매출의 중심은 홍차와 커피 등의 드링크류. 그리고 메이드와의 사진 촬영이 있다. 특히 후자는 시간 효율이 높고 단가도 높게 설정되어 있어서 희망자가 많다면 큰 수입원이 되리라.

　두 번째와 세 번째는 야외에 설치할 분식(타코야키, 오코노미야키 등)을 파는 노점, 파스타와 빵을 파는 노점이다.

　순수하게 노점만으로도 매출을 올리면서 동시에 메이드 카페에서도 주문을 받는다. 주문이 들어오면 운송 담당 학생이 노점에 다녀오는 구조다.

　메이드 카페의 오리지널리티를 살리기 위해 노점에서 파는 기존 메뉴를 약간 응용한 한정 푸드 메뉴도 마련해두었다.

그리고 마지막으로 네 번째는 남은 예산으로 급하게 추가한, 야외에서의 어린이 퀴즈 대회다.

"하세베랑 미야케, 정말 그냥 놔둬도 되는 걸까?"

마침 교실을 나간 하루카와 아키토의 뒷모습을 보며 마에조노가 말했다.

"억지로 강요해봐야 소용없잖아. 코엔지, 하세베와 미야케를 제외한 35명이 별문제 없이 해나갈 수 있을지 테스트해볼 좋은 기회라고 생각하자."

하지만 협조하는 자세를 보이지 않는 사람은 그 셋이 전부가 아니다.

지금까지 몇 주 동안 쿠시다는 문화제 부스 준비에 거의 관여하지 않았고, 방과 후에도 돕지 않고 바로 하교했다.

물론 당일에 메이드가 되어 접객을 맡는 것을 알고 있고, 호리키타에게 아이디어도 몇 번인가 냈다. 세세한 요소여도 그중에 몇 개는 채택되기도 했고.

하지만 메이드끼리 합을 맞춰보는 연습 등에는 일절 참여하지 않았다.

"내일 실전에 대비한 최종 확인, 그리고 당일에 어떻게 움직일지 연습도 해보고 싶은데…… 오늘은 시간 낼 수 있어?"

살짝 용기를 쥐어 짜내듯, 경계심을 최대한 들키지 않게 조심하면서 사토가 말을 걸었다.

자리를 뜨려던 쿠시다가 걸음을 멈추고 뒤돌아보았다.

"미안, 사토. 방과 후에는 절대 빠질 수 없는 일이 있어서."

이 대답도 사실 오늘 처음 한 것이 아니다.

"너 말이야, 그런 식으로 계속 거절하는데…… 진짜 도울 생각이 있긴 한 거야?"

분위기가 점점 험악해지자 호리키타가 자리에서 일어나려고 했는데, 마치 예상하기라도 한 듯 옆에 있던 요스케가 말렸다.

어느 쪽이 정답인지는 알 수 없다. 하지만 일일이 관여해서는 반 분위기를 원활하게 만들기란 불가능하다. 때로는 당사자들끼리 해결해야 하는 일도 있다.

평소에는 누구보다도 마음 쓰고 말 거는 요스케답지 않은 행동이라고도 할 수 있는데…….

아마도 호리키타가 쿠시다를 특별하게 대하는 모습을 괜히 반 아이들에게 보이는 것은 좋지 않다고 느꼈겠지. 물론 호리키타도 그것을 이해하고 있다.

하지만 그냥 내버려 둘 수도 없다는 게 딜레마겠지.

"걱정하지 마, 문화제 당일에 대해서는 잘 인지하고 있고, 반에 걸림돌이 될 생각은 없으니까."

"하지만 연습을 하나도 안 하잖아? 아무리 생각해도 중요한 메이드 역할을 잘 해낼 수 있을 것 같지 않은데."

오늘의 예행 연습은 가장 좋은 기회.

지금까지는 쿠시다가 참여하지 않아도 받아들였던 사토

지만, 오늘만은 물러설 생각이 없어 보였다.

하지만 쿠시다도 물러서지 않았다.

"그럼 나를 제외할래? 나 말고 다른 그럴듯한 후보자는 없을 것 같지만."

무지막지한 발언이긴 한데 틀린 소리도 아니다.

쿠시다의 외모 하나만 보더라도 지금 메이드 역할을 맡지 않은 학생 중에 대체할 사람이 없었다.

"그럼 내일 문화제 때 봐. 안녕."

말투는 여느 때와 다름없이 친절한 쿠시다 그대로지만, 행동은 싸늘하다고 느껴도 어쩔 수 없다. 그녀는 사토의 제안을 끝까지 거절하고 교실을 나갔다.

그저 단순히, 자신의 본성을 아는 아이들과 같은 시간을 보내고 싶지 않아서일까.

아니면 정말로 빠질 수 없는 일이 있을까.

교실 분위기가 나빠진 것은 분명했지만 어쩔 수 없겠지.

"저기, 호리키타. 내일 문화제에서 역시 쿠시다를 빼야 하는 게 아닐까……?"

고개를 푹 숙이고 분통을 터뜨리는 사토를 보다 못한 마츠시타가 호리키타와 직접 담판을 지으려고 나섰다.

"무슨 말이 하고 싶은 건지는 잘 알겠어. 하지만 지금은 그 애를 뺄 생각이 없어."

"하지만 매일 매일 일이 있다는 거, 거짓말일 게 뻔하잖아."

과연 최근 쿠시다의 행동에는 이해할 수 없는 점도 적지 않다. 만장일치 특별시험 이후로 많은 아이와 거리를 두는 것이야 별수 없다지만, 아무리 그래도 비협조적인 태도가 눈에 띈다.

"그럴지도 모르지. 나도 그 애가 연습에 나오지 않는 이유를 모르겠어."

"그럼——."

"하지만 걱정할 필요는 없어. 그 애는 그 애 나름대로 문화제를, 메이드 카페를 생각하고 있어."

"쿠시다를 믿는구나."

"뭐, 안 믿으면 아무것도 시작할 수 없으니까 그런 거라고 말할 수도 있겠지만……."

마츠시타는 아직 받아들일 수 없는 눈치였지만 그래도 고개를 끄덕이고는 사토를 달랬다.

이번에는 자신도 관계자 중 한 사람이어서 그런지 마츠시타도 이래저래 나서주고 있다.

물론 쿠시다의 연습 불참은 불안 요소가 맞지만, 호리키타의 표정에서 조바심은 찾아볼 수 없었다. 오히려 어떤 근거라도 있는 듯한 자신감을 내비치는 것 같기도 했다.

그렇기에 마츠시타도 거기에 걸어보는 형태로 물러난 것이리라.

도움을 구하는 것 같지 않으니 나는 가만히 지켜볼까.

1

특별동 1층, 출점 번호『특02』.

평소에는 빈 교실인 이곳을 꾸미기 위해 학생들이 모였다.

주로 여학생들이 작업하고, 남학생은 말하자면 보조였다.

흥미롭게도 이렇게 꾸미는 쪽은 압도적으로 여자들이 잘한다.

이 부분은 호리키타에게 지휘를 맡겨두었으니 괜찮겠지.

특별 교실 2층의 안쪽 교실에서는 콘셉트 카페 준비가 차근차근 진행되고 있었다.

우리 메이드 카페와 달리 류엔 반의 콘셉트는『일본 전통 복장』.

음식과 음료도 화과자와 차 등으로 방향성이 완전히 달랐다.

한창 준비 중인 그 속에서 혼자 다른 색깔을 띠는 존재를 발견했다.

콘셉트인 전통 의상을 입고 의자에 앉아 독서를 즐기는 소녀가 있었다.

"……안녕."

나를 알아보자 무슨 영문인지 책을 들어 눈만 빼고 얼굴을 가리는 히요리.

"오랜만이네. 요즘 도서실에 안 보이던데?"

"안 가는 건 아니에요. 조금, 그, 시간대를 바꿨어요."

책벌레가 도서실에서 사라지다니 이상하다고 생각했는데, 시간대를 바꾼 것뿐인가.

"히요리도 나오는구나, 점원으로."

"저는 계산을 맡았어요. 사람을 상대하는 건 별로 자신 없어서……. 빠릿빠릿 움직이지도 못하고, 음식 서빙 연습도 해봤지만 잘 안 되더라고요."

요컨대 그런 쪽은 전반적으로 서툴다는 말.

하지만 계산 쪽으로 원활하게 대응할 수 있다면 그건 그 것대로 상관없겠지.

"참고로 이부키 씨도 해요."

"이부키가? 이런 의상은 절대 안 입을 이미지인데."

"류엔 군과 문화제 참여 면제권을 걸고 대결했대요."

"그리고 졌다는 거군."

그때 일이 떠올랐는지 히요리가 슬쩍 웃었다.

"그래서 그 이부키는 지금 어디에?"

"오늘은 안 온 것 같아요. 당일도 아닌데 입는 건 절대 거부한다고 했어요."

그 마음이야 모르는 바도 아니지만, 문화제 날 접객을 잘해야 할 텐데.

뭐, 그 부분은 류엔이 임기응변으로 잘 대처하겠지.

이 가게의 오너이기도 한 류엔의 모습도 확인하고 싶었지만 보이지 않았다.

전날 준비는 다른 학생에게 맡긴 것일까.

"류엔 군은 A반을 보러 간 듯해요."

"A반?"

"아직 어떤 걸 할지 공개하지 않았으니까요."

하긴 사카야나기의 반은 문화제 전날까지도 어떤 부스를 하는지 전혀 밝히지 않았다.

뭘 하는지 확인하고 싶은 것도 이상하지 않다. 모든 반이 이 프리 오픈에 참여한 이상, 어딘가에서 출점 준비를 하는 것은 틀림없겠지.

"나도 다녀와야겠다."

히요리와 대화를 마친 나는 사카야나기의 반을 찾아보기로 했다.

"저기, 아야노코지 군——."

"응?"

"류엔 군이 3층으로 올라갔으니까 아마도 사카야나기 씨가 거기에 있지 않을까 싶어요."

"그렇군, 덕분에 수고를 덜었네."

달리 또 하고 싶은 말이 있는 눈치였지만 히요리는 이내 고개를 가로저었다.

특별동 안에 2학년 세 반이 모여 있는데 층이 다 다른 건가.

"다음에 도서실에 갈 테니 아야노코지 군도 꼭."

"그래, 그렇게 할게."

손을 들어 인사한 후 곧장 3층으로 올라갔다.

교문에서 제일 멀어 발길이 잘 미치지 않을 듯한 특별동

3층. 이곳에는 부스를 열 수 있는 교실이 세 곳 있지만, 전날까지 조용한 것을 보아 빌린 사람들이 아직 오지 않은 듯했다.

"설마 사카야나기 반이 통째로 빌릴 줄은 몰랐네."

3층을 2학년 A반이 독점했기 때문에 그 반 학생들이 복도를 마음대로 확보하고 있었다.

언뜻 봐서는 어떤 부스를 할지 상상이 가지 않았다.

안이 보이지 않는 종이 박스가 여기저기에 놓여 있을 뿐, 내용물을 꺼낼 기색도 없고 학생들은 여전히 교복 차림이었다.

실내에서는 불을 사용하는 요리도 허용되지 않으니 그런 내용일 가능성은 제외한다.

"예상 못 했던 일이라 놀랐나?"

위로 올라오는 학생을 지켜보고 있었는지 하시모토가 다가와 말을 걸었다.

"뭘 하는 거야?"

"너도 모르겠어?"

내가 이해하지 못하는 게 웃겼는지 하시모토가 조용히 웃었다.

"뭐, 무리도 아니겠지. 하지만 친절하게 대답해 줄 수는 없어."

전날 모든 준비를 마칠 작정인지, 공개할 생각이 없어 보였다.

그것을 상징하듯 3층으로 이어지는 계단에 형식적인 벽보가 붙어 있었다.

『2학년 A반 부스는 문제가 발생한 관계로 오늘 공개되지 않습니다』

"그런 거야. 일부러 여기까지 와줬는데 미안하지만 이만 돌아가 줄래?"

계속 버텨봐야 자세한 내용을 알 수는 없겠지.

"류엔도 이만 돌아가려나 보네."

안쪽 교실에서 나온 류엔이 양손을 주머니에 찔러넣은 채 이리로 걸어왔다.

나와 하시모토를 슬쩍 본 다음 그대로 스쳐 지나가 계단을 내려갔다.

"아니면 너도 저 녀석처럼, 소용없다는 걸 알면서도 찬찬히 돌아볼 건가?"

"그냥 갈게."

"현명하네. 뚜껑이 열리면 그때 즐겨."

그 자리에서 하시모토의 배웅을 받으며, 결국 나는 아무런 성과도 없이 메이드 카페로 돌아가려고 계단을 내려갔다. 2층에 도착하니 서 있는 류엔의 뒷모습이 보였다. 그가 목만 돌려 나를 쳐다보자 나는 위층으로 시선을 던졌다.

그러자 류엔이 입꼬리를 살짝 올리며 말했다.

"스즈네한테 전해, 내일 이기는 쪽은 우리 반이라고."

"전통 의상은 메이드복보다 비싸지 않나? 이왕 콘셉트

카페로 승부 보는 거 아예 똑같이 가도 좋았을 텐데?"

"단순히 내 취향이다."

진심 같기도 농담 같기도 한 대답을 한 류엔이 걷기 시작했다. 위층에서 느껴지는 하시모토의 기색을 딱히 신경쓰지 않고, 나도 메이드 카페로 돌아갔다.

2

카페를 열자마자 의외로 다른 반 남학생들이 대거 몰려왔다.

식사가 목적이라기보다 여학생의 코스프레를 보고 싶은 구경꾼이 많은 듯했는데, 그건 그것대로 상관없다.

남의 시선을 끄는 데 익숙하지 않은 메이드들에게는 좋은 경험치가 되겠지.

평소에 냉정한 마츠시타조차 몸이 살짝 굳어 긴장한 모습이 역력했다.

사토와 미짱으로 말할 것 같으면 연습 때와 비교도 안되게 뚝딱거렸다.

그 직후, 바닥에 플라스틱이 떨어지는 소리가 났다. 미짱이 트레이에 올린 물컵을 떨어트린 것이다. 분위기 깨는 사고에 당사자는 굳어버렸다. 그때 곧바로 움직인 사람은 마츠시타였다.

"죄송합니다."

냉정한 말투로 차분하게 대응하고, 미짱의 어깨를 다정하게 토닥인 후 새 물을 가져오라고 했다. 그런 다음 걸레를 가져와 바닥을 닦기 시작했다.

"잘하네, 마츠시타, 처음 하는 것 같지 않아."

"그러게."

마츠시타의 능숙한 몸놀림에, 옆에서 지켜보던 호리키타도 감탄했다.

"너도 내일은 메이드를 한다고 했지?"

"기본적으로는 홍보 담당이지만. 상황에 따라 손님도 상대할 생각인데…… 솔직히 자신은 없어."

평소와 달리 호리키타가 약한 소리를 냈다.

"뭐, 네가 웃음을 뿌리고 다니는 걸 잘할 거라고는 아무도 생각하지 않으니."

서빙 자체는 불안하지 않아도, 미소를 제공하는 건 어렵겠지.

"넌 꽤 여유로워 보이네."

"내 일은 오늘부로 거의 끝나니까."

사전 준비 9할, 당일 1할로 내일 내가 할 일은 사무적인 것뿐이다.

"너도 노점 쪽으로 돌려버릴까?"

"개인적인 불만으로 배치를 바꾸지 마, 배치 바꾸지 말라고."

두통을 유발하는 소리를 하는 호리키타였지만, 진심은 아닌지 바로 물러났다.

"일단 마츠시타가 있어서 괜찮을 것 같으니, 나도 좀 나갔다 올게."

"견학하려고?"

"나도 어떤 부스들이 있는지 직접 봐두고 싶어."

"잘 다녀 와."

나는 호리키타가 돌아보는 동안 내일 대기실로 확보할 공간을 만들고 그 작업이나 해야겠다.

그로부터 한 시간 정도 지나 호리키타가 메이드 카페로 돌아왔다.

"나 왔어. 상황은 좀 어때?"

"잔잔한 실수도 몇 번 있었지만, 지금은 다들 꽤 안정적으로 하고 있어."

"사전 준비 덕을 보겠네."

"프리 오픈 없이 바로 실전에 들어갔으면 위험했겠어."

역시 아무도 없이 연습하는 것과 제삼자인 손님을 동원해 실제로 해보는 것은 사정이 완전히 다르다는 것을 알았다.

가게를 연 뒤로 쉬지 않고 일했던 마츠시타가 이만 마무리 짓고 교대했다.

"수고했어, 마츠시타. 일 정말 잘하더라."

"고마워. 다른 애들도 다 일에 익숙해진 것 같으니, 내일을 잘 맞이할 수 있겠어."

그렇게 말한 마츠시타였지만, 표정이 살짝 굳어 있었다.

"무슨 일 있니?"

"방해 공작이 좀 있지 않을까 싶어서, 그게 좀 마음에
걸려."

"방해 공작이라니?"

"류엔 반이 우리랑 똑같이 콘셉트 카페를 한다고 했잖
아? 그래서 이시자키 무리를 데려와 컵에 벌레가 들어 있
다거나 하지 않을까 경계했는데 말이야……."

나와 호리키타는 순간 시선을 교차했다가 다시 마츠시
타를 쳐다보았다.

"그런 걸 걱정해도 소용없어. 연습 때 방해하는 건 그
애들한테도 이익이 별로 없는걸. 그리고 당일에 학생들은
손님이 될 수 없다는 규칙이 있는 이상, 그런 수작도 못
부려."

호리키타의 설명을 내가 다시 보충했다.

"문화제 날에는 보는 눈이 많으니 류엔도 허튼짓 못 할
거야. 걱정 안 해도 돼."

두 사람이 거의 동시에 걱정하지 말라고 하니 그제야 마
츠시타의 얼굴에도 미소가 돌아왔다.

"왠지 두 사람이 그렇게 말하면 안심이 되는 게 차원이
달라."

정신적으로 피곤했었는지 안도해서 가슴을 쓸어내렸다.

"너도 그만 쉬어."

"그럴까."

걷기 시작한 마츠시타는 살짝 휘청거리면서 교실을 빠져나갔다.

"눈치챘어?"

"어?"

"아니, 아무것도 아니야."

사소한 위화감이어서 그런지, 가까이에 있는 호리키타는 딱히 눈치챈 부분이 없어 보였다.

그냥 내 지나친 생각이면 좋겠는데.

"그런데 어땠어? 다른 반 부스."

"내년에도 문화제를 할지는 모르겠지만, 여러 가지 면에서 공부가 됐어."

그런 호리키타는 완성된 대기실을 보고 만져보며 상태를 확인했다.

"문제없어 보이네. 앞으로 1시간 뒤면 다들 정리에 들어갈 테니, 너도 다시 한번 봐두는 게 좋겠어."

"그럴까."

허락을 받은 나는 학교를 전체적으로 둘러보기로 했다.

마치 이 순간만을 기다리기라도 한 것처럼 케이가 나타나 내 팔을 껴안았다.

"같이 가자."

"싫어, 하고 말해도 떨어질 것 같지 않네."

"안 떨어질 거야~."

"두 사람이 같이 가는 건 자유지만 어디까지나 정찰이 목적인 걸 잊지 않길 바라."

"아, 네네~."

진지하게 나오는 호리키타에 반해 케이는 시종일관 가벼운 태도였다.

하긴 이런 기회는 흔하지 않으니까. 실제로 메이드 카페 하나만 봐도, 다른 아이들 대부분은 평범하게 문화제를 즐기고 있는 것 같기도 하다.

3

1학년, 그리고 3학년 반의 일부는 축제 노점을 모방한 부스를 많이 선택했다. 기술이 들어간 요소가 있는 부스로는 사격, 고리 던지기, 직접 만든 대에 유리구슬을 떨어트려 여러 목표 지점에 적힌 경품을 타는 게임 등. 비슷비슷한 부스가 집합해 있어서 축제 거리 같은 풍경이 펼쳐졌다.

"아, 유키무라다."

케이가 손가락으로 재빨리 가리킨 곳에 케세이와 소토무라 등 남학생들이 분주히 준비하고 있는 모습이 보였다. 저마다 기숙사 등에서 요리 연습을 해왔기 때문인지, 나름대로 척척 잘했다. 괜히 말 걸어서 방해하지 말자.

"고리 던지기라도 해볼까?"

"응! 아, 저 인형 좀 귀엽다. 갖고 싶어."

먼저 체험 중인 학생 뒤에서 케이가 소리치며 손가락으로 가리켰다.

알록달록 귀여운 곰 인형 경품이었다.

하지만 유감스럽게도 고리 던지기는 모의 연습이라 경품을 받을 수 없는 모양이다. 학생회에서 예산이 내려왔어도 경품 수는 한정적이다.

오늘 학생들이 다 따서 가져가 버리면 경품을 새로 보충하기 어려우니까 말이지.

한편 건너편에서 1학년 B반이 준비한 사격은 경품이 과자로, 성공하면 받을 수 있도록 해주고 있었다.

딸 수 있는 경품도 제일 싼 것은 10포인트, 비싼 것도 200포인트 정도.

당일에는 과자 말고 다른 경품도 나오겠지만, 이거라면 실전과 다르지 않은 테스트를 할 수 있다.

"키요타카, 한번 해 봐."

케이가 그렇게 재촉하면서, 총 다섯 자루가 나란히 놓여 있는 테이블 앞으로 내 등을 밀었다.

단순히 사격 게임이 어떤 것인지 궁금하니 한번 해봐도 좋겠지.

게임 한 번에 총알을 다섯 발 준다.

코르크총이라고 해서, 코르크를 끼워 쏘는 장난감인 듯

하다.

쭉 늘어서 있는 총이 생각보다 묵직하게 만들어졌음을 짐작할 수 있었다.

반면 총알은 모양도 제각각이고 찌그러져 있어서 정밀한 사격이 가능할지 좀 의심스러웠다.

태어나서 지금까지 총은 한 번도 만져본 적이 없다.

영화나 드라마에서 본 이미지는 대충 머리에 있는데, 그게 정말로 맞는지 모르겠다.

마침 참가한 다른 학생도 없어서 보고 따라 할 수도 없고.

어쩔 수 없는 상황이니 지금은 머릿속 이미지대로, 제일 가운데에 놓여 있는 총을 쥐고 자세를 잡아 보았다.

"제일 비싼 거 따줘."

가장 비싼 과자 세트를 따려면 큰 추를 맞혀 넘어 트려야 한다.

과연 위력이 얼마나 되려나…….

일단 해볼까. 나는 케이의 힘찬 응원을 받으면서 첫 발을 쏘았다.

뽕, 하는 가벼운 소리와 함께 코르크 총알이 표적을 향해 날아갔다.

하지만 허무하게도 왼쪽 몇 센티 옆으로 스쳐 지나가고 말았다.

느낌상으로는 명중이었는데, 탄도가 완전히 다른 궤도를 그렸다.

그래서 다음에는 총구를 오른쪽으로 몇 센티 움직여 두 번째 총알을 쏘아본다.

이렇게 함으로써 궤도가 완전히 수정되었을 텐데, 이번에는 오른쪽 대각선 위로 날아가고 말았다.

"어렵네……."

총에 세 번째 총알을 넣고 있을 때, 다른 학생들도 속속 참가하기 시작했다.

나는 다른 학생이 어떻게 하는지 보고, 궤도 수정을 다시 하기로 했다. 그런데 총을 발사하는 그들도 나처럼 표적을 조준하느라 악전고투했다. 그러던 중 한 학생이 쏜 총알이 유일하게 처음부터 추에 명중. 쓰러지지는 않았지만, 뒤로 미는 데에는 성공했다. 뭔가 요령이 있나 싶어 계속 관찰해보니 실력이 아니고, 다 똑같아 보이던 총이 사실은 각각 다른 성능을 가졌기 때문임을 알 수 있었다.

제조 과정에서 밀리미터 단위로 미세하게 달라진 점과 총알인 코르크 자체의 질.

여러 가지 요인의 조합으로, 한 발 쏠 때마다 예기치 않은 탄도를 그린다.

아주 재미있는 구조이면서 동시에 표적을 맞혀 떨어트리는 것이 얼마나 어려운 일인지도 이해했다.

결과적으로 마지막 한 발만은 원래 노렸던 추에 명중했지만, 쉽게 쓰러트릴 리도 없어서 나의 첫 사격은 참패로 끝났다. 그래도 총의 경향은 완전히 파악했다.

이제 코르크의 모양을 통해 발사 시 탄환의 궤도를 예측해서 다시 도전하면——.

그렇게 생각했는데『오늘은 일 인당 한 번의 기회뿐』이라는 벽보를 보고 단념했다.

"푸핫. 천하의 아야노코지도 사격은 약한가."

총을 돌려주고 있는데 노점 뒤편에서 호우센이 재밌다는 듯 웃으면서 나왔다.

호우센의 1학년 D반 부스. 그 메인은『유희』에 특화되어 있었다.

"의외네, 네가 이런 부스를 하다니."

어른들이 동심으로 돌아가 사격, 고리 던지기 등을 해서 잔잔한 경품을 따내는 놀이.

"어렸을 때 이런 노점에 어른들이 섞여 경품을 다 쓸어갔었거든."

그게 대체 무슨 유년기야…….

"난 더 본격적인 도박판을 만들고 싶었는데 말이야, 공교롭게도 딱딱한 학교에 튕겼지 뭐야. 그렇지만 사격이고 뭐고 어차피 다 겜블이나 마찬가지. 이런 류의 겜블은 보통 물주가 이기게 되어 있지. 한 번뿐인 문화제니까 대놓고 폭리를 취한들 자기들이 뭐 어쩔 거야."

라이터를 꺼내 진열대 위에 올리고는 내 쪽으로 와서 왼쪽 두 번째 총을 들었다.

그 총은 총알이 상상 이상으로 곧게 날아가 라이터에 명

중했다.

라이터는 흔들리기는 했지만, 뒤로 넘어가지 않았다.

"경품 수가 한정적이라도 못 따게 해두면 문제없지."

"하지만 그렇게 하면 손님이 오래 붙잡고 있지 않을 텐데?"

"휴짓조각이나 다름없는 참가상에 부가가치를 매겨서 나눠주면 그만이야."

참가상에 매력이 없으면 어른들도 관심을 끊을 텐데.

하지만 호우센에게는 대책이 다 있는 것 같았다. 참가상으로 보이는 것이 바구니 사이로 모습을 드러냈다.

남녀 불문하고 많은 학생의 사진을 인쇄해 라미네이트 가공을 한 수제 경품을 다양한 패턴으로 준비해놓았다.

"문화제를 즐긴 추억을 선사한다고 하면 어른들에게도 좋은 어필이 되지."

정치 관련자들도 많이 온다고 하니 문화제 참여를 일종의 자선 사업, 지역 활동으로 홍보할 수 있는 면이 있다. 학생들의 사진을 받았다고 하면 호감도도 올라가겠지. 의외로 거기까지 생각이 잘 미친 호우센과 헤어진 후 나를 기다리고 있는 케이에게로 돌아왔다.

"무리였어."

그렇게 보고했는데도, 케이는 기쁘다는 듯 생글거리며 팔뚝으로 내 배를 쿡 찔렀다.

"경품을 못 받았는데도 꽤 기분 좋아 보이네."

"그야 키요타카의 귀여운 면을 볼 수 있었으니까. 난 대

175

만족이라는 느낌?"

"뭐야, 귀여운 면이라니."

좋은 모습을 하나도 보여주지 못한 시간이었는데.

"이런 것까지 한 방에 해결하는 만화 같은 전개가 아니어서 오히려 난 기뻤어. 뭐든 다 가능한 아이가 아니라는 걸 새삼 인식했달까."

그건 그렇다. 내 방식은 경험을 바탕으로 한다. 과거 경험으로 살릴 요소가 있다면 이야기는 달라지지만, 장난감이든 뭐든 처음 해보는 사격인데 잘할 리가 없다.

"그게 귀엽냐? 남자친구한테는 보통 멋진 모습을 원하는 거 아닌가?"

"그건 이미 충분히 봤거든요."

탓하기는커녕 경품을 못 딴 걸로 케이는 도리어 기쁨을 맛본 모양이었다.

그 밖에도 흥미로운 부스가 없는지 천천히 둘러보다가 이시자키를 발견했다.

"야, 아야노코지!"

"뭔가 부스 느낌이 독특하네."

"그렇지? 나랑 알베르트의 아이디어라고."

"엥, 너 같은 똘마니가 류엔한테 허락을 받았단 말이야? 생일파티 하나 세팅 못 했으면서?"

이시자키를 의심하는 눈빛으로 빤히 쳐다보는 케이.

"윽…… 나는 성사시키고 싶었지만……. 너한테 말한 대로 제안했다가 걷어차였지…….”

　그때가 떠오르는지 배 언저리를 손으로 눌렀다. 우연히
일치한 나와 류엔의 생일 10월 20일. 이시자키는 합동 생
일파티를 계획했었다.

　하지만 실현하려면 케이를 설득해야 했고, 케이가 내건
조건은 류엔이 옥상에서 있었던 일을 직접 머리 숙여 사과
하는 것. 그 어려운 조건을 당연히 류엔은 거부했다.

　“하지만 내년에 반드시 재도전할 거니까! 기다려주라!”

　“아무도 안 기다리거든……. 그런데 네가 하는 부스는
뭐야?”

　“궁금하지? 궁금하지? 좋아, 너희도 한번 해봐.”

　준비된 것이라고는 책상과 종이 박스뿐.

　나무젓가락과 컵이 놓여 있는 것을 보아 먹는 종류인 것
같기는 한데 과연…….

　“이게 뭐야?”

　“비밀이야. 기대하시라.”

　그렇게 말한 이시자키는 알베르트에게 지시해 종이 박
스에서 도구를 꺼내오게 했다.

　프로틴 봉지와 구연산 봉지였다.

　둘 다 근육을 만들 때 섭취하는 것으로 잘 알려져 있다.

　“이거, 초콜릿맛 프로틴인데 살짝 먹어봐.”

　한입 크기의 작은 종이컵 두 개에 이시자키가 만든 초콜
릿맛 프로틴이 들어 있었다.

"안 먹을래."

받자마자 거부하는 케이.

"그, 그러지 말고. 그냥 프로틴이라니까?"

"나 프로틴 같은 거 먹어본 적도 없고 먹고 싶지도 않아. 근육 빵빵해질 생각 없거든?"

알베르트가 한 발짝 앞으로 나와 영어로 중얼거렸다.

"You can't build muscle just by drinking protein shakes."

"어? 뭐라고?"

"그 부분은 걱정 안 해도 돼. 프로틴을 먹기만 해서는 근육이 붙지 않는대. 이렇게 된 거 둘이서 시험해보지 않을래?"

이시자키가 뭘 하려는지 솔직히 조금 궁금하긴 하다.

나는 앞장서서 종이컵을 들어 프로틴을 맛보았다.

예전에 먹었던 것과는 다른 제품이겠지만, 살짝 옛날 생각이 나는 맛이었다.

"뭐, 그럼 일단 마셔주겠는데…… 웩, 맛없어."

한편 처음 프로틴을 마셔본 케이는 맛이 없다며 인상을 찌푸렸다.

"맛없어? 뭐, 그래도 못 먹을 정도는 아니지?"

"못 먹을 정도는 아니지만 별로 안 먹고 싶은 맛이야."

"그럼 이제 입을 헹궈줘."

입 안을 깨끗이 하기 위해서인지 물을 건넸다.

물을 다 마셨을 때 즈음에는 이시자키가 다음 준비에 들어가 있었다.

"다음은 이거야."

그렇게 말하며 이번에는 다른 종이컵에 구연산 드링크를 부었다.

"뭐, 그냥 구연산이네."

"이건 좀 낫다."

둘 다 구연산을 마시고 느낀 점을 중얼거렸다.

"그럼 마지막. 방금 먹은 그 두 개, 딱히 맛이 없진 않았지?"

"난 프로틴 맛없었는데."

"카루이자와 넌 됐고. 아야노코지는 어때?"

"음, 아예 맛없지는 않았어."

그 말을 들은 이시자키가 기쁘다는 듯 웃었다.

"그런데 말이야. 이 초콜릿맛 프로틴에 구연산을 넣으면 맛이 희한해져."

섞은 프로틴을 주기에 입으로 가져갔다. 프로틴도 구연산도 몸에 나쁜 게 아니니 일석이조 같은 느낌도 드는데…….

"자, 두 사람, 동시에 마셔봐."

"왠지 좀 무서운데."

"뭐, 마셔볼까."

우리는 호흡을 맞추듯 종이컵을 기울여 입으로 가져갔다.

그런데 입 안에 머금은 순간, 혀에 퍼지는 맛에 나는 무심코 굳어버렸다.

"으헥?!"

옆에서 케이가 비명을 지르며 그 자리에 내뱉고 말았다.

그러고도 나가떨어져 토하는 시늉을 하며 강하게 어필했다.

"이거, 그, 그 맛 나지 않아?! 우웨에에엑!"

나도 아는 맛이다. 격투기를 배우던 시절, 주먹으로 배를 세게 맞고 위액과 소화 덜 된 음식물을 토했을 때.

입안에 퍼지는 냄새와 맛은 그것과 비슷했다.

"푸하하하! 그렇지?! 재미있지?!"

"재미없거든! 물!"

케이는 배를 잡고 웃는 이시자키를 밀치고 페트병 속 물을 벌컥벌컥 들이켰다.

"……이건, 뭐랄까, 과연 희한한 맛이긴 하네."

"천하의 아야노코지도 이건 좀 깨지?"

맛이 있고 없고의 문제가 아니라 대놓고 말해 음식물의 맛이 아니다.

텐션이 단숨에 바닥까지 꺼졌다.

"내일 손님들을 깜짝 놀라게 해줄 거야. 한 잔 500포인트에 세상 신기한 체험을 서비스하는 거지."

"……이걸 류엔이 잘도 허락해줬군."

나는 그게 더 놀라웠다.

"내 포인트를 써서 마음대로 하라던데. 여기서는 내일 다른 부스를 열 거야."

그렇군. 자기 반에서 빌린 공간 중 남는 곳에서 이시자키가 단독으로 한다는 건가. 그럼 지출도 최소한으로 들고, 대충 손님 열 명 정도는 호기심에 체험하러 와도 이상하지 않다.

"으윽, 즐거운 데이트가 최악으로 바뀌어 버렸어……."

그 후로 이곳을 떠날 때까지 케이는 한결같이 이시자키를 노려보기만 했다.

조금이나마 개선된 줄 알았던 관계도 다시 원점으로 돌아갔나.

어쨌든 여러 부스를 순수하게 즐기면서 탐색을 마친 나는 케이와 메이드 카페로 돌아왔다. 교실 안은 학생들로 넘쳐났는데, 저마다 메이드에게 말을 붙이며 즐기고 있었다. 이따금 규칙을 어기고 집요하게 들이대는 학생이 있으면 스도가 개입해 강제 중단하고 퇴실시켰다.

트러블 대처 요원이라는 역할을 톡톡히 맡고 있다.

웬만큼 센 녀석도 아닌 이상에는 선후배 할 것 없이 모두 스도의 위세에 얌전히 물러나는 수밖에 없다. 두 시간 정도의 문화제 모의 연습은 잠시 후 종료되었다.

최종적으로 내일 인원을 변경할 필요가 있을지 호리키타와 논의해봐야 한다.

나와 스도 등 남자들이 청소를 시작했을 때 오노데라가 모습을 드러냈다.

"우리 쪽도 마쳤어. 나도 메이드복 구경하고 싶었는데."

야외 노점에 배치된 오노데라는 오자마자 아쉬운 소리를 했다.

　"너, 메이드 같은 게 보고 싶었던 거냐?"

　"그게 어때서. 나도 귀여운 거 좋아한다고. 그리고 난, 그러니까 메이드복 같은 거 어울리는 편이 아니어서…… 다리도 굵고."

　"어울리는지 안 어울리는지는 입어봐야 아는 거지."

　"……그리고 옷이 한정되어 있으면 나한테 맞는 사이즈도 없지 않을까?"

　그렇게 말한 오노데라는 자기는 무리라며 쓴웃음 지었다. 수영에 열심인 오노데라는 보통 여자애보다 발달한 어깨와 다리 등 몸이 잘 단련되어 있었다. 만약 사이즈가 맞는 메이드복을 준비하면 오노데라 전용이 되어버리고 말 것이다. 스도가 무릎을 굽히고 앉아 오노데라의 허벅지를 살폈다.

　"뭐, 뭐 하는 거야, 스도?!"

　"잘 단련된 운동선수의 멋진 다리인데 말이지. 뭐, 하긴 메이드 느낌이랑은 좀 먼가……."

　턱에 손가락을 대고는 생각을 그대로 말로 내뱉었다.

　"창피하단 말이야!"

　오노데라가 얼굴을 붉히며 교실을 뛰쳐나갔다.

　"뭐야, 쟤…… 도망칠 일이냐."

　나는 그런 두 사람을 지켜보면서 오노데라에게 찾아온

명백한 변화를 가까이에서 느꼈다.

체육대회 때 이후로 오노데라는 아무래도 스도에게 호감을 느끼고 있는 것 같다. 다만 스도는 누군가를 좋아한 적은 있어도 누군가가 호감을 표시했다거나 그런 느낌을 받은 적이 아예 없는지, 전혀 눈치채지 못한 것 같았다.

두 화살이 서로를 향하면 좋겠지만 현재까지는 둘 다 일방통행.

연애에 관해서는 나도 아직 깊이 학습하지는 못했어도, 기본적으로 이런 경우에는 따뜻한 눈으로 지켜보는 것이 정석임을 안다.

하지만 오히려 그렇기에 내 안에 있는 호기심, 즉 다른 패턴의 결과를 보고 싶은 충동이 일었다. 정석대로 가지 않으면 커플은 성립할 수 없을까?

"모르는 거야? 오노데라가 왜 저러는지?"

"뭐야, 넌 아냐?"

"네가 호리키타에게 가진 것과 똑같은 감정을 오노데라는 너한테 느끼고 있어."

"어?"

약간 돌려 말했기 때문에 스도는 곧바로 이해하지 못했다.

하지만 지금의 스도는 끝까지 그 뜻을 모를 만큼 새대가리가 아니다.

"뭐? 오노데라가…… 나를?"

"그래."

"아니 아니, 그건 아니지."

진지하게 생각해본 모양인데, 그럴 리 없다고 부정했다.

이것도 당연하다면 당연한 반응이다.

상대방의 마음속을 누구나 진실로 확인하기란 불가능하니까.

"처음에는 오노데라도 너한테 관심 없었겠지만, 요새 스도는 눈이 휘둥그레질 정도로 성장하고 있잖아. 이성으로 의식해도 이상한 일은 아니지 않나?"

조금씩 다시 생각을 정리하기 시작한 스도의 얼굴이 점점 굳어졌다.

"그런…… 그 녀석이, 나 따위를?"

"물론 확실하다는 보장은 없어. 만약에 네가 진실을 알고 싶다면 오노데라를 잘 관찰하고 이해해보는 게 중요할지도 몰라."

"하지만……. 난——."

그다음 말은 말하지 않아도 알 수 있다.

지금 스도의 마음은 호리키타에게 완전히 향해 있으니까.

그렇기에 내 이 쓸데없는 발언으로 인해 어떤 변화가 생길지 지켜보고 싶다.

호리키타에게 더 다가갈지, 오노데라한테 마음이 흔들릴지.

아니면 예상하지 못한 제삼자가 등장할지.

"안 되겠다. 혼란스러워졌어. 노점 구경하러 가는 김에 머리 좀 식히고 올게."

찬찬히 생각해서 답을 내면 되겠지.

"키요타카, 방금 그거…… 그래도 괜찮았을까?"

옆에서 준비하던 요스케의 귀에 우리의 대화가 들어가 버린 모양이다.

"난 그냥 내버려 두는 게 좋았을 것 같은데."

"그런가? 난 아직 그런 부분은 잘 몰라서. 괜한 소리 한 거면 스도한테 미안하네."

아무것도 모르는 얼굴로 요스케에게 그렇게 말해두었다.

그리고 잠시 후, 예행 연습 종료 시간이 되었다.

"다들 고생했어. 오늘은 이만 마무리하자. 만약에 내일 실전을 앞두고 배치전환 등이 있게 되면 밤 9시 전까지 스마트폰으로 연락할게."

정리와 청소 등이 끝나고 내일 준비도 전부 마쳤다.

학생들은 내일 있을 문화제를 위해 얼른 귀가했다.

이제 교실에 남은 사람은 나와 호리키타 둘뿐.

"냉정하게 몇 번을 생각해도 호리키타가 메이드가 되는 건 위화감밖에 안 들어."

"나도 좋아서 하겠다는 건 아니지만 메이드는 많을수록 좋잖아? 네 여자친구가 도와주면 조금 더 편할 텐데."

"미안하지만 그건 내 영역 밖의 일이라. 케이의 의사에 따른다."

나 이외에 사토 쪽도 시도해 본 모양이지만, 케이는 결국 메이드복 착용을 거부했다.

사정을 직접 물어본 것은 아니지만, 아마 귀찮다거나 접객이 안 맞는다는 이유보다는 옷을 갈아입는 게 싫어서겠지.

케이의 몸을, 과거를 이해할 수 있는 사람만 있는 것은 아니니까.

"농담이야. 억지로 입게 할 수는 없지. 그리고 시큰둥하게 굴면 내일 오는 손님들한테 이미지도 나빠질 거고."

"이거, 한 번 봐줘. 오늘 모의 연습하는 걸 보면서 조금 조정해봤어."

호리키타에게 노트를 건네고 최종 확인을 받았다.

"고마워. 네가 짠 스케줄에 문제는 없어 보여."

노트를 본 후 고개를 드는 호리키타. 문화제 참가자는 문화제가 끝나기 전까지 담임에게 신청하고 반드시 1시간 동안 휴식하는 것이 의무화되어 있다.

휴식 중에는 부스 일을 돕는 것이 일절 금지로, 바쁘든 말든 상관없이 일할 사람을 미리 조정해두어야 한다.

4

케야키 몰로 이어지는 가로수길에 한 남녀가 서로를 마주 보고 서 있었다.

이미 문화제 예행 연습이 시작되어서 이 부근에는 학생들이 아무도 없었다.

"드디어 대화할 수 있게 됐네, 야가미."

"설마 문화제 준비 도중에 밀어닥칠 줄은 몰랐습니다."

"그렇게 안 하면 잡을 수가 없잖아. 날 계속 피하는 것 같던데."

쿠시다를 맞닥뜨렸을 때 야가미는 그 자리에서 얘기하기를 꺼리며 이곳으로 이동할 것을 강요했다.

"못 만난 건 단순한 우연입니다. 그러고 보니 몇 번인가 제 방에 찾아오셨던 모양이더군요. 죄송합니다, 외출 중이었어요."

두 사람 다 미소를 유지하며 대화를 이어갔다.

만약 누군가가 두 사람을 목격했다면 친근하게 담소를 나누는 것으로만 보일 광경.

"정말로 외출 중이었어? 싫어서 없는 척한 게 아니고?"

"없는 척이라니요. 제가 왜 그런 짓을. 뭔가 오해가 있으신 모양이네요."

"오해는 무슨."

마치 구름처럼 실체를 잡을 수 없는 야가미 때문에 짜증이 난 쿠시다가 먼저 한 발 깊이 파고들었다.

"내가 쓸모없어져서 버렸다, 그뿐이잖아?"

만장일치 특별시험에서 야가미는 쿠시다가 호리키타와 아야노코지를 퇴학시킬 것을 기대했었다. 그런데 부응하지 못하자 연락까지 끊어버렸으니 쿠시다가 그렇게 판단하는 것도 무리는 아니었다.

"만장일치 특별시험이 끝난 날 밤에 제가 연락드렸던 것을 기억하세요?"

"그래. 물론 기억하지."

당일, 시험이 끝난 날 밤.

야가미는 전화를 걸어서 쿠시다의 입을 통해 호리키타와 아야노코지를 퇴학시키지 못했다는 것을 알았다.

그 직후 전화가 끊겼고 이후로 쿠시다는 야가미와 대화를 나누지 못했다.

"솔직하게 말씀드릴게요. 전 쿠시다 선배에게 미움을 사고 말았다고 생각했습니다. 그래서 최근 들어 도저히 얼굴을 마주칠 용기가 없어서, 저도 모르게 피해 다녔던 것 같네요."

"어디서 개수작이야. 지금 와서 그런 거짓말 한들 소용없어."

호의를 가진 후배인 척 구는 것도, 본성의 일부를 알게 된 이후로는 소름만 돋을 뿐이다.

"실례했습니다. 그럼 다시 한번 그날 일을 알려주시겠어요?"

쿠시다도 이제 어느 정도 알고 있다. 앞에 있는 이 1학년은 쿠시다를 놀리며 즐거워하고 있을 뿐이라는 것을.

만장일치 특별시험의 전모를 알면서 또 가지고 놀려고

손을 뻗고 있다고.

"싫은데."

"왜요? 적어도 쿠시다 선배는 그 두 사람 중 한쪽을 퇴학시키려고 했다는 거 알아요. 하지만 결과적으로는 쿠시다 선배 대신 사쿠라 선배가 퇴학당했죠. 제가 알고 싶은 건 그 자세한 내막입니다."

"난 그 특별시험에서 아무것도 하지 않았어. 그래서 OAA 최하위였던 사쿠라가 필연적으로 내쳐진 거지. 그것뿐이야."

만장일치 특별시험 때 반에서 있었던 일은 밖으로 새어 나가지 않았다.

그렇기에 야가미는 자세하게 알고 싶은 것이다.

쿠시다는 어디까지나 사쿠라 아이리가 능력이 부족해서 선택되었다는 식으로 이야기를 밀어붙이려고 했다.

하지만 야가미는 여전히 미소를 지으며 쿠시다의 어깨에 손을 슬쩍 올렸다.

"거짓말하면 안 되죠."

"거짓말이라니……?"

"만장일치 특별시험이 끝난 이후부터 쿠시다 선배의 행동 루틴에 큰 변화가 생겼습니다. 다른 반 학생들과는 여전히 잘 지내고 있지만, 같은 반과는 거리가 생겼다는 걸 이미 조사해서 파악이 끝났어요. 그러니까 그 만장일치 특별시험 때 선배는 자기 본성을 꽤 드러내 버린 게 틀림없습니다."

대외적으로 쿠시다는 반 아이들에게도 변함없는 미소로 대하고 있다.

하지만 아이들이 지금까지보다 거리를 두는 이상 한계가 있다.

원래는 여자 소수 그룹만으로 일주일에 두세 번은 놀았었는데, 이제는 그러지 않게 되었다.

"무슨 소리인지 모르겠네. 애들이랑 여전히 잘 지내고 있는데."

어쩌다 우연히 못 본 것뿐, 아니면 야가미가 그냥 되는 대로 지껄이고 있을 뿐.

그런 식으로 몰아가려고 했지만, 야가미는 여전히 웃기만 했다.

"숨기려고 해도 소용없어요. 쿠시다 선배는 자기 반 학생들에게 모든 과거를 들킨 겁니다. 그리고 그렇게 내몬 사람은 틀림없이 아야노코지 선배겠죠."

마치 반에서 쿠시다 일행의 싸움을 직접 보기라도 한 것처럼 술술 잘도 말했다.

호리키타의 이름이 아니라 아야노코지를 거론한 점을 봐도 분명 이상했다.

"상상력이 풍부하네. 다 틀렸는데."

"숨기는 거야 자유지……. 그럼 말할 것도 없는데 저한테 대체 무슨 용건이시죠? 문화제 일도 도와야 하니 가능하면 빨리 돌아가고 싶은데요."

"나 이제 야가미를 상대하는 거, 지쳤어."

"지쳤다……고요?"

"이제 두 번 다시는 나한테 아는 척하지 마. 오늘은 그 말이 하고 싶었을 뿐이야."

갑자기 야가미와의 관계를 끝내고 싶다고 말하는 쿠시다.

"저와의 관계를 끝내고 싶다는 건가요? 그 심정은 이해합니다. 반 사람들에게 쿠시다 선배의 과거와 성격을 다 들켜버렸으니 이제는 호리키타 선배와 아야노코지 선배를 퇴학시키라고 해도 못 하겠죠."

"이제 일일이 정정 안 할 거야. 그렇게 해석하고 싶으면 네 마음대로 해."

"재미있는 사람이네요, 쿠시다 선배는. 방금 그 발언이야말로 진실을 말해주고 있어요. 그리고 쿠시다 선배 본인이 이 환경에 몸을 던져도 좋다고 생각하게 됐나 봅니다. 그러니까 떳떳하지 못한 저와의 관계를 청산하고 앞으로는 잘해보고 싶은 마음이 든 거겠죠."

잘해보고 싶다. 그 지적이 쿠시다의 마음에 머물러 퍼져나갔다.

"아야노코지 선배는 둘째치고, 호리키타 선배와는 화해한 겁니까?"

"그것도 대답하기 싫은데."

"보아하니 어이없게 회유당했나 봐요? 좀 실망입니다,

쿠시다 선배."

맞받아치고 싶은 마음을 꾹 누르는 쿠시다였지만, 화가 끓어오르는 것은 어쩔 수 없었다. 호리키타를 여전히 싫어하는데.

"나는──!"

"아아, 됐어요. 더는 말하지 마세요. 딱 봐도 알겠으니까."

그녀를 대하는 태도에 예전과 같은 예의는 일부 빠져 있었다. 쿠시다는 그것이 기분 나빠 참을 수 없었지만, 여기서 약해지면 안 된다.

아니, 그런 것보다도 아야노코지와 류엔, 아마사와같이 평범하지 않은 인간들을 계속 상대했기 때문인지 다른 일반 학생보다는 분명 내성이 있었다.

그런 자신의 모습에 놀라고 또 실감하면서 단호하게 행동했다.

"너와는 오늘로 끝. 우리 사이에는 이제 아무것도 남은 게 없어. 그렇게 정리해도 되겠지?"

"안심하세요. 제가 쿠시다 선배의 과거를 폭로하고 돌아다닐까 봐 걱정하시는 거죠? 그래서 이렇게 못 박는 김에 어떤지 떠보려고 온 거겠죠?"

"그래. 네가 폭로하면 내 소문이 학교에 다 퍼질 테니까."

"그럼 제가 하라는 대로 하실래요?"

"약점 잡은 건 나도 마찬가지야. 네 모든 걸 폭로하겠어. 아야노코지와 호리키타를 퇴학시키려고 날 이용했고, 성실한 얼굴을 하고 있지만, 사실은 인간 말종 같은 짓을 일삼는다고."

이게 위협이 될지는 알 수 없다.

그래도 쿠시다가 지금 가진 무기를 써야 한다면 자신을 지킬 수단은 이것뿐이었다.

"똑같이 협박으로 나오는 겁니까. 그럼 명심해두죠. 이제 됐습니까?"

그게 효과가 있는지 없는지는 모르겠지만 야가미가 말을 마치고 걷기 시작했다.

"저는 1학년 B반의 리더여서요. 문화제 준비로 이래저래 바쁘답니다. 그럼 이만."

"잊지 마, 야가미. 네가 약속을 지키는 한 나도 지킨다는 거."

마지막으로 미소 지은 야가미는 가벼운 발걸음으로 시야에서 사라졌다.

"……이걸로 끝내준다면 좋겠는데……."

그런 희망적인 관측을 품으면서 한편으로는 이대로 끝나지 않는다는 것을 직감하기도 했다.

그렇다면 어떻게 해야 할까.

이대로 가만히 있어도 될까, 아니면 먼저 움직여야 할까.

"안 돼. 내 힘으로는 야가미를 막을 수 없어."

지금까지 자신은 호리키타를 비롯해 여러 상대에게 도전해서 졌다.

스스로 대처할 수 있다는 안일한 생각은 버려야 한다.

쿠시다는 자신이 혼자임을 통감했다. 하지만 그래도 상황은 많이 달라졌다.

상대는 분명히 쿠시다를 얕보고 있다. 겉으로만 그런 게 아니라 정말 진심으로 얕보고 있다.

그런 쪽의 사실 파악에 뛰어나다고 자부한다.

"저 애랑 싸우기 전에 내가 해야 할 일이 있어."

해결해야 하는 문제는 야가미만이 아니라는 것을 알고 있다.

친절한 우등생으로 되돌아갈 생각은 전혀 없지만, 반에서 확고한 포지션을 유지하려면 뚜렷한 성과를 내야 한다.

쿠시다 키쿄는 살아남는 기술을 잘 알고 있었다.

5

한밤중, 나에게 전화가 한 통 걸려 왔다.

"네가 먼저 전화를 거는 날도 다 있네, 사카야나기."

수화기 너머에서 사카야나기의 웃음소리가 어렴풋이 들렸다.

『정말 그럴지도 모르겠네요. 지금, 시간 괜찮으신가요?』

"안 괜찮으면 안 받았지."

『그러네요. 그럼 바로 본론으로 들어갈게요. 아야노코지 군은 문화제에 당연하다는 듯 참가하시는 모양이더군요. 아버지는 외부에서 아야노코지 군을 데려가려고 오는 자들이 있지 않을지 여러모로 불안해하세요.』

"이사장님께는 얼마 전에 전화를 받았어. 이번에도 쉬는 쪽으로 검토하면 좋겠다고 하셔서 정중히 거절했지."

지난번 체육대회도 사카야나기를 빠지게 만들 일만 없었다면 아마 참가했을 텐데.

『무섭지는 않나요? ……아, 바보 같은 질문이네요. 질문 내용을 바꾸죠. 혹시 관계자가 움직이지 않으리라고 보는 건가요?』

그렇지 않다면 굳이 불구덩이에 몸을 던지는 의미를 모르겠다고 사카야나기가 말했다.

"단순히 실질적인 손해를 저울에 달아본 거야. 체육대회와 문화제 모두 쉰다고 다 해결이 된다면 그렇게 하는 것도 좋겠지. 하지만 그다음에는 수학여행도 기다리고 있어. 내년에 있을 체육대회가 무관중으로 열린다는 보장도 없고. 껍데기 안에 틀어박히는 건 쉽지만, 그렇게 해서 기회를 잃으면 더 곤란해."

『남은 학교생활 동안 학생이 당연히 영위하는 것을 조금이라도 더 경험하고 싶다는 거네요.』

어느 정도 납득이 갔는지, 알겠다는 식으로 대답했다.

"그리고 목적은 그것 말고도 있으니까. 그냥 버리고 싶지 않아."

『그런 거라면 더는 아무 말도 하지 않을게요. 아야노코지 군이 생각하는 대로 행동하는 게 최고라고 생각해요.』

문화제에 대해 궁금했지만, 물어보는 것은 금지되어 있다. 그 부스는 단순히 이기기 위한 것인지, 아니면 승부를 포기하고 여는 것인지. 또는 다른 노림수가 있는지.

내가 물어보면 대답해 줄 가능성도 있지만, 그건 다른 이야기가 되겠지.

어떤 선택이든 A반이 정하기에 달렸을 뿐 제삼자가 정답인지 오답인지 판단할 권리는 없다.

『그렇지만 언제 불의의 사태가 일어날지 몰라요. 문화제는 무사히 끝나더라도 그다음은 또 모르지요. 힘든 일이 생기면 언제든 저한테 의논하세요.』

"아주 친절하군."

『재대결도 하기 전에 아야노코지 군이 없어지면 안 되니까요.』

"고려해볼게."

『그럼 조만간 다시 연락드릴게요. 푹 쉬세요.』

사카야나기는 쓸데없는 이야기는 하지 않고 전화를 끊었다.

○문화제 날

긴 준비 기간을 거쳐, 마침내 문화제 날이 밝았다.

시작 시각은 아침 9시로 8시 반까지 등교를 마칠 의무가 있었다.

또 교문은 오전 6시부터 열기 때문에 필요하다면 이른 아침부터 준비할 수 있었다. 나와 호리키타는 아침 6시에 기숙사 로비에서 만나 같이 등교하기로 했다.

실전에서 불상사가 생기면 안 되므로 미리 최종 확인을 마쳐놓기 위해서다.

호리키타는 만나자마자 내가 들고 있는 상자를 보았다.

"안녕. 혹시 그 종이 박스가 네가 말한 그?"

"예정에 없던 돈을 쓰게 만들어서 미안."

"큰 금액이 아니어서 별로 큰 영향은 없었어. 원래 우리 2학년은 일 인당 5,000포인트가 주어지니까 자유롭게 써도 되는걸."

1학년부터 3학년까지, 수는 그리 많지 않지만, 우리와 같은 생각으로 일찍 등교하는 학생들을 마주쳤다.

우리는 일단 교실에 들러서 종이 상자를 내려놓고, 메이드 카페로 이동했다.

"마츠시타한테 연락 온 건 봤어?"

"확인했어. 지금까지 메이드 카페를 이끌어온 입안자 중

한 사람인 만큼 마음이 괴롭겠지."

이른 아침에 마츠시타로부터 연락이 와서, 몸이 아파 쉬어야 할 것 같다고 했다.

"그래도 잘 판단한 거야."

미열 정도면 강행할 수도 있겠지만, 기침 등의 증상이 강하게 나타난 것 같아서 접객을 맡을 수 없었다.

그렇다고 배치를 바꿔도 아픈 마츠시타에게 부담이 많이 가는 일을 맡길 수 없는 데다가 감기가 퍼지면 문화제 이후 반에 영향을 미칠 수 있다.

"이런 때를 위한 사전 준비였지."

인원 배치전환만으로 끝나는 게 아니라, 빠진 인원을 어디서 보충할지도 정해야 한다.

"그러고 보니 너, 들었어? 그 메이드 카페 정보를 유출한 사람, 하세베랑 미야케라는 소문이 돌던데."

"그렇다더군. 하지만 그렇게 될 줄 일찍이 예상했잖아."

여학생들과 교류가 깊은 케이가 준 정보로 이미 알고 있었다.

"……그렇지. 그런데 그냥 내버려 둬도 정말 괜찮을까?"

"소문은 소문일 뿐이야. 하루카와 아키토가 정말로 정보를 유출한 건 아니잖아."

하세베 일행을 도와주지 못하는 것 때문에 호리키타의 자기혐오가 고개를 내밀었다.

"약해지는 마음을 얼굴에 쉽게 드러내지 않는 게 좋아.

상대가 기회를 잡을 빈틈만 보이게 될 뿐이니."

"넌 그 어떤 순간에도 냉정하구나. 당사자인데도 꼭 남일처럼 구네."

호리키타가 표정을 확인하듯이 나를 빤히 보는 것을 알아차렸다. 그 관찰은 5초 10초 이어졌고, 어느새 미간을 찌푸리며 어렵다는 듯한 얼굴로 바뀌어 있었다.

"좀 물어보고 싶은 게 있어. 1학년들과는 평소에 교류가 있는 편이니?"

"1학년? 아니, 없는데. 나나세나 아마사와랑은 가끔 말하지만, 그냥 그 정도."

내가 먼저 만나러 가는 일은 거의 없으니 교류가 있다고 말하면 안 될 것 같은 느낌이 든다.

"그런 게 궁금했어?"

"궁금할 수도 있지……."

"교류 말이 나와서 말인데 넌 어때? 학생회에서도 1학년이랑은 얘기를 나눌 것 아니야."

"뭐…… 그렇지. 후배들을 대할 기회도 조금은 늘어났지."

학생회는 올해 1학년부터 세 명씩 받고 있다. 2학년만 오랫동안 이치노세 혼자였는데, 질은 둘째치고 인재의 양이라는 면에서 부족한 게 사실이었다. 최근에 호리키타가 가입하기는 했지만, 부족함을 채우기 위해 인원 조정을 했다고 봐야 하겠지.

학생회에 정해진 인원은 없지만, 일반적으로 8명에서 12

명 정도가 보통인 듯하다. 이 학교에서는 현재 3학년이 3명, 2학년이 2명, 1학년이 3명. 일반 학생회에 가까운 형태를 유지하고 있다고도 할 수 있겠다.

"처음에는 쓸데없는 짓이라고 생각했어. 학생회 일보다는 방에서 혼자 공부하는 게 나를 위한 길이니까. 솔직히 지금도 그런 생각이 없진 않아."

그런 식으로 쓸데없게 여겨지는 건 비단 학생회 일만이 아니겠지.

동아리 활동도 친구와 어울리는 것도, 기본적으로는 쓸데없는 일의 연속이다.

동아리 활동을 통해 프로가 되거나, 친구를 사귀는 것이 장래의 직업으로 이어지는 사람도 간혹 있겠지만, 대다수에게는 그저 과거의 추억으로 남을 뿐이다.

반면 공부에 매진하면 미래에 큰 영향을 미칠 가능성이 크다.

학생이 고를 수 있는 선택지 가운데 가장 견실하면서 무난한 것.

"쓸데없는 행동 속에도 배울 점은 많이 있다는 걸 깨닫기 시작했어."

"너희 오빠도 학생회장이었고."

"오빠는 나와 달라. 학생회 일을 완벽하게 수행하면서 학업도 흠잡을 데 없었는걸. 학생회 일을 부담스럽게 느낀 적도, 공부할 시간이 부족해 고민한 적도 없지 않았을까?"

실제로는 어땠는지 몰라도 호리키타 마나부는 늘 여유가 넘쳤으니까 말이지.

　피나는 노력을 전혀 안 한 건 아니겠지만, 그런 모습을 솔직하게 보여준 적은 없다.

　"결과만 놓고 보면 너한테 고마워. 학생회에 들어가면서 그동안 보지 못했던 걸 보게 됐거든."

　순순히 고마운 마음을 전하나 싶었는데 말이 계속 이어졌다.

　"그만큼 오빠의 대단함을 다시 인식했고, 쓸데없는 일도 늘어났지만."

　"그냥 솔직하게 고맙다고만 했으면 좋았을 텐데."

　"다소의 불평불만은 받아들여야지."

　"마나부가 너한테 중요한 목표였다는 것에는 동의하고 동정도 하지만 말이야."

　순수한 학력 그리고 신체 능력만 놓고 보면 나는 마나부에게 뒤지지 않는다, 그건 단언할 수 있다.

　하지만 만약 이 학교의 규칙이 바탕에 깔려 있고, 마나부가 같은 학년이었다면.

　불가능한 이야기지만, 어떤 대결이 되었을지는 나도 모르겠다.

　그런 생각이 들 만큼 그에게 능력이 있었다는 것은 분명하다.

1

특별동의 메이드 카페에서 아침 9시를 맞이했을 때, 전교생을 대상으로 한 방송이 울려 퍼졌다.

내빈들이 정문을 통과하면서 문화제의 막이 올랐다는 알림이었다.

"어떡해, 긴장되기 시작했어……."

"그러고 보니까 이 학교에 들어온 뒤로 외부인이랑 접촉한 적이 없는 것 같아."

시노하라의 옆에 있는 이케의 말소리가 들려왔다.

폐쇄적인 환경에서 오래 있었던 만큼 괜한 긴장감이 생기는 것일 수도 있겠다.

한편 사토를 비롯한 메이드 팀은 마츠시타의 결석 때문에 근무 시간표 변경 회의를 하고 있었다.

각자의 부담은 아무래도 커질 수밖에 없겠지만, 시간 조정도 완료되었다.

메이드복을 입은 사토가 불안해하며 두 손을 모았다가 곧 자신감을 되찾기 위해 두 볼을 손바닥으로 착착 때렸다.

"힘내자…… 힘내라, 나!"

"사야짱이라면 괜찮을 거라니까. 나도 뒤에서 든든하게 받쳐줄게."

후방 지원을 맡은 케이가 그렇게 말하며 격려했다.

"응, 힘내볼게!"

고비를 한 번 넘긴 이후로 두 사람의 거리가 정말 많이 좁혀졌다.

제일 친한 친구라는 틀은 이제 웬만한 일로는 망가지지 않으리라.

그 밖에 염려해야 할 멤버는…….

나는 주위를 둘러보며 다른 학생들의 상태를 관찰했다.

스도를 비롯한 일부 남자팀은 방송도 제대로 듣지 않고, 요스케를 중심으로 마지막 논의 중이었다.

바쁘거나 문제가 생기면 모두가 보조를 맞춰서 잘 대응해야 한다.

어느 정도 지시를 다 내렸을 때, 학생 수가 두 명 부족하다는 사실을 깨달았다.

그 직후, 나와 호리키타는 시선을 마주쳤다. 서로의 생각이 일치하겠지.

호리키타가 가까이 다가와 내게 소곤소곤 말을 걸었다.

"하세베랑 미야케가 안 보이네."

"화장실에 간 것도 아니겠지."

다른 학생들은 자기 일에 온 신경이 쏠려서 아직 모르는 눈치였다.

"이번 문화제에서 뭔가 있을 거라고는 예상했지만…….

"그냥 땡땡이치는 거면 오히려 고맙겠는데."

처음부터 전력으로 계산하지 않았던 호리키타의 입장에

서는 그들이 문화제에 단순히 참여하지 않을 뿐이라면 신경 쓸 필요가 사라진다.

하지만 만약 방해 공작을 펼친다면 이야기가 달라진다.

"하지만 그 소문도 있는데, 불에 기름을 붓는 격이 될 수 있어."

"정보를 유출한 것도 모자라 문화제까지 땡땡이쳤다고 하면 비난받을 만하긴 하지."

"시간이 해결해주는 수밖에 없다고 생각해서 계속 지켜본 건데……. 역시 일찍 손을 써야 했던 걸까. 적어도 소문만은 불식시켰어야 했나 봐."

"무슨 말이 하고 싶은 건진 알겠지만, 오늘은 문화제에 집중하자."

"그래도 될까?"

"소문을 없애도 그 두 사람이 이탈했다는 사실은 없앨 수 없어. 그리고 문화제 때 어떤 다른 방법으로 반을 곤경에 빠트릴 가능성이 아직 남아 있고."

불안한 요소들을 안은 채 경솔하게 감쌌다가 괜히 반감만 살 수 있다.

같은 편으로 받아들이는 것은 하루카 일행이 확실하게 적이 아니라는 판단이 섰을 때.

"……그러네."

아직 미련이 남은 듯한 호리키타이기는 했지만, 잡념을 떨쳐내듯 한 차례 헛기침했다.

"너라면 하세베 일도 잘 대응할 거라고 믿을게."

나는 눈빛으로 대답한 후, 내빈들을 맞이하기로 했다.

2

"어서 오세요~!"

교실, 아니 메이드 카페 안에 사토의 활기찬 목소리가 울려 퍼졌다.

그와 동시에 가게에 들어온 손님 1호는 40대로 보이는 남자였다.

가게에 대기하고 있던 총 여섯 명의 메이드가 미리 연습한 대로 일제히 반겼다.

"자리로 안내해 드리겠습니다."

목소리는 씩씩했지만, 긴장이 가시지 않아 몸놀림이 뻣뻣한 사토.

그래도 전날 리허설을 한 덕분에 큰 실수 없이 자리까지 안내한 후 메뉴판과 시원한 물을 들고 테이블로 다가갔다.

연습 때의 몸으로 돌아오려면 계속 손님을 대하면서 익숙해지는 수밖에 없겠지.

그 후로 드문드문, 느리지만 손님이 점점 늘어나기 시작했다.

연령층은 비슷했는데, 이따금 그 가족으로 보이는 십 대

남자아이와 여자아이도 민망해하면서 들어오곤 했다.

"시작은 이만하면 훌륭한가?"

갑자기 만석이 되진 않았지만, 빈자리만 보이는 일은 없어 다행이다.

스마트폰으로는 학교 내에 뿔뿔이 흩어진 반 아이들의 연락과 보고가 수시로 들어오고 있었다.

어느 부스에 사람이 집중되어 있고, 어디가 한산한지.

각 반의 매출을 문화제 종료 때까지 알 수 없는 이상, 직접 발품을 팔아 정보를 모으는 수밖에 없다.

다행히 전교생은 한 시간 동안의 휴식이 의무이므로, 한가한 학생이 늘 일정하게 존재했다.

그런 만큼 당연히 우리 반을 염탐하는 사람도 있겠지만.

잠시 실내를 지켜본 나는 복도 상황을 살피기로 했다.

이미 많은 내빈이 특별동에 와 있어서, 내 눈에 보이는 범위 안에서는 재학생보다 손님 수가 더 많았다.

만약 그 남자의 사주를 받은 자가 있다면 이미 내 시야에 들어왔을 가능성도 있겠군.

설마 사전 조사도 없이 당일에 우왕좌왕하면서 나를 찾아다니는 것도 아니겠지.

다만 아직은 수상한 사람을 찾아볼 수 없었다. 그리고 이렇게 많은 어른과 학생, 아이들이 넘치는 상황에서는 접촉하기도 쉽지 않다.

지금은 그쪽보다 재학생들을 주시해야 한다.

사카야나기 반의 요시다가 메이드 카페 안을 대놓고 들여다보고 있었다.

그리고 류엔 반은 아직 보이지 않지만, 그들도 머지않아 상황을 확인하러 올 것이다. 교실 문이 벌컥 열리고 이케와 혼도가 헐레벌떡 뛰쳐나왔다.

"벌써 음식 주문이 들어왔어. 노점에 가지러 갔다 올게!"

"그건 좋은데, 좀 더 차분하게 해줘."

무슨 일인가 싶어서 일부 손님들이 깜짝 놀랐다.

"아, 그런가. 미안⋯⋯!"

가게에서 일하는 사람이 허둥대며 음식을 가지러 가는 모습을 손님, 그리고 앞으로 손님이 될 수 있는 사람들에게 보여서는 곤란하다.

주의를 받은 두 사람은 서로 마주 보며 고개를 끄덕이고 약간 빠른 걸음으로 출발했다.

첫 배달이기도 한 만큼 늦어서는 안 되니까.

오늘은 주문이 들어올 때마다 이렇게 계속 왕복해야 한다.

"아야노코지."

누가 이름을 불러서 뒤돌아보니 칸자키가 가까이 다가왔다.

"벌써 바빠 보이네."

예행 연습 때는 패스했는데, 이치노세 반의 부스는 디저트 계열이었던 것 같다.

크레이프, 초코바나나 같은 것을 주로 취급한다.

"너희는?"

"꼬마들한테 인기 만점이야. 다만 어른들은 예상보다 흥미를 보이지 않아서 매출로 상위를 노릴 수 있을지 좀 미묘하긴 해."

"고전하는 것치고는 안색이 나쁘지 않은데."

"그럴……지도."

아무래도 히메노와 움직인 그 첫걸음이 성공적이었는지도 모르겠다.

"이제 체육관에 갈 거야. 앞날을 위해서라도 3학년한테 배울 것이 있으면 배우고 싶어."

"그렇구나. 그럼 나중에 보자."

칸자키의 뒷모습을 지켜본 나는 메이드 카페로 돌아와 작업을 시작하기로 했다.

그래도 사실 내가 할 일은 『정오』가 될 때까지 별로 없지만.

교실 한쪽 구석을 칸막이로 나눈 좁은 휴식 공간에서, 가끔 일어날 수 있는 문제에 대응하기 위해 대기하기. 그리고 사진 촬영을 원하는 손님이 있으면 사진을 찍어주는 일을 맡았다.

몇 분이 채 지나지 않아 첫 사진 촬영 요청이 들어온 뒤로 그것을 본 손님들이 잇따라 사진 촬영을 신청하기 시작했다.

고등학생과의 아슬아슬한 추억을 만들고 싶은 성인이 전혀 없다고도 할 수 없지만, 학교의 취지에 따라 손님들이 돈을 써주고 있다고 보는 게 좋겠지.

어떤 의미에서는 이것도 업무로 간주하는 사람이 적지 않을 것 같다.

그래도 메이드 카페에 대화 소리와 웃음소리가 조금씩 퍼지면서 어디에나 있는 시끌벅적한 카페의 일면을 보이기 시작했다.

"새로 오신 손님의 안내를 부탁드립니다."

사방에 웃음소리가 넘쳐나는 교실에, 무기질한 호리키타의 목소리가 들렸다.

"한 분 안내해주세요."

곧바로 사토가 접객에 나서며 손님을 빈자리로 유도했다.

"그럼…… 또 데려올게."

애교를 잘 부리지 못하는 호리키타는 야외 홍보를 맡았다.

손님의 이목을 끌기 위해 메이드복을 입고는 있었지만, 미소는 찾아볼 수 없었다.

이것이 진짜 메이드 카페였다면 호리키타는 면접에서 합격하더라도 수습 기간 도중에 잘렸겠군.

뭐, 그 이전에 호리키타가 메이드 카페 면접을 보는 일 자체가 없겠지만.

3

문화제가 시작된 지 두 시간이 채 안 되었는데, 메이드 카페는 예상했던 대로의 손님을 유지하고 있었다.

중요한 것은 우리가 준비한 상품을 얼마나 팔 수 있을지다. 특히 대량으로 산 필름은 한 장에 70포인트 정도 되는 비용을 들였으니까 말이지.

현재까지는 순조롭게 소모되고 있어서, 폴라로이드 카메라를 이용한 촬영 담당인 나는 바쁘게 교실을 누볐다.

9,000포인트 가까이 들여서 산 폴라로이드 카메라는 고장 났을 때를 대비해 예비용으로 한 대 더 확보해두었기 때문에 촬영 기재에 투자한 금액이 적지 않았다.

"사진 한 장 주문이요~!"

메이드들의 목소리가 교실에 울려 퍼지자 나는 카메라를 들고 대기실 밖으로 나갔다.

이번에는 미짱과의 촬영을 희망해서, 계산 담당 이치하시가 곧바로 스마트폰으로 포인트를 받아 결제를 마쳤다.

"자, 치즈!"

수줍게 웃는 미짱과 손님의 투샷을 찍은 나는 폴라로이드 카메라에서 나온 사진을 확인했다.

"역시……."

찍는 순간 이상하겠다 싶었는데, 미짱이 눈을 감는 순간 셔터를 눌렀다.

"으앗, 미안해, 아야노코지……."

"괜찮아. 다시 찍자."

기념이 될 사진인 만큼, 손님의 표정이야 다소 문제가 있어도 상관없지만, 메이드가 이상하게 나온 것을 제공할 수는 없다.

손님에 대한 배려임과 동시에 미짱 등 메이드에 대한 배려이기도 하다.

잘못 나온 사진을 제공하는 것을 여자로서 받아들일 리도 없다.

그렇기에 한 장당 800포인트를 받고 찍어준다고 해도 필름이 두 장, 때에 따라서는 세 장이 들어갈 수도 있다.

두 번째 촬영에는 성공해서, 사진을 뽑아 손님에게 건네주었다.

촬영을 마친 나는 얼른 대기실로 돌아왔다.

뭐, 이걸 아침부터 계속 반복하고 있다.

그나저나——.

정치 관계자가 많이 오는 이 문화제는 그 남자에게 절호의 기회.

주위에 사람이 많아도, 어떻게든 방법을 찾아내서 움직일 거라고 예상했다.

그건 사카야나기 이사장도 마찬가지일 터.

그런데 정오가 다 되도록 아무 일도 일어날 기색이 없었다.

츠키시로 그리고 체육대회 때 찾아온 정체 모를 학생, 그들과 했던 대화가 떠오른다.

『하지만 아무리 우수해도 그래봐야 애. 그자는 자네가 그렇게 강한 것까지 계산하고 나를 보냈다는 것을 이해하는 편이 좋겠지요.』

『츠키시로를 배제했고, 이제 화이트 룸생만 배제하면 평온한 일상을 되찾을 거다. 그런 착각을 하는 게 아닌가 싶어서 충고 좀 해주러.』

이러한 것들을 다소 억지로라도 연결해본다면 당연히 문화제 때 학생이 아닌 어른의 힘으로 나를 배제할 거라고 보는 것이 자연스럽다.

실제로 츠키시로를 이용해 우격다짐으로 문화제를 계획했으니 그렇게 되겠지.

내 허를 찔러서 오히려 이 절호의 기회를 그냥 넘길 수도 있을까.

아니, 역시 그건 허를 찌르기 이전의 문제다.

좋은 기회를 그냥 넘긴다……. 물론 문화제가 아직 끝난 것은 아니지만.

하지만 만약에 오늘 아무 짓도 하지 않는다면.

그것은 단순한 태만이 아니라——.

"아야노코지 군, 어쩌죠, 다즐링이 다 나간 것 같아요!"

당황해서 뛰어 들어온 미짱을 보고 생각을 중단했다.

지금은 눈앞의 문제에 집중하자.

홍차는 여러 종류를 준비해두었는데, 고급 찻잎을 사용한 다즐링이 벌써 동나고 말았다. 1,200포인트라는 높은 금액대를 형성한 상품인 만큼 회의를 거쳐 최소한으로만 매입했는데, 의외로 잘 팔리네.

반대로 간편하게 티백으로 된 값싼 홍차는 판매가 저조했다.

당일에 추가 구입도 할 수 없으니 재고 부활은 불가능하다.

"지금 바로 모든 메뉴판에 품절 스티커를 붙여줘. 간판은 직접 수정할게."

"네, 네에."

나는 당장 매직펜을 들고 입구로 나가, 간판에 적힌 메뉴를 수정했다.

다 균일가 생활용품점에서 저렴하게 산 것들인데 꽤 쓸만하다.

"이제 됐다."

다즐링 부분에 쓴『대호평으로 완판』이라는 글자를 강조했다. 편향적인 품절이긴 하지만, 이건 이것대로 메이드 카페의 인기를 어필할 수 있겠지.

바로 그때, 내 등 왼쪽 뒤로 팔이 나왔다.

언뜻 보인 것은 교복이 아닌 양복.

"돌아보지 말고 받아."

반으로 접힌 흰 종이가 창문 틈으로 들어온 바람에 살짝 팔락거렸다.

오늘 접촉하지 않을지도 모른다고 생각하자마자 이건가.

돌아보지 말라는 명령을 무시하기란 쉽지만 나는 순순히 하라는 대로 응했다.

내가 못 느끼는 사이에 이 가까운 거리까지 접근하다니, 상대는 보통 인물이 아니다.

"이름을 물어봐도?"

"탐색해도 소용없다."

종이를 받자마자 왼팔은 시야에서 사라졌다.

얼마간 그대로 있으니, 가까이 다가오는 다른 기색이 느껴졌다.

"왜 그러고 있어, 키요타카."

바로 돌아오지 않는 내가 신경 쓰여서 요스케가 교실 밖으로 나온 것이다.

"미안, 길을 헤매는 손님이 말을 걸어서 좀 도와주느라. 무슨 문제 생겼어?"

"주문이 제대로 되지 않기 시작했어. 노점 쪽도 생각보다 바쁜 것 같아."

"그렇군, 주문을 다 못 쳐내게 됐나. 바로 갈게."

요스케가 가는 것을 확인한 나는 오른손에 쥐고 있던 종이를 펼쳤다.

『데리러 왔다. 어떻게 할지는 스스로 정해. 정문에서 기다리겠다.』

전화번호까지 꼼꼼하게 적혀 있었다.

어떻게 할지 나더러 정하라고?

정말 진지하게 선택지를 제시했다면 정말 내가 돌아가는 쪽을 고르리라고 생각하는 건가.

이 쪽지에 어떤 의미가 담겨 있는지는 알 수 없다. 진실은 이걸 준 사람이 적어도 화이트 룸과 관련된 인물이라는 점뿐이다.

직접 실력 행사를 할 수 없어서 내 판단에 맡기려는 건가.

하지만 지금까지 가만히 있었던 것도 이 문장과 관련 있을지 모른다. 어쨌든 신경 써봐야 소용없다. 나는 종이를 작게 뭉쳐서 입에 넣고 삼켰다.

종이는 원래 식물이고 주요 성분은 셀룰로스다. 분해 효소가 없어서 소화되지 않고 그대로 배출된다. 이 쪽지를 제삼자가 줍는다고 해도 문제 될 일은 없지만, 괜히 가지고 있으면 어떤 식으로든 내게 불리할 테니까. 경솔하게 행동할 수 없는 문화제이므로, 이렇게 바로 처리하는 편이 뒤탈도 없고 편하다.

4

문화제가 시작된 지 세 시간이 지났다.

정오가 되어 아침 일찍 학교에 왔던 가족들과 교체하듯

새로운 내빈이 찾아올 즈음. 정찰하러 갔던 이케 무리의 보고를 받은 나는 현관 근처로 이동했다.

"저거야, 저거!"

이케가 손가락으로 가리킨 곳을 보니, 류엔 반의 몇몇 여학생이 소리치고 있었다.

"저희 2학년 C반은 지금 2학년 B반과 콘셉트 카페의 매출을 두고 대결을 펼치고 있습니다! 저희가 지면 누군가가 책임지고 퇴학당할지도 몰라요!"

기본적으로 웃으면서 밝게 손님을 유치하는 다른 학생들과는 명백하게 다른 분위기.

비통한 표정으로 외치는 그 모습에 많은 내빈이 발걸음을 멈추었다.

"여러분이 좀 도와주실 수 없을까요! 부디 잘 부탁드립니다!"

제작한 것으로 보이는 전단지를 사람들에게 나눠주었다. 그중 한 장을 받은 중학생 정도 되는 남자아이에게 말을 걸어서 슬쩍 구경해보기로 했다.

전단지에는 특별동 2층에서 일본 전통 복장 콘셉트 카페를 하는 반에 대하여 상세히 적혀 있었는데, 메뉴 등의 요금은 일절 언급이 없었다. 그 대신 대결을 전면에 내세우고 절대 지면 안 되는 싸움임을 강하게 어필했다.

"응? 응? 이거, 좀 위험하지?"

그냥 하는 허풍이라고는 생각할 수 없는, 여학생들의 실감 나는 호소.

십중팔구 류엔이 반 아이들에게 퇴학이 어른거리게 협박하고 있으리라.

"진짜로 누군가를 퇴학시킬 작정인 걸까, 류엔 놈."

"글쎄. 그럴 가능성은 작을 거야. 페널티로 인한 강제 퇴학이라면 모를까, 합의도 없이 협박해서 퇴학시키는 건 문제가 되니까. 실제로 협박받은 학생이 학교에 말해버리면 오히려 류엔의 입장이 위험해지고, 그 이전에 반 포인트가 급락하는 걸 피할 수 없어."

"그럼 거짓말인가! 지금 당장 가서 못 하게 막자!"

"그건 무리야. 저 반 애들은 1%의 공포에 잔뜩 겁먹고 있어. 게다가 끝까지 들어보면 알 수 있는데 퇴학당할지도 모른다고만 말하고 있어."

즉 내빈들을 상대로 거짓말하고 있다고 판단할 요소가 없다는 뜻이다.

단순한 대립으로 끝내지 않고 그다음 수를 쓰다니, 역시 류엔답다.

상위 4위 이내에 드는 것보다도 1위를 차지하려고 움직이고 있다고 봐도 되겠지.

"만약에 지면 100만 프라이빗 포인트를 빼앗기잖아? 위험한데!"

머리를 쥐어뜯는 이케에게 걱정하지 않아도 된다고 알려주고 싶지만, 진심으로 겁에 질린 모습을 사람들에게 노출하는 것도 중요하다. 대결의 중요성이 더 선명해지니까.

"어, 어쩌지?"

"저쪽이 저렇게 나온다면 우리도 비슷한 전략으로 응수하면 그만이지."

"퇴학시키겠다고 협박하자는 거야?!"

"그쪽이 아니라. 우리도 2학년 B반으로서 콘셉트 카페 대결에 전력을 쏟고 있다고 어필하는 거지. 그 준비도 되어 있어."

"뭐……? 되, 되어 있다니?"

"가져온 종이 박스를 열어봐."

나는 혼도와 소토무라에게, 들고 있는 종이 박스를 내려놓고 박스 테이프를 뜯어보라고 했다.

박스에서 나온 것은 전단지 뭉치.

"이거……?! 저 녀석들 거랑 비슷한 전단지잖아?!"

"나도 필요하면 내빈들을 사로잡을 전단지를 뿌릴 계획이었어. 저쪽에 선수를 빼앗기긴 했지만, 효과는 충분히 발휘할 수 있을 거야."

호리키타 반과 류엔 반이 준비한 전단지는 순식간에 온 학교에 퍼질 것이다. 2학년 B반과 2학년 C반이 일대일 대결을 벌인다는 사실을 학교 안의 모두가 알게 된다.

이렇게 하면 두 반이 스케일이 큰 내기를 걸었다고 알아서들 상상하겠지.

그리고 두 반 모두 비슷한 위험을 무릅쓰고 있다고 착각할 것이다.

군이 내가 반 아이들을 협박할 필요가 없다.

"지금부터 할 일 없는 여자애들을 모아 동시다발적으로 전단지를 뿌리자."

"아, 알았어! 바로 알릴게!"

혼도 일행이 직접 움직여서 반 아이들에게 전달하는 흐름이다.

그리고 미리 정해둔 전단지 배포 포인트와 함께, 노점 부스를 운영하는 남자애들에게도 이 대결을 주지시키라고 통지했다.

"들었어? 호리키타네 반이랑 류엔의 반이 큰돈 걸고 대결한대."

"난 진 반 리더가 퇴학당한다고 들었는데?"

아무 상관 없는 일반 학생의 귀에도 벌써 맞대결 소식이 들어가기 시작한 모양이다.

억측은 소문을 낳고, 소문은 다시 억측을 낳는다.

"난 이만 돌아갈게. 또 무슨 일 있으면 알려줘."

음식 배달을 맡은 이케 무리라면 상황 변화를 즉시 알 수 있다.

듬직하게 고개를 끄덕이는 그들에게 그 부분을 맡긴 나는 특별동으로 돌아가기로 했다.

가는 도중, 사람들이 별로 지나다니지 않는 복도 한 귀퉁이에서 전단지를 손에 든 전통 복장 차림의 여자애를 발견했다.

"오세요."

이따금 지나가는 어른에게 전단지를 건넬 때마다 케야키 몰에서도 종종 볼 수 있는, 아무 의욕 없이 전단지를 나눠주는 무기력한 어른의 모습이 겹쳐 보였다.

그저 담담하게, 정해진 분량을 나눠줄 뿐인 모습이다.

"한 장 줄래?"

"감사함다."

나를 못 알아보았는지 조용히 감사 인사(?)를 중얼거리며 전단지를 내밀었다.

하지만 역시 내가 받아들인 순간 그녀의 눈이 나를 포착했다.

"켁."

"이런 데서 전단지 나눠주고 있었나, 이부키."

"시끄러워. 저리로 썩 가버려."

보여주고 싶지 않은 녀석에게 보이고 말았다, 그런 언짢은 얼굴을 하고서 시선을 회피했다.

"이야기는 들었는데, 일단은 성실하게 약속을 지키고 있나 보네."

류엔과의 대결에서 져서 전통 의상을 입어야 한다는 소식은 들었는데, 생각했던 것보다 잘 어울린다.

"옷이 날개인가."

무섭게 노려보았지만, 의미는 잘 모르는 것 같아서 안심했다.

"아무것도 아니야."

인기척 없는 데서 전단지를 나눠줘 봐야 모든 전단지를 다 뿌리기란 쉽지 않다.

"장소를 옮기는 게 낫지 않겠어? 저쪽에 야마시타 무리가 나눠주고 있는 거 봤는데."

"농담이지? 왜 내가 그런 애들이랑 같이 있어야 하는데."

그럴 줄은 알았지만 바로 거절당했다.

"그냥 네가 이거 전부 다 받아주면 안 돼?"

"그건 무리지."

"그냥 확 쓰레기통에 버려버릴까……."

마음에 들지 않는다는 듯 전단지 뭉치를 내려다보며 욕지거리를 내뱉었다.

그렇게 말하면서도 버리지 않는 것은 그래도 진 대가를 제대로 치르기 위해서겠지.

자기가 이겼을 때는 상대에게 강요해놓고 졌을 때는 도망친다면 앞으로 류엔이나 다른 상대와의 승부도 성립할 수 없을 테니.

"그런데 류엔이랑 무슨 대결을 벌인 거야?"

"나는 맞짱 뜨고 싶었지만, 녀석의 제안으로 카드 게임을 했지."

"카드 게임? 포커 같은 거?"

"뭐, 비슷해."

대결 내용 자체는 아무래도 상관없지만, 류엔이 먼저 한 제안이라는 게 마음에 좀 걸렸다.

어쩌면 이부키가 보기 좋게 덫에 걸린 건지도 모르겠다.

어쨌든 더 이상 이부키를 방해해도 미안하니까.

"여기서 네가 열심히 홍보하고 있었다고 나중에 소문내 줄게."

"소문내지 마라. 차버린다."

옷이 팔랑거리더니 갑자기 예리한 발차기가 날아와서 허둥지둥 피했다.

"쳇."

"그러고 보니 카페의 인사 멘트가 『다녀오셨어요, 주인님』이었나? 연습 삼아 해봐."

"네가 내 발차기를 얼굴로 받으면 해줄게."

"바로 포기하도록 하지."

살짝 다리를 들어 겁주기에 맥없이 물러났다.

메이드 카페에 돌아왔을 때는 조금 전까지 어딘지 느긋했던 상황은 온데간데없고, 오늘 가장 많은 손님이 밀어닥쳐 줄까지 생기기 시작했다.

호리키타도 줄 정리에 합세해 손님들을 유도했다.

"전단지를 별문제 없이 뿌리고 있나 보네."

"그래. 지금부터 너와 류엔의 반은 단숨에 다른 반을 따돌리기 시작했을 거다."

"전부 네 계획대로 되고 있구나."

"그 계획에 독특한 빛깔을 더한 건 내가 아니지만."

나와 호리키타는 서로 고개를 끄덕인 다음 각자 있어야 할 위치로 향했다.

5

문화제의 왕도인 메이드 카페. 그런데 일찍부터 류엔이 소문을 퍼트린 것이 오히려 효과를 발휘했는지, 류엔 반 이외에는 따라 하는 반이 나오지 않아서 손님을 잘 유치할 수 있었다. 그것 자체는 잘된 일인데, 연습 때는 일어나지 않았던 문제가 여기서 발생했다.

대결 자세를 보인 것 때문에 손님이 지나치게 많이 온다는 문제였다.

교실에 자리가 한계에 다다를 만큼 꽉 차서, 이제 손님을 더 받으면 숨이 막힐 정도. 찾아오는 손님을 줄 세워 대기하게 만드는 수밖에 없었는데, 원래 메이드 카페는 회전율이 높지 않다.

메이드로 분장한 학생과 어른들이 대화를 즐기는 것도 절대 빼놓을 수 없이 중요한 요소다.

보통 이럴 때는 정리권을 나눠주거나 해서 나중에 다시 오게 하는 방법을 쓴다.

하지만 문화제에서는 그게 반드시 좋은 방법이라고 말

할 수 없다.

예컨대 가진 자금이 3,000포인트 정도 남아 있는 손님에게 정리권을 주면서 1시간 후에 다시 와달라고 하면 어떻게 될까. 순순히 그렇게 하는 손님도 있겠지만, 대부분은 기다리는 시간에 다른 부스에서 돈을 쓰기 마련이다.

그러다 어느새 3,000포인트를 거의 다 써버려서 메이드 카페에서 쓸 돈이 없어 그냥 돌아간다. 그런 전개도 충분히 일어날 수 있다.

그렇기에 한 번 줄을 선 손님은 카페에 들어와 지갑을 열 때까지 계속 서 있어줬으면 한다.

또 가능하다면 다른 데 가서 쓸 예정이던 포인트까지 흡수하고 싶다.

"큰일이네. 기다리다 지친 손님이 줄에서 이탈하기 시작했어."

위험을 감수하고 큰 보상을 얻으려던 계획에 노란불이 켜졌다.

지금은 일단 새로 줄을 서는 것을 막는 수밖에 없나.

"아야노코지, 잠시만 접객에서 빠져도 될까. 나한테 생각이 좀 있는데."

줄의 끝으로 가려는데 쿠시다가 말을 걸었다.

상황이 걱정되어서 보러왔나 보다.

"어쩌려고?"

"기다리는 손님은 지루할 뿐이지 메이드 카페 자체에는

강한 흥미를 보여주고 있어. 하지만 배도 고플 거고, 포기하고 그냥 가는 것도 무리가 아니잖아."

"그렇지."

마침 점심시간도 겹쳤기 때문에 식사를 목적으로 온 손님이 많다는 것은 지금 교실 안에 있는 어른들의 모습만 봐도 분명히 알 수 있다. 쿠시다는 기념 선물용으로 판매하려고 준비한 수제 쿠키를 봉지에 담아 들고, 복도로 나갔다.

그리고 금방이라도 지쳐 나가떨어질 듯한 손님에게 웃으며 말을 붙였다.

"오래 기다리게 해드려서 죄송해요."

그리고 봉지에서 쿠키를 하나씩 꺼내 기다리는 사람들에게 나눠주기 시작했다.

조금만이라도 덜 배고프게 하려는 목적도 있겠지만, 그게 전부는 아니다.

물질적 보상을 하면 그 자리를 떠나는 것에 죄책감을 느끼게 된다는 것.

쿠시다가 대기 줄에서 떠나면 죄책감이 다소 들어도 외면하고 가는 것도 어렵지 않겠지만, 쿠시다는 계속 그 자리에서 미소 지으며 말을 붙였다.

쿠키도 받았으니, 애가 타도 줄을 떠나기 쉽지 않아졌다.

쿠시다가 홀에서 벗어나면서 생기는 단점도 있지만, 이미 자리를 잡은 손님은 어느 정도 돈을 쓰는 것이 확정되어 있다.

지금은 그다음 수입이 되어 줄 존재를 붙잡는 것이 중요하겠지.

카페 안 상황도 누구보다 잘 파악하고 있는 데다 자기 자신을 유효하게 활용하는 능력도 갖추었다.

어떻게 하면 한 명이라도 더 많은 사람을 자기 편으로 만들 수 있는지.

성인 남자와 가까운 거리에서 기분 좋아지는 대화를 나누면서, 때로는 슬쩍 손을 잡는 등의 스킨십. 그런 행동에도 저항감이나 혐오감을 일절 보이지 않는다. 다른 여자애들도 오늘 하루 동안 열심히 하고 있겠지만, 이러한 요소를 전부 완벽하게 해낼 수 있는 사람은 쿠시다뿐이다.

틈틈이 계산해주러 갈 때 계산을 잘못하거나 하는 실수도 한없이 0에 가까웠다.

실전 형식의 연습에 단 한 차례도 나오지 않았는데 이 정도라니, 그야말로 천부적인 재능이다.

"쿠시다의 능력이 진가를 발휘하는구나."

그 모습을 본 요스케가 탄복했다는 듯 고개를 끄덕였다.

"지금까지 역풍을 세게 맞았던 쿠시다 본인 그리고 그런 쿠시다를 지켰던 호리키타에게도 다소 순풍이 불 것 같아."

이렇게까지 일을 잘해준다면 어느 정도는 인정하는 수밖에 없다.

"사람은 쉽게 원망하는 생물이면서 또 쉽게 인정하는 생

물이기도 해. 특히 젊을 때는 동전의 양면처럼 평가가 휙휙 잘도 바뀌어. 앞면에서 뒷면으로, 그리고 지금 다시 앞면으로. 다만 그렇게 휘둘리는 만큼 피곤한 존재로 느끼긴 하겠지만 말이야."

"그래도 난 좋아. 쿠시다가 반 애들이랑 하나가 되어서 싸울 수 있다면."

"지켜 보고 있으니 감탄이 절로 나오네. 솔직히 실전에서 이 정도까지 완벽하게 해내는 게 정말 가능한 거야?"

"연습이 쌓인 결과라고 생각해. 쿠시다가 문화제 준비 기간 중에 몇 번인가 꽤 밤늦은 시간에 호리키타의 방에 갔었나 봐. 연습한 게 아닐까."

원래 가진 재능도 있는데, 몰래 단단히 연습까지 했다는 말인가.

만약 요스케의 짐작이 맞는다면 그건 그것대로 쿠시다의 대단함을 새삼 실감하게 된다.

호리키타가 쿠시다는 걱정할 것 없다고 자신만만해하던 근거가 되기도 하고.

대기실로 돌아와 카메라를 가지고 돌아다닌 지 30분쯤 지났을까.

"저기, 아야노코지 군. 쿠시다 씨 어디 있나요?"

바빠 보이는 투로 미짱이 얼굴을 내밀었다.

"쿠시다? 쿠시다라면 복도에서 계속 줄 정리를 하고 있을 거야."

메이드들에게도 전달했을 텐데——.

"쿠시다 씨랑 촬영하고 싶다는 손님이 계시는데 보이지 않아서요."

줄 정리 중일 쿠시다가 모습을 감추었다고?

나와 요스케가 곧바로 복도를 살피니 정말로 쿠시다가 보이지 않았다.

"실례지만, 혹시 여기서 줄 정리하던 여학생 못 보셨어요?"

줄 서 있는 손님에게 요스케가 물었다.

"아아, 쿠키 나눠주던 애 말이야? 같은 학교 애가 불러서 따라가는 것 같던데. 5분 정도 전에."

"어떻게 생긴 아이였나요?"

내가 끼어들어, 쿠시다를 데려갔다는 인물에 대해 물었다.

"으음, 그러니까 머리카락을 이렇게 양 갈래로 묶은 여학생이었어."

요스케는 퍼뜩 떠오르는 얼굴이 없는 모양이지만, 난 강하게 짐작 가는 데가 있었다.

"미안한데 카페 잠시만 부탁할게. 쿠시다가 했던 것처럼 다른 메이드한테 해달라고 지시해줘."

아무도 예상하지 못한 문제가 생겼군.

그렇기에 내가 해결해야 한다는 것을 바로 이해했다.

6

남녀노소 대거 드나드는 문화제에서 특정 인물을 찾아 내기란 어렵다.

　하물며 어디로 갔는지 예측할 수 없는 상대라면 더욱.

　나는 스마트폰을 만지면서 그 압도적인 정보망에 감탄 사를 내뱉었다. 그 속도와 정확성이 놀라울 지경이다. 연 락한 지 몇 분도 채 지나지 않아 위치 정보를 얻었으니까.

　케야키 몰 쪽도 기숙사 쪽도 아닌, 실내 수영장 뒤편.

　그곳에 도착하니, 그곳과 어울리지 않는 메이드복 차림 을 한 쿠시다의 뒷모습이 과연 보였다.

　"그러니까 몇 번을 말해야——."

　한창 열띤 대화 중인지 쿠시다가 상대방에게 바싹 다가 가 분노가 실린 목소리로 조용히 말하고 있었다.

　"그만——."

　그 상대가 나를 곧 알아보고 쿠시다에게 말을 멈추라고 신호했다.

　"앗……? 어떻게…… 아야노코지가 여기에……?"

　"어떻게가 아니고, 줄 정리 에이스가 자리를 비웠으니 찾는 게 당연하잖아."

　쿠시다가 선보였던 모범적인 줄 정리를 임시로 다른 메 이드에게 넘기긴 했지만, 과연 손님의 마음을 어디까지 빼 앗을 수 있을지 모를 일이다.

　"잘 빼내 왔다고 생각했는데 잘도 이곳을 찾아냈네요,

선배."

말하는 투를 보아 내 감시망에서 벗어날 순간을 엿보고 있었나 보군.

"미안하지만 지금은 믿을 만한 사람이랑 손잡고 있어서. 어딜 가든 바로 알아낼 수 있지."

아마사와라도 짐작 가는 인물은 없겠지만 누군지 물어보려고 하지는 않았다.

"바로 돌려보내 드릴 생각이었어요. 진짜랍니다?"

"응. 이 애 말이 맞아. 말없이 나간 건 미안한데 나도 아마사와랑 얘기할 게 좀 있었거든."

"그럼 거기 서서 얘기해도 되지 않았어? 10분, 20분씩 자리를 비울 이유는 되지 못해."

"그건——."

줄 정리와 손님 붙잡기가 최우선이라는 것은 쿠시다도 잘 알고 있다.

그렇기에 하던 접객을 멈추고 그 대응에 나섰으니까.

웬만한 일이 아닌 이상에야 스스로 이탈할 리 없다.

"두 사람 사이에 무슨 할 이야기가 있든 지금은 문화제로 바빠. 얘기는 다음에 하지 않을래?"

굳이 오늘을 골라 이야기할 필요는 없다.

"저와 쿠시다 선배의 조합을 보고도 조금도 놀라지 않네요. 알고 있었던 거예요?"

"아니."

지금까지 깊은 접점이 있었다는 사실은 정말로 몰랐다.

"하지만 오늘 이 타이밍에 만나는 걸 보고 전부 이해했어."

불필요하게 느껴지는 정보까지도 머릿속에서 멋대로 도출된다.

왜 만장일치 특별시험에서 쿠시다가 퇴학을 고집하며 무모한 내기에 나섰던 건지.

그 배후에 화이트 룸생이 있고, 억지로 선동하게 시켰다면 무리도 아니다.

왜 꼬리 밟히기 쉬운 이 문화제 때 움직였는지도 알겠다. 수업만 끝나면 반 아이들이 잡는 것도 뿌리치고 매일같이 어딘가로 향하던 쿠시다의 행동과도 맞아떨어진다.

"쿠시다 선배는 좀 이따 잘 돌려보내 드릴 테니 조금만 더 제게 시간을 주시지 않을래요오?"

눈앞의 아마사와는 내가 정답에 도달했다는 사실을 아직 모르고 있다.

"미안해, 아야노코지. 잠시만 자리를 좀 비우면 안 될까. 최대한 빨리 돌아갈게. 나도 아마사와에게 꼭 할 말이 있어서."

"무슨 말인지는 알겠지만 그건 안 되겠다. 아마사와, 여기까지만 해."

"선배 눈빛, 너무 야해요. 저를 완전히 발가벗기고 있어요."

유혹하듯 검지 끝으로 입술을 누르는 아마사와였지만, 사실은 성적인 것을 말하는 게 아니다.

내가 다 꿰뚫어 보고 있는 것에 대한 경계심을 감추기 위한 행동.

"쿠시다. 넌 아마사와 그리고 또 한 사람에게 과거에 관한 약점을 잡혔겠지. 그래서 만장일치 특별시험 때 호리키타와 나를 퇴학시키려고 무리하게 반이 휘말리는 소동을 일으킨 거야. 혹은 그 이전부터 어떤 식으로 움직였던 건지도 모르겠고."

"무슨……."

적중했겠지. 쿠시다는 긍정도 부정도 하지 못하고 그저 놀라는 표정을 지었다.

"그만해요, 선배. 지금은 저와 쿠시다 선배의 시간이에요."

"미안한데 그럴 수 없어. 메이드 일 이전에 쿠시다는 우리 반에 필요한 존재야."

"그게 무슨 의미죠? 저는 딱히 아무 잘못도 저지르지 않았는데요."

"너는 그럴지도 모르지. 하지만 너 말고 다른 한 사람은 어떨까."

그렇게 대답하니 그제야 처음으로 아마사와의 태도에 변화가 찾아왔다.

그 직후 기분 나쁜 미소를 지은 아마사와가 가까이에 있는 쿠시다의 손목을 오른손으로 붙잡았다.

"윽?!"

그러더니 잡아끌어 쿠시다의 등 뒤에 선 후, 왼손으로

쿠시다의 입을 강하게 틀어막았다.

"혹시 선배는 다른 한 사람이 누구인지 짐작하고 있는 건가요?"

질문을 던지기 전에 쿠시다의 입을 막은 것은 쿠시다가 그 인물을 알고 있기 때문이다.

다시 말해서 또 다른 화이트 룸생의 정체를 알고 있다.

그렇기에 쿠시다의 입에서 그의 이름이 튀어나오지 않게 먼저 움직였다.

"알고 있겠지만 쿠시다 선배. 경솔하게 입 놀렸다간 퇴학시켜버릴 거예요?"

오른팔을 세게 붙잡혀서 그런지 쿠시다의 얼굴이 고통으로 일그러졌다.

"너답지 않은데, 아마사와. 꽤 궁지에 몰렸나 보지."

"잠깐만요, 선배. 전 아무 말도 안 했는데요?"

"행동 하나하나가 말해주고 있어."

고통을 참고 있는 쿠시다는 이 대화의 본질을 모르겠지.

그리고 아마사와 본인도 내가 어디까지 이해했는지 파악하지 못하고 있다.

"일단 다음에 둘이서만 이야기해요. 지금은 못 본 걸로 하고 조용히 그냥 가주세요, 아야노코지 선배. 그럼 10분 후에 돌려보낼 테니까."

"싫다면?"

"여기서 쿠시다 선배를 못 쓰게 만들어버릴지도 몰라요."

그렇게 말하고 오른팔을 더 세게 잡았다.

"음음?!"

"제가 아무리 귀여운 여자애라도, 사람 팔 한두 개쯤은 쉽게 부러트릴 수 있거든요."

"그럼 시험해볼까. 네가 쿠시다의 팔을 부러뜨리는 게 먼저일지, 내가 막는 게 먼저일지."

나와 아마사와의 거리는 대략 5m 정도.

"진심으로 하는 말인데요?"

"부러트리는 거? 아니면 내가 못 막을 것 같나?"

"둘 다예요."

"그럼 넌 둘 다 착각하고 있다는 얘기야. 진심으로 해라."

아마사와가 웃더니 쿠시다의 오른팔을 잡고 있던 오른손의 힘을 살짝 풀었다. 그 순간 나는 땅을 박차고 달려가, 아마사와가 팔을 부러트리는 동작으로 전환하려는 순간을 파고들었다.

오른손이 쿠시다의 팔에서 손목으로 내려오고 입을 틀어막았던 왼손이 등 뒤로 간 순간, 나는 아마사와의 오른손을 붙잡았다.

"말도 안 돼——."

방어본능이었으리라. 순간 쿠시다의 팔을 부러트리려는 동작을 멈추고 나를 의식하면서 왼쪽 손을 주먹 쥐려고 했다.

하지만 나는 그 이상의 동작을 할 틈을 주지 않고 아마사와를 단단히 구속했다.

조금 전까지 아마사와가 쿠시다에게 했듯이 등 뒤로 간 다음 땅에 엎어눌렀다.

"커헉!"

땅에 거칠게 눌린 아마사와는 순간 숨이 막혀 호흡이 흐트러졌다.

입김에 모래바람이 어렴풋이 피어올랐다.

"어라…… 이건 예상 못 했는데요."

"너랑 내가 별로 차이가 안 난다고 생각한 거냐?"

눈을 보면 알 수 있다. 평소 마이페이스를 유지하는 아마사와의 자존심이 깊게 상처 입었다.

"제가 헛다리, 짚었다고요……?"

"그럴지도 모르지."

화이트 룸에서 배운 아마사와의 격투 실력은 진짜다. 정식으로 단련해온 호리키타와 이부키, 또는 자기 방식대로 싸움을 익힌 류엔조차도 아마사와는 못 이기겠지.

하지만 그건 나와 대등하게 겨룰 수 있는지와는 완전히 상관없는 이야기다.

상대의 기량이 5에서 20, 혹은 30으로 올라갔다고 해도 내가 100에 가까운 기량이면 어차피 똑같다.

"언제부터 저를 쓰러트릴 수 있다는 걸 알았죠?"

"처음 본 순간부터."

"그 말, 아야노코지 선배가 한 게 아니었다면 완전 썰렁

하다고 면박 줬을 거예요."

"지금이니까 말해두는데, 넌 또 다른 네 동료가 나를 퇴학으로 내몰지도 모른다고 생각하는 것 같지만 내가 왜 그의 이름을 캐묻지 않는지 이상하게 여긴 적 없어?"

아마사와에게서 미소가 천천히 사라져갔다.

지금까지 나는 내가 먼저 나서서 화이트 룸생을 찾으려고 하지 않았다.

"애초부터 내 상대가 된다고 생각하지 않았기 때문이야."

"진심——으로 하는 말이군요. 선배."

"그걸 모를 네가 아니잖아, 아마사와."

격투기를 어중간하게 익혔을 뿐이라면 아직도 실감하지 못했겠지.

하지만 아마사와는 다르다.

총 10초도 지나지 않았는데 이미 큰 차이를 보이며 승부가 결정 났다.

"너도 그 녀석도, 더 일찍 내게 덤볐어야 해. 빙 둘러서 주변인들을 휘말리게 하며 즐길 게 아니라."

"선배는, 재가 쿠시다 선배한테 접근한 이유를…… 알았던 거군요."

"조금 전에 모든 퍼즐이 맞춰졌어. 그리고 네가 생각지도 못한 일이 지금 일어나려 하고 있지."

"생각지도…… 못한 일?"

"오후 3시가 지나면 학생회실을 주목해라. 단, 넌 그 누구 앞에도 모습을 드러내선 안 돼. 그럼 모든 답을 알 수 있을 거다."

조금씩 힘이 빠져나가는 아마사와를 본 나는 구속을 풀었다.

더는 힘을 쓸 필요 없겠지.

"시간을 많이 허비했어. 그만 메이드 카페로 돌아가자."

"괜찮을까? 저대로 둬도."

아마사와는 일어서기는 했지만, 정신이 멍한지 몸을 움직일 기색이 없었다.

"괜찮아. 그리고 네 과거를 폭로당할 걱정도 할 필요 없어."

내가 걷기 시작하자 쿠시다가 허둥지둥 쫓아왔다.

"아야노코지가 그런 걸 어떻게 알아."

"글쎄? 그래도 믿어도 좋아."

"……아야노코지, 너 정체가 뭐야."

조금 전 아마사와와의 대화 그리고 싸우는 모습을 봤으니 그런 의문은 필연적이겠지.

"싸움 같은 거 난 잘 모르지만…… 보통이 아니었다는 것만은 알겠어."

"격투기를 배우는 동급생은 드물지 않잖아. 호리키타도 있고 이부키도 있고, 자기류로는 류엔과 아키토도 싸움에 강하고. 남자와 여자는 애초부터 싸움 상대가 안 되기도 하고."

어디까지나 남녀 차이 때문에 압도한 것이라고 설명해

두었다.

그걸 쿠시다가 받아들일지 말지는 또 다른 문제지만.

"빨리 돌아가서 줄 정리를 도와야 해. 부탁한다."

"응, 그래, 그러네."

그렇게 대답한 쿠시다는 뭔가를 결의한 듯 고개를 숙였다.

"도와줘서, 고마워……."

의외인 쿠시다의 인사.

물론 쿠시다는 대외적인 면에서는 일반인보다 더 쉽게 저자세로 나온다.

고마운 마음을 표현하는 것 자체는 아주 쉽게 실행할 수 있는 타입이다.

"넌 내가 진심으로 고마워한다고 생각 안 하겠지만, 그래도 괜찮아. 그냥, 거짓이라고 해도 그렇게 말하고 싶으니까……."

"별로 대단한 일을 한 것도 아닌데. 그리고 같은 반으로서 당연한 행동을 한 거고."

"그럼 이건 빚이 아닌 거지?"

그 부분을 강조해서 잠시 고민했는데 도로 무를 수는 없으니까.

"물론이야."

빚이라고 말해도 어차피 순순히 갚을 쿠시다도 아니고.

○아이리가 남긴 것

일시적으로 이탈하긴 했지만, 그 후에 멋지게 잘 만회한 쿠시다. 일련의 활약으로, 지금은 더 길어진 줄을 질서정연하게 만드는 데 성공했다.

하지만 이번에는 손님이 너무 많아 일손이 달리는 사태에 빠지고 말았다.

누가 봐도 계속 수용 정원을 초과하고 있다. 한 시간 쉬었던 메이드들도 피로가 다 풀리지 않아 몸놀림이 상당히 둔해졌다. 남학생은 남아돌지만, 뒤에서 하는 일은 가능해도 홀에 설 수 없으니 힘든 싸움이다.

준비된 메이드복은 총 여덟 벌.

그중 두 벌은 기본적으로 예비용이고 나머지 여섯 벌만 상시 가동 중이다.

휴식 시간 이외에는 사토와 미짱이 에이스로 계속 고군분투 중. 홀을 맡을 예정이 없었던 호리키타도 어느 순간부터 홀을 돌아다니며 손님을 상대하고 있었다. 그리고 나머지 세 사람으로는 쿠시다, 마츠시타의 대타인 이시쿠라, 전단지 배포 역할을 맡은 이노카시라가 있다.

쿠시다는 복도에서 손님들을 붙잡고 있으므로 실질적으로 홀을 맡은 것은 네 사람.

원래는 추가 인원을 투입해야 하지만, 쓸 사람이 없는

게 현 상황이다.

여자면 다 되는 게 아니니까.

외모, 애교 등과는 또 다른 문제로, 본인의 동의라는 부분도 크다. 소노다 등 몇몇 아이에게 부탁해보았지만 메이드복을 입기 창피하고 일이 힘들다는 점 때문에 나서주지 않았다.

"아야노코지. 기다리는 손님들도 이제 한계가 온 것 같아. 이대로 무한정 붙잡고 있기는 힘들겠어."

틈을 봐서, 교실 안으로 얼굴을 내민 쿠시다가 말했다. 비상사태라 접객(이라고 해도 요리 서빙을 주로 하는)에 나섰던 호리키타도 쿠시다를 보고 다가왔다.

"제일 끝줄 상황은 어때?"

"오래 기다려야 한다고 하니까, 기다리는 사람도 있긴 한데 대부분은 그냥 돌아가."

길게 늘어서 있는 줄을 보면 도저히 기다릴 마음이 안 생기겠지.

지금 남아 기다려주는 손님들도 그냥 손님과 달리 어디까지나 문화제에 와 준 내빈들에 지나지 않는다. 기다린 시간이 아까워 계속 머물러 주리라고 기대할 수는 없다.

그렇기에 쿠시다가 방파제 역할을 해주고 있는 건데, 그것도 무너지기 일보 직전인가.

"남은 메이드복이 두 벌이랬나?"

당일 비상사태에 대비한 예비용을 꺼낼 때가 온 것 같다.

"응, 하지만 해줄 애가 없으면 의미가 없지."

"아. 카루이자와가 하면 안 돼?"

쿠시다의 제안. 여자친구인 케이라면 내 부탁을 들어주지 않을까 생각했겠지.

그야 강요한다면 불가능한 일은 아니다.

하지만——.

"그 애는 오후 2시부터 휴식이었지?"

"맞아. 딱 지금 휴식 중일 거야. 3시에 돌아와 옷을 갈아입힌다고 쳐도 얼마나 전력이 될 수 있을지 의구심이 들어."

게다가 두 사람은 모르겠지만, 간이 탈의실에서 옷을 갈아입게 할 수는 없다.

최악의 경우 기숙사까지 가서 갈아입고 오면 20분에서 30분은 더 걸린다.

"저기, 잠깐 괜찮냐?"

오늘 몇 번을 왕복했는지 모를 음식 배달을 마친 이케가 불렀다.

"왜? 무슨 문제 생겼어?"

"아, 그게 아니라 방금 일손이 부족하다는 이야기가 들려서……. 그거, 사츠키한테 맡겨보는 건 어떨까 싶은데."

"시노하라? 하지만 그 애가 받아줄까?"

"그건 문제없을 거야. 그리고 조금이긴 해도 메이드 연습도 했거든."

처음 듣는 이야기에 우리 세 사람은 서로의 얼굴을 마주

보았다.

시노하라는 노점에서 음식을 만들고 있었다.

"지금 바로 불러올 수 있어?"

"오케이! 나한테 맡겨!"

지금은 메이드복을 입어 줄 학생이 있는 것만으로도 감사한 일이다. 그 후 시노하라의 추천도 있어서 아즈마를 강하게 설득. 해주기로 결정되었다.

"아야노코지, 알고 있겠지만 난 3시부터 휴식에 들어가야 해. 내가 빠졌을 때 대신 일할 사람도 필요해."

"그것도 걱정하지 마. 잘 생각하고 있으니까."

15분 후 시노하라를 홀에 보내고, 아즈마에게는 쿠시다와 함께 복도에서 기다리는 손님들을 붙잡는 역할을 맡겼다.

하지만 복도에 있는 쿠시다의 표정이 어두운 것이, 절대 긍정적인 전개는 아닌 듯 보였다.

"적재적소라고 말하긴 어렵네. 시노하라는 외형적으로 임팩트도 약하고, 그렇다고 해서 접객을 잘하는 것도 아니어서."

"긴급상황이야. 어쩔 수 없어."

"하세베는 역시 안 될까?"

"되고 안 되고의 문제 이전에, 아침부터 쭉 보이지 않아. 형식적으로는 문화제에 참여하고 있지만, 어쩌면 기숙사로 돌아갔을지도 몰라."

"사쿠라의 퇴학에 대한 앙갚음인가? 그래도 사전 회의

에는 참석했었잖아?"

"말이 참석이지 그냥 견학했을 뿐이야."

"그래도 시노하라와 아즈마보다는 지식이 있을 텐데?"

"그러니까 더 효과적인 복수지. 하루카 그리고 하루카의 뜻을 따르는 듯한 아키토도, 우리는 전력으로 계산하고 계획을 세웠었으니까."

"……그렇구나. 거기까지 알았던 아야노코지라면 그 두 사람이 불참할 가능성까지 염두에 두고 다른 방법을 생각해놨겠지?"

"알아도 반의 인원을 늘릴 수도 없는 노릇인데 뭐. 그리고 처음부터 다른 전략이 있다는 식으로 나왔으면 하루카와 아키토가 눈치챘을걸. 그렇게 했다가 예기치 않은 방해 공작을 벌이면 더 불리하다고 판단했어."

"짓궂은 행동이기는 하지만 그것뿐이지. 복수라고 말할 만큼의 효과는 없어."

"이게 끝이면 그렇겠지."

"그게 무슨 뜻이야?"

"하루카와 아이리는 문화제를 손꼽아 기다렸었어. 그러니까 문화제까지는 지켜볼 생각이었겠지. 그리고 문화제가 끝나면 이 학교에 계속 남아 있을 이유가 없고."

"……그만, 둘 거라는 소리야?"

"아마도. 두 사람이 자퇴하면 단순히 인원이 부족해 불리해지는 것도 모자라 반 포인트가 확 줄어드는 걸 피할 수 없어. 반은 막대한 타격을 입을 거야."

"타격이라면, 어느 정도?"

"어림짐작으로는 두 사람 합해서 600 반 포인트."

"유, 육백이나?!"

"새삼스럽게 놀랄 거 없어. 이 학교의 통상적인 규칙으로 퇴학은 원래 그 정도 페널티가 설정되어 있잖아."

어려운 특별시험에서 퇴학 위험이 큰 한정적 상황을 제외하면 당연한 조치라고도 할 수 있다.

"만약에 정말로 두 사람이 학교를 그만두면 내 A반 행은…… 절망적인 거네."

나의, 라고 딱 잘라 말한 부분은 역시 쿠시다다웠는데, 틀린 말은 아니다.

"반전을 꾀하기는 거의 불가능하겠지."

"그냥 가만히 지켜볼 생각이야?"

"타개책을 쓸 예정이었는데……."

나는 스마트폰으로 시선을 떨어트렸다.

유감이지만 기대했던 통지가 아직 오지 않고 있다.

"예기치 않은 문제라도 생긴 건지 내 비장의 카드가 아직 도착하질 않아서."

하루카의 문화제 방해, 아니 자퇴라는 전략.

이건 기본적으로 막을 수 없는 필살기 같은 것.

아무리 대책을 마련해도 완벽하게 막아낼 방법은 없다.

만약 하루카가 이 학교에 계속 남아 있으면서 예전에 쿠시다가 그랬듯 될 대로 되라는 식으로 방해 공작을 이어가려고 했다면 특별시험의 규칙을 이용해 강제 퇴학시키는 방법도 있었다. 잔꾀를 부려봐야 그걸 뛰어넘는 전략을 짜는 것쯤은 일도 아니다.

하지만 하루카는 자기 능력에 어울리지 않는 전략은 취하지 않았다.

자신의 기량이 나보다 훨씬 못 미친다는 것을 잘 알고, 가장 효율적인 수단을 고른 것이다.

"이대로 있어도 돼?"

"그건 내가 결정할 일이 아니야. 하루카와 아키토가 판단할 일이지. 문화제 불참으로 일관한다면 그것도 어쩔 수 없어."

"난 아야노코지가 정말 진심으로 그렇게 말하는 것 같지 않은데."

"알겠어?"

"그럼 알지. 나 따위에게도 손을 내밀었잖아. 하세베 무리를 이대로 내버려 두지는 않을 거지?"

아무래도 내가 지금부터 하려는 일이 쿠시다의 눈에는 보이는지도 모르겠다.

"이 시간까지 설득하지 않은 건 그 두 사람을 시험해보려고 그런 거야?"

"뭘 하려는지 몰라서. 문화제를 망치려는 건지 아닌지. 하지만 이렇게까지 아무것도 하지 않는 걸 보고 대충 느낌이 왔어. 지금부터 만나러 갈 거야."

"어디 있는지 짐작 가는 데가 있는 거야?"

"알아내려고 이래저래 움직이게 했거든."

스마트폰 화면을 내밀어, 하루카의 현재 위치가 적힌 어떤 인물의 메시지를 보여주었다.

"믿음직스러운 한편이 있구나. 내 위치를 알아낸 것도 이 사람 덕분이네."

"맞아. 누군가를 찾거나 감시하기에 가장 적합한 인물이지."

하루카와 아키토가 어디에 있는지 계속 파악하고 있다.

"하지만 결국 내가 가진 수단은 한정적이야. 그리고 그 두 사람의 마음을 움직일 수 있을지와는 완전히 다른 문제고. 그럼 다녀올게."

나는 쿠시다와 아이들에게 이곳을 맡기고 하루카가 있는 곳으로 향했다.

1

일단 교실에 들른 나는 아침에 가져온 종이 박스를 들고 교정을 빠져나가 케야키 몰로 향하는 길에 들어섰다. 이윽고 눈에 들어온 것은 학생들이 쉴 때 사용하는 벤치가 있는 장소였다. 이 방향에는 부스가 없어서 당연히 학생도 내빈도 보이지 않았다.

가까이 다가가니 당연히 그들의 시야에 내가 들어왔다.

"여기를 잘도 알아냈네, 키요뽕."

벤치에 앉은 하루카와 그 옆에 서서 나를 바라보는 아키토.

"너와 아이리가 방과 후에 자주 이 근처에서 잡담 나누었다는 걸 아니까."

오늘 하루 하루카와 아키토가 교내 곳곳을 돌아다니고 있다는 보고가 들어왔다.

그리고 모든 것을 끝내고 종착지로 이곳을 고른 것이다.

"역시 전 아야노코지 그룹. 정답이야."

웃음기 없이 나를 맞이한 하루카는 바로 말을 이었다.

"뭐하러 왔어? 딱히 문화제를 방해 안 했을 텐데?"

"물론 방해는 안 했겠지. 하지만 협력도 안 했어."

"그건 그러네."

"너한테는…… 아니, 반에는 미안하게 생각해."

아침부터 얼굴을 내밀지 않았던 아키토가 사과했다.

"괜찮아. 네가 무슨 생각으로 하루카 옆에 있는지는 잘 알 것 같으니."

"그것보다도 내 질문에 대답해줄래?"

"뭐 하러 왔냐고? 메이드 카페가 상상 이상으로 반응이 좋아서 메이드가 부족해졌어."

"흐음, 그렇구나. 아이리가 있었으면 좀 달랐겠지만. 나도 했을 테니, 두 사람분의 전력이 부족해졌겠네."

"그 경우에는 쿠시다가 없었을 테고, 그럼 더 비참한 상황이 되었겠지."

"빈정대는 말을 똑같이 빈정대는 말로 갚는구나?"

"사실을 말했을 뿐이야."

하루카의 시비조에는 아무래도 말로 맞받아치게 되기 쉽다.

나를 열받게 만들려고 그런다는 것이 다 보인다.

"마지막 한 시간만이라도 네 도움을 받을 수 없을까?"

"내 대답은 이미 알겠지? 날 설득하려고 해봐야 무의미하다는 거."

"그렇지. 내밀 조건이라고는 아이리를 데리고 돌아오는 것뿐일 테니."

물론 그것은 불가능하다.

"그래도 얘기는 들어볼래? 너도 이게 뭔지 궁금할 테지."

나는 들고 있던 종이 박스를 땅에 내려놓았다.

"네가 이 상자를 열어줬으면 해."

그렇게 말하자 하루카는 의심스럽다는 듯 눈썹을 찌푸릴 뿐이었다.

"지금 와서 뭘 하려는 거야? 미안하지만 이상한 짓에 가담할 생각 없어."

그렇게 말한 하루카가 주머니에서 봉투 한 장을 꺼냈다.

하얀 봉투에 손글씨로 『자퇴서』라고 적혀 있었다.

"안 놀라네."

"문화제가 끝나면 네가 그만둘 가능성이 크다는 건 알고 있었어. 그리고 너도 같이 그만둘 생각이겠지, 아키토."

"……맞아."

아키토 역시 자퇴서라고 쓴 봉투를 꺼냈다.

"대단하네, 키요뽕은. 그래서 아이리도 아무렇지 않게 퇴학으로 내몰았나."

이야기하면서도 눈은 나를 보지 않았다. 그저 허공만을 응시했다.

세계와 자신을 단절시키고, 어딘가 다른 차원에서 말하는 듯한 느낌이었다.

"아이리가 기대했던 문화제. 자기를 바꾸고 한 발 앞으로 내딛기 위한 큰 무대가 될 예정이었던 문화제."

분하다는 듯 눈을 꼭 감고, 앉아 있는 곳을 주먹으로 내려쳤다.

"끝까지 지켜보기로 했어. 그 애를 대신해 전부 두 눈 똑똑히 봐두기로 했어."

"물론 내가 아이리를 퇴학시킨 건 변하지 않는 사실이야. 이성적인 감정까지 이용해서 처리했지. 내가 잘못하지 않았다고 말할 생각은 없어."

"그 애에게는 내가 필요했어. 그리고 키요뽕이, 아야노코지 그룹이 필요했다고. 좋아하는 사람 손에 퇴학당한 그 아이가 지금 어떤 표정을 짓고 있을까? 생각해본 적은 있니?"

"그 녀석이 어떤 표정을 짓고 있는데? 어떤 생각을 하고 있는데? 구체적으로 말해봐."

모르겠다는 내 태도에 화가 났는지, 하루카의 감정이 밀려 나왔다.

"그야 당연히 계속, 계속 울고 있겠지. 분해서, 슬퍼서, 괴로워서, 방에 틀어박혀 즐거웠던 학교생활을 회상하겠지. 그걸 모르겠어?"

"그게 네 마음속에 있는 아이리인가."

"내 마음속에만 있는 게 아니야. 그 아이는 원래 그런 애라고! 왜 모르는 거야!"

크게 소리친 것은 아니지만 분명히 분노를 쏟아내고 있었다.

"키요뽕도 사실은 똑같잖아?! 하지만 현실을 직시하는 게 싫을 뿐. 자기가 퇴학으로 내몰리니까, 비참한 아이리를 생각하기 싫은 것뿐이야!"

그저 도망치고 있을 뿐이라고 하루카는 단정 지었다.

"미안하지만 난 그런 식으로조차 생각하지 않는데. 퇴학당한 학생은 이제 나와 아무 상관 없어. 생각한들 뇌의 자원만 낭비할 뿐이야."

욱할 것을 알면서도 사실만 말했다. 그런 나의 행동은 당연히 하루카를 강하게 자극했다.

"최악이네—— 넌 정말 최악이야."

그 말을 토해낸 하루카가 천천히 벤치에서 일어났다.

"이렇게 냉혹한 남자를 좋아하다니, 아이리도 남자 보는 눈 하나는 정말 없었네."

천천히 걸어온 하루카.

손을 뻗으면 닿을 정도로 가까워졌다.

"더 이상 말 섞는 건 못 참겠어, 차라리 나랑 같이 죽어 줄래?"

그렇게 말하면서 자퇴서를 들이밀었다.

죽어, 그 말은 즉 같이 학교를 그만두지 않겠냐는 악마의 제안.

데자뷔를 일으킬 듯한 그 말에 옛 기억도 되살아났다.

"키요뽕도 아이리를 퇴학시켜서 나쁜 의미로 주목받고 있잖아? 게다가 A반 졸업을 간절히 바라는 것도 아니지? 그럼 딱히 그만둬도 되지 않아?"

인간관계는 단 하나의 일로도 쉽게 무너져내린다. 얼마 전까지만 해도 이런 대화가 나와 하루카 사이에 오갈 줄은 아무도 상상조차 못 했으리라.

"날 끌어들이는 건 좋은데, 난 아무리 생각해도 이해가 안 되네. 네 마음대로 하는 망상에 놀아나는 아이리 문제가 계속 마음에 걸려."

"뭐라고? 하고 싶은 말이 뭐야?"

"내 눈에는 네가 아이리의 마음을 정말 이해한 것처럼 보이지 않는다는 소리야."

"난 누구보다도 그 애를 잘 알아! 그 사실을 인정하고 싶지 않은 건 너겠지!"

"오만하게 굴지 마, 하루카."

"뭐?!"

위압적인 내 말투에 입을 닫아버린 하루카. 공격당하겠다고 오해한 아키토가 반사적으로 하루카 앞을 막아서고는 왼팔을 벌렸다.

"좀 놀란 것뿐이야. 괜찮으니까 물러서도 돼, 아키토."

아키토가 본능적으로 느낀 신변의 위험을 하루카는 감지하지 못했겠지.

아키토는 여전히 나를 경계하면서도 왼팔을 내리고 살짝 뒤로 물러섰다.

"오만하게 굴지 말라니 뭔가. 키요뽕이야말로 뭐가 그렇게 잘났다는 듯이 구는데?"

"네 멋대로 아이리의 마음을 억측하고 대변하고 자기 구미에 맞게 답을 내놓지 말라는 뜻이야. 아이리의 생각과 진심은 아이리밖에 모르는 거야."

"모르는 건 키요뽕이야. 설마 퇴학당했는데 아무렇지 않다고 생각하는 거야?"

"물론 그 순간에는 절망했겠지. 하지만 지금 느끼는 감정까지 네가 어떻게 알지?"

"그야…… 조금만 상상해봐도 알 수 있잖아."

"그게 아니겠지. 그냥 네 마음속에서 아이리는 지금도 계속 괴로워하고 있어야 하는 거잖아."

"……뭐?"

"네가 괴로운 건 아이리가 퇴학당해서가 아니야. 네 사정에 맞았던 존재가 사라져서 괴로운 거지. 넌 너보다 뒤처지는 아이리를 곁에 두고 네 마음대로 보호자 역할을 하고 싶었어. 그렇게 해서 얻는 우월감과 만족감이 참을 수 없이 좋았던 거다."

"그럴 리가 없잖아! 그 애 생각도 안 한 주제에!"

강하게 부정했지만, 눈동자가 약간 흔들리는 게 보였다.

"지금 그 애가 느낄 기분을 생각하면…… 나는!"

"정말로 생각했어?"

"셀 수 없을 만큼 많이 생각했다고!"

평행선을 달리는 것만 같은 대화 속에서 하루카의 마음만 심하게 마모되어갔다.

"진실은 아무도 몰라."

"그런…… 이 상황에서 본인한테 직접 확인할 방법도 없잖아!"

"물론 직접 확인할 방법은 없지. 하지만 힌트라면 여기 있어. 이 종이 박스 안에. 너한테 지금 필요한 것일 가능성이 커."

"뭐? 무슨 소리를 하는 거야. 나한테 필요한 건 저딴 게 아닌데."

"이게 아이리가 남긴 마지막 메시지라도?"

"뭐……?"

지금까지 강하게만 나오던 하루카가 뒤에 서 있는 아키토와 동시에 눈을 커다랗게 떴다.

"그럴 리가…… 무슨 농담하는 거야? 어차피 이 상자는 키요뽕이 만든 거 아냐?"

"아이리의 퇴학이 결정된 날, 그 녀석이 내 앞으로 물건을 보냈어. 그 짧은 시간 속에서도 자기가 무엇을 해야 하는지 잘 알았던 거지."

하루카의 시선이 발밑에 놓인 종이 박스로 향했다.

"보낸 사람이 누군지 보면 내가 만든 게 아니란 걸 알 수 있잖아?"

하루카가 무릎을 굽히고 앉아 종이 상자에 붙어 있는 택배 전표를 살폈다.

받는 사람에 내 이름, 보낸 사람에는 온라인 쇼핑몰 이름이 적혀 있었다.

나도 이걸 받고 검색하고 나서야 안 일이다.

어느새 하루카가 손을 뻗어 택배 테이프 끝을 손톱으로 떼고 있었다.

잘되지 않아 몇 차례 반복하다가 겨우 뜯는 데 성공했다.

그리고 열어 본 종이 박스.

거기에 들어 있던 것은 한 벌의 메이드복이었다.

"이, 이건……."

그게 어떤 의미인지, 하루카는 알 터다.

"내가 입으려고 했던…… 아이리랑 맞춰서 입으려고 했

던…… 어째서——."

"그 녀석은 그때부터 네가 그 자리에 멈춰서 문화제에 참여하지 않을 가능성을 내다본 게 아닐까. 그래서 미리 막으려고 이걸 보낸 거지."

"아이, 리……."

종이 박스에서 메이드복을 꺼내 품에 안는 하루카.

눈물을 뚝뚝 흘리며 오열했다.

"같이 문화제를 즐기고 싶었는데……. 창피해하는 그 애의 등을 떠밀어, 키요뽕 앞에 서는 그 애의 모습이 보고 싶었다고……!"

절대 과분한 꿈이 아니라, 가까운 미래에 실제로 볼 수 있었을 풍경을 마음에 그리며 슬퍼했다.

이걸로 하루카가 잘 이해하고 앞을 향해준다면 좋겠는데.

하지만——.

"이건…… 아니야……."

교복 소매로 눈물을 닦은 하루카가 일어서서 부정했다.

"아니라니?"

"이건 그 애가 나한테 문화제에 참여했으면 좋겠다는 뜻으로 준비한 게 아니라고……."

세상일이란 그리 쉽게 달라지지 않는 법이다.

"그냥 분했던 거야. 사실은 자기가 입고 나갔어야 한다고, 키요뽕에게 원망하는 마음을 담아 보낸 거야……. 그게 틀림없어."

이 메이드복을 어떻게 해석할지는 그 사람에게 달렸다. 아이리가 구체적인 메시지를 남긴 것도 아닌 이상 내게 유리한 부분만이 진실이라고 단정할 수는 없다.

"그렇지 않겠어? 만약 정말로 내가 입게 할 의도였다면 나한테 보냈어야지. 그런데 받는 사람이 키요뽕인 건 다른 의미가 있기 때문이야. 내 말이 틀려?"

착안점이 달라서 흥미로웠는데, 하긴 그럴 가능성도 완전히 배제할 수는 없다.

자신을 퇴학시킨 사람을 골탕 먹였을 가능성이라. 재미있네.

"잠깐만, 하루카. 그건 아닌 듯해……."

여기서 처음으로 아키토가 끼어들었다.

"아니야, 내 말이 맞아. 그래, 그렇지, 어쩌면 키요뽕의 자작극일지 몰라……!"

"마지막 선물을 네가 아니라 키요타카에게 보낸 건 두 사람이 다시 얼굴 마주 보고 화해할 계기를 만들고 싶어서가 아니었을까?"

만약 하루카에게 직접 보냈다면.

그리고 그녀가 순순히 선물을 받아들였다면.

그때는 나와 이런 접점이 생기지는 않았으리라.

"아니야, 절대 아니라고……!"

"나는, 나도 아야노코지 그룹의 멤버였어. 아이리라면, 그 녀석이라면 그렇게 생각했을 것 같아."

"아니라니까!"

하루카가 뒤돌아 달려가 아키토의 멱살을 잡았다.

"네 멋대로 해석하지 마! 네 입맛대로 생각해서 키요뽕을 용서하려고 하지 말라고!"

"그러려는 게⋯⋯."

"만에 하나, 만에 하나 그렇다고 하더라도 그 애는 잘 지내오던 소중한 곳을 빼앗겼어! 그 사실은 달라지지 않아! 희생 위에 성립하는 우정 따위 난 인정 못 해!"

"하지만 누가 무엇을 망상하든 당사자에게는 아무런 영향을 주지 않아. 중요한 건 실제로 아이리가 지금 어디서 무엇을 하고 있는지, 그 부분이 아닐까?"

"나도 알아. 그래서 학교를 그만두고 확인할 거야. 그 애 옆에 있어 줄 거라고!"

반에 복수하자마자 자신은 아이리를 만나러 갈 것이다.

자퇴는 하루카에게 좋은 구실이기도 한 셈이다.

"목소리가 너무 크네. 아무리 이곳이라도 자칫 잘못하면 시선을 모을 수 있지 않을까?"

분노를 쪼개는 듯한, 냉정하고 차가운 목소리가 갑자기 들려왔다.

나도 생각하지 못한 등장인물, 쿠시다.

이 긴장감이 감도는 자리와는 어울리지 않는 메이드 복장을 하고서 천천히 걸어왔다.

"카페는 어쩌고?"

"마침 손님이 바뀌면서 잠깐 시간이 생겼어."

그게 진실인지 거짓인지는 모르겠지만 무단으로 빠져나온 건 아니겠지.

쿠시다가 괜찮다는 눈빛을 내게 보내는 것을 봐도 알 수 있다.

"뭐 하러 왔어."

이곳에 나타난 것에 의문을 느끼는 사람은 하루카뿐 아니라 나 역시 마찬가지다.

"뭐 하러? 지켜보러 왔달까. 하세베와 미야케가 학교를 그만둘지도 모른다고 아야노코지가 알려줘서."

순간 하루카는 나를 쳐다보았다가 이내 쿠시다에게로 시선을 다시 돌렸다.

"엄밀히 따지면 쿠시다 네가 원인이지. 처음부터 퇴학자에 반대했더라면……."

"미안한데 지금은 그때의 선택을 후회하지 않아. 그 일은 나한테 오점이지만 새로운 길을 열어 준 계기이기도 해서."

"……쿠시다를 남긴 게 잘못이었다는 걸 모두에게 알려 줄 거야."

"자퇴하고 싶으면 마음대로 하든지?"

"센 척하지 마. 쿠시다, 네 입으로 말했었지. 넌 이제 A반으로 졸업하는 길밖에 남은 게 없다고. 이제 애들과 친해질 수 없는 불편한 반에서도 계속 견디는 유일한 이유겠지. 그러니까 그걸 빼앗아 줄게."

"나한테는 성공적으로 복수할 수 있을지 모르지. 하지만 넌 그게 중요하니? 사쿠라는 그런 걸 바라지 않을 것 같은데."

"키요뽕이랑 똑같은 말 하지 마. 얘나 쟤나…… 아이리에 대해 뭘 안다고 떠들어?"

"글쎄. 하지만 그 애가 너보다는 우물쭈물하지 않는다는 거 하나는 잘 알아."

"뭐라고?"

그냥 내뱉어보는 허풍 같기도 한데—— 뭔가 근거가 있는 걸까.

이 자리에 모습을 드러낸 것에서도 한 가지 의문이 피어올랐다.

"사쿠라는 강하지 못했어. 그래서 퇴학당했지."

"……네가 할 소리야? 크게 망신당하고 진 건 너도 똑같잖아?"

"물론 나도 졌지. 약했던 것도 인정해. 하지만 사쿠라도 그랬다는 것 역시 사실이지. 아니, 그 애가 나보다 더 약해서 퇴학당한 거야."

실제로 호리키타는 아이리보다 쿠시다가 낫고 동료로서 도움이 된다고 판단했다.

그리고 쿠시다는 문화제에서 정말 그 기대에 부응해 활약을 펼치고 있다.

물론 만약 아이리가 문화제에 나왔다면 인기를 끌었으

리라는 것은 의심할 여지가 없다.

하지만 뛰어난 접객 능력 그리고 처음 보는 성인을 상대하는 유창한 화술은 하루아침에 익힐 수 있는 것이 아니다. 이 부분은 아이리도 채울 수 없다.

그리고 그 이전에, 쿠시다는 2학기 중간고사에서도 상위에 오르는 좋은 성적을 거두었다.

여기까지는 공헌했다고 분명하게 말할 수 있는 사항이다.

"그래, 그 애가 약했던 건 사실이지…… 그래서 내가 지켜주고 싶었는데…….."

"지켜주고 싶었다고? 자기가 뭐라도 되는 듯이 말하네. 영원히 약할 거라고 단정 짓는 건 너뿐 아닐까?"

"깝죽거리지 마."

"깝죽거리기는 누가."

쿠시다는 하루카의 말 공격에도 눈 하나 깜빡하지 않았다.

지금까지 쌓아온 경험치 때문인지, 보통 학생과는 분명히 다르게 억센 면이 있었다.

"아야노코지. 이거 좀 봐줄래?"

쿠시다가 하루카에게서 시선을 떼고 나를 응시했다.

"난 매일같이 다른 사람의 비밀을 캐고 다녔어. 비밀에 굶주려 있었지. 그렇게 하면 내 가치가 올라간다고 믿었으니까. 그리고 그건 사쿠라에게도 예외가 아니야."

그게 누구든 쿠시다는 이용할 만하다면 가리지 않는다. 사람은 흥미 있는 대상에는 관심을 보이지만 흥미 없는 것까지 관심을 기울이기는 어려운 법. 웬만한 정신력으로는 그것을 오랜 기간 유지할 수 없다.

"퇴학한 그 애의 비밀도 쓸 데가 있지 않을까 싶었지. 그리고 찾아냈어."

그렇게 말한 쿠시다는 스마트폰을 꺼내 어떤 화면을 내게 보여주었다.

스마트폰을 받아든 나는 화면을 내리면서 자세한 내용을 읽어내려갔다.

"이거——."

"아야노코지도 몰랐나 보네. 어쩌면 아야노코지는 눈치채고 있을지도 모른다고 생각했는데."

"역시라고 해야 할까. 이런 걸 잘도 찾았네."

"예전에 이 일로 아야노코지랑도 이래저래 움직였었잖아? 그래서일지도."

1년도 넘은, 아직 아야노코지 그룹을 결성하기 전 이야기다.

하루카는 아이리 이야기도 있어서 안절부절못하며 우리를 보고 있었다.

"궁금하지? 네가 그렇게 좋아하는 사쿠라에 관한 이야기라서."

그것을 꿰뚫어 보고 도발하듯 스마트폰을 흔드는 쿠시다.

"뭐야."

쿠시다는 스마트폰 화면을 일단 끄고 손에 쥔 채 하루카에게 다가갔다.

"나도 좀 나쁜 편인데, 하세베도 비슷한 것 같아. 자기보다 약한 사람을 찾아내서 도와주는 것에 희열을 느끼는 것뿐. 본질적으로는 사쿠라를 걱정해서가 아니라 돌볼 사람이 없어져서 슬픈 것뿐이지?"

신기하게 나와 똑같은 말을 했다.

미리 짠 것도 아닌 그 말에 하루카는 뭔가 찔리는지 동공이 흔들렸다.

"역시 네 가족이랑 겹쳐 보였니?"

가족? 생뚱맞은 발언이 마음에 걸렸는데, 하루카가 그다음 말을 막았다.

"그만. ……그건 말하지 마."

"왜? 학교를 그만둘 거면 나한테 한 얘기 다른 사람에게 말해도 상관없잖아? 더는 비밀을 지킬 필요가 없는데."

그러고 보니 쿠시다는 나보다 하루카에 대해 더 잘 알고 있었지.

"난 틀리지 않았어. 아이리를 지키고 싶었고 옆에 있어주고 싶었어. 설령 거기에 내 목적을 위해서라는 이유가 있었다고 해도……."

"그 마음을 이해하더라도 네 생각이 옳다고 인정해 줄 수는 없어. 네가 그러니까 고등학교에 올라와서도 제대로 된 친구 하나 못 사귀었지. 안 그래?"

"난——."

"뭐, 됐어. 더 이상 쓸데없이 말해봐야 메이드 카페 운영에 지장만 생기니까. 이대로 아무것도 모른 채 퇴학당하시지? 지금 와서 새삼스럽게 진실을 안들 무슨 소용 있겠어."

쿠시다는 다가가던 걸음을 멈추고는 하루카에게서 등을 돌렸다.

"기다려! 아이리가 뭐!"

"알고 싶어?"

우위성을 빼앗겨 화가 났는지, 거리를 좁히고 쿠시다의 어깨를 힘으로 붙잡았다.

"그 애는 내가 없으면 아무것도 못 해. 도움이 필요했어."

"뭘 모르네. 하세베가 생각하는 것보다 훨씬, 그 애는 어른이었어."

하루카는 쿠시다의 스마트폰을 반쯤 빼앗다시피 한 다음 손가락으로 화면을 쳤다.

인터넷 창을 여니, 한 인물의 SNS 계정이 떠 있었다.

글을 올려 전 세계에 자기 생각을 전달하는 편리한 앱이다. 이 학교에서는 신분을 못 밝히게 하기에 기본적으로 제약이 많아 쓰는 학생이 거의 없겠지만.

하지만 이 학교 소속이 아닌 사람은 당연히 얼마든지 이용해도 문제가 없다.

그 계정명은 『시즈쿠』.

예전에 그라비아 아이돌로 몰래 활동했던 사쿠라 아이리의 다른 이름이다.

그 사건 이후 아이리는 계정을 삭제했었는데, 얼마 전에 다시 살린 것을 쿠시다가 찾아냈다. 만든 지 아직 며칠밖에 안 된 계정이었지만, 팔로워 수가 벌써 1,000명을 넘었다.

"말도 안 돼…… 이거, 아이리의……?"

반 아이들의 정보를 모으느라 여념이 없는 쿠시다다운 공로라고 할 수 있겠다.

"이거…… 그 애가 만들었다는 보장이 없잖아. 보나 마나 아야노코지나 쿠시다가 날조한 가짜 계정일 게 뻔해……."

"실제로 적힌 문장을 보고도 우리라는 생각이 드니?"

『오래 쉬었던 아이돌 활동을 다시 시작하기로 했습니다.』

신규 계정의 첫 게시물.

그리고 자기가 그동안 학업에 전념했으며, 친구와 일상을 만끽했다는 이야기.

아이돌 활동을 포기했었다는 이야기 등.

본인밖에 쓸 수 없을 이야기가 줄줄이 올라와 있었다.

『저는 제가 할 수 있는 일을 하기로 했습니다. 소중한 친구에게 창피하지 않은 제가 되기 위해서요. 그 친구가 졸업하고 나면 자랑스러운 제 모습을 보여주기 위해서요.』

"네가 보호자를 자처했다고 한 말은 진짜겠지. 아이리는 물론 손이 많이 가는 존재였을지도 모르지만, 퇴학이 결정된 뒤부터 믿을 수 없는 속도로 성장하기 시작했어."

『어제 드디어 오디션에 합격했어요! 진짜 열심히 했는데, 기뻐요!』

"이건……."
하루카가 숨을 삼켰다. SNS에는 3차 심사를 통과했을 때의 글이 올라와 있었다.

『제가 연예인을 꿈꾸게 된 이유는 제 목소리를 전하고 싶었기 때문이에요.』

『힘들 때도 있고 슬플 때도 있지만…… 앞으로 나아가고 싶어. 앞으로 나아가고 있어. 그러니까 너도 지지 마.』

물론 시즈쿠라는 이름을 써서 가짜 계정을 만들 수는 있다. 하지만 연예 기획사가 팔로우했다는 점, 게시물의 내용 등을 봤을 때 가짜라고 보기 어렵다. 그래서 하루카도 이 계정의 주인이 아이리라는 것을 알았을 터다.
"이것만 읽어서는 네가 말하는 아이리의 비참한 모습이 조금도 그려지지 않는데."
"과보호하면서, 네가 우위에 있다고 단정 지었지? 하지만 그 애는 퇴학을 시작점으로 삼아 새로운 길을 열었어. 그 자리에 멈춰 있지 않았다는 뜻이야."

하루카의 떨리는 손에서 억지로 스마트폰을 빼앗은 쿠시다가 내게로 몸을 돌렸다.

"또 자리를 이탈했지만 봐줘."

그렇게 말하고 이곳과는 어울리지 않는, 여느 때와 다름 없는 미소를 지어 보였다.

"도와준 걸 이렇게 바로 갚네."

"아니, 이건 빚이거든?"

"서로 빚은 없기로 한 것 아니었나?"

"난 빌리는 건 좋아해도 빌려주는 건 안 좋아해서."

그렇게 말하고 쿠시다는 특별동을 향해 걷기 시작했다.

"빈틈없는 녀석."

여러 가지 약점을 드러낸 이후부터 더 쿠시다답게, 몇 수 위인 것처럼 굴었다.

"……하루카. 난 이게 가짜라고 생각하지 않아."

아키토도 시즈쿠의 SNS를 봤는지, 자신의 스마트폰을 대신 내밀었다.

하루카는 그 후에도 아이리가 새긴 메시지를 잡아먹을 듯이 읽었다.

"으, 흑……."

뚫어지게 들여다보던 눈이 흐릿해지더니, 하루카의 눈에서 눈물이 흘러내렸다.

자기가 옆에 없으면 아무것도 못 할 거라 여겼던 아이리는 어느새 자기보다 앞서 걷고 있었다. 지금도, 마음에 상처가 남아 있을 텐데, 열심히 걸으려고 하고 있다. 그건 하루카가 정체되어버리는 것을 걱정해서 하는 행동이었다.

자신은 왜 이렇게 바보 같을까.

퇴학당해서 불행할 거라고 단정 짓고 자기 멋대로 동정했을 뿐이라는 걸 이제 알았다.

"이건 나한테도 새로운 수확이야. 퇴학당한 사람, 패배하고 사라진 사람은 거기서 끝인 줄 알았는데."

유일하게, 내게 보낸 물건만이 그녀의 마지막 잔향이라고 단정 지었었다.

"그런데 그게 아니었어."

패배자의 부활. 지면서 새로 시작하는 사람도 있다는 것.

이것은 화이트 룸과 이 세계가 크게 다른 점. 아니, 그게 아니라 어쩌면 화이트 룸에서 탈락한 자들도 아이리처럼 재기할 수 있나.

"그 녀석은 앞으로 크게 될지도 몰라. 그런데 넌 그런 아이리를 뒤따라 자퇴할 거야? 조롱하는 건 당연하고 아예 상대도 안 해줄 것 같은데."

지금 하루카가 복수한다고 학교를 그만두고 아이리를 만나면 어떻게 될까. 이제는 하루카 본인도 상상하기 어렵지 않으리라. 웃으면서 맞아주기는커녕, 진심으로 화낼 것이다.

"나는—— 나는 그럼 어떻게 해야 해……!"

"답은 하나야. 아이리를 당당하게 만날 수 있는 네가 되는 거. A반으로 졸업한다면 이야기가 달라지지. 그러니까 3년을 잘 버텨서 아이리와 견주어도 창피하지 않은 사람이 되기 위해 노력해야 하지 않을까?"

아이리가 하루카를 따라가는 게 아니다. 하루카가 아이리를 따라가야 할 때인 것.

"혹시 몰라서 이 옷값은 문화제에서 쓰는 걸로 예산에 올려두었어."

문화제에서 쓴다는 보장이 어디에도 없었지만, 만일의 사태에 대비해둔 것은 정답이었다.

요컨대 이 메이드복을 입고 메이드 카페에 나와준다면 아무 문제도 일어나지 않는다.

"다른 메이드들처럼 잘하라고는 안 할게. 하지만 네가 바라던, 원래 아이리가 봐야 했던 풍경을 눈에 새겨. 가장 친했던 너는 그럴 의무가 있어."

하루카는 아키토에게 살짝 양해를 구하고 자퇴서를 건네준 후 메이드복을 껴안고 뛰쳐나갔다. 남은 시간은 별로 없지만, 아직 공식 무대에 설 기회는 있다.

"키요타카……. 애들이 하루카를 받아줄까?"

"쿠시다가 있고 호리키타가 있고 요스케도 있어. 어떤 상황이 되어도 잘 대처해 줄 거야."

"……그럴까."

아키토는 스마트폰을 넣고 자퇴서 두 장을 겹쳐 반으로 찢었다.

"이제 녀석이 학교를 그만둘 이유는 사라졌어. 나도 하루카와 끝까지 살아남고 싶어."

"진실을 알았어도 하루카의 마음은 여전히 외로울 거야. 네가 옆에서 버팀목이 되어줘라."

지금은 함께 웃지 못해도, 학교생활은 아직 1년 넘게 남았다.

진정한 의미로 웃음을 되찾을 날도 그리 멀지는 않았으리라.

"나도 당분간은 애들한테 손가락질당하겠지만."

망했다며 머리를 긁적이면서도 살짝 웃었다.

"만약 쿠시다가 여기 나타나지 않았다면 어떻게 됐을까. 키요타카는 어떻게 했을 거야?"

"두 손 다 들었을지도."

나는 내 스마트폰을 꺼내 인터넷에 들어갔다.

그리고 미리 열어둔 상태였던 시즈쿠의 SNS 검색 이력을 삭제했다.

먼저 효과적으로 활용해 활로를 연 사람은 쿠시다. 그러니 그 공로는 녀석의 것.

"이만 돌아갈까, 아키토. 문화제는 아직 끝나지 않았어."

"……그러자."

시각은 오후 2시 20분을 넘어가고 있었다.

호리키타 반은 빠졌던 멤버를 제자리로 돌리는 데 성공했다.

2

아키토를 노점으로 데려가자 남학생들은 그를 짓궂게 놀리면서도 주저 없이 받아주었다.

그 따뜻한 환대에 고마움을 느낀 아키토의 눈이 살짝 빨개졌다.

딱히 갈등을 일으킨 장본인이 아니었다는 점도 크겠지.

전 아야노코지 그룹의 케세이는 잠시 휴식에 들어가서 아쉽게도 보이지 않았지만.

특별동의 메이드 카페로 돌아가자 장사진은 여전했다.

쿠시다가 미소 띤 얼굴로 손님들에게 쿠키를 새로 나눠주며 돌아다녔다.

나이 많은 사람도 젊은 사람도 그런 쿠시다의 모습에 마음이 힐링되는지, 많은 시선을 독점했다.

같이 열심히 하는 아즈마에게는 미안하지만, 공헌도가 차원이 다르네.

"손님 돌아가십니다아!"

사토가 소리치면서 출입구로 유도했다.

두 여성 손님이 메이드들에게 손을 흔들며 교실을 떠났다.

그리고 급하게 다음 손님이 들어와 빈자리로 안내받았다.

이 교실에 있던 책걸상은 경관상 솎아냈었는데, 지금은 자리를 늘리기 위해 짬을 내어 가져오는 바람에 형태가 달라졌다.

원래는 좀 더 공간에 여유가 있어서 손님이 편안하게 머물다 가게 해야 하겠지만, 남은 시간 끝까지 최대한 돈을 많이 벌어야 하니 어쩔 수 없다.

"왔어."

복도에서 순간 얼굴을 내민 쿠시다의 한마디에 나는 그 인물이 들어오기만을 기다렸다.

"하아, 하아, 하아! 뛰기 힘드네!"

하루카가 숨을 헐떡이고 어깨를 들썩이며 도착했다.

메이드들이 순간 하루카에게 시선을 빼앗겼는데, 지금은 그럴 때가 아니니까 말이지.

바로 다시 자기 일에 집중했다.

여기에 왜 왔는지 캐묻는 사람은 없었다.

"하세베, 어디서 옷 갈아입었어?"

"여자 화장실……. 힘들었어."

"그랬겠네."

많은 사람 앞이라 천사 모드가 된 쿠시다가 씁쓸하게 웃으며 하루카를 맞이했다.

"……상황은?"

"그건 호리키타한테 물어봐. 난 줄 정리 한다고 바빠서."

메이드복을 입은 호리키타가 하루카를 불러 일단 대기실로 데리고 들어왔다.

"잘 왔어."

우선 그렇게 한마디, 환영한다는 뜻을 전한 호리키타는 표정이 굳은 하루카의 등을 다정하게 토닥였다.

"오늘 안 나타날 줄 알았는데, 결심이 선 거지?"

완전히 원래대로 돌아온 것까지는 아니어도, 하루카는 호흡을 가다듬으며 고개를 끄덕였다.

"넌 원래 메이드 역할이 아니었고 연습도 안 했으니까. 사토처럼 능숙할 것 같지는 않지만…… 지금은 이것저것 따질 상황이 아니어서."

난데없이 닥친 실전에서 가장 고된 전쟁터로 내던져지는 것은 피할 수 없다.

"문화제에 공헌하러 왔다고. 그렇게 믿어도 되는 거지?"

"걱정하지 마. 모두가 노력하는데 망치는 짓은 안 해. ……너희는 믿기 힘들겠지만."

"아니야, 믿어."

하루카의 말에 호리키타가 망설임 없이 신뢰를 보냈다.

"어째서……?"

"네 눈을 보면 알아. 아야노코지가 잘 구워삶았겠지?"

"야."

"그리고 쿠시다한테도. 설마 메이드 복장으로 덤빌 줄은 몰랐다니까."

"쿠시다? 언제 빠지고 갔대……?"

홀이 바빠서인지 호리키타는 쿠시다가 자리를 비운 것을 몰랐던 눈치였다.

"어쨌든 문화제가 끝날 때까지 나에 대한 감정은 싫어도 잠시 잊어주길 바랄게."

"……알겠어."

"그럼 됐어. 넌 물잔이 빈 손님한테 물을 채워주는 일이랑 요청이 들어오면 사진 촬영까지 맡아줘. 알겠지?"

"어떻게든, 잘해볼게."

여기까지 온 이상 하루카는 이제 도마 위의 생선이나 다름없다.

하고 싶다, 하기 싫다 같은 어리광은 통하지 않는다.

"난 3시부터 강제 휴식에 들어가야 하니까 그 이후부터는 아야노코지한테 맡길게. 이 애를 잘 부탁해."

"내가 할 수 있는 거라고는 기껏해야 사진을 잘 찍어주는 정도인데."

오늘 이미 수십 번이나 셔터를 눌렀으니까 말이지. 요령도 좀 생긴 듯하다.

고개를 끄덕인 하루카는 나를 한 번 본 후 심호흡했다. 그리고 물과 레몬 한 조각이 든 물병을 들고 대기실을 나가 이리저리 돌아다니기 시작했다.

한 사람 한 사람에게 자기소개를 하고 정중하게 머리 숙여 인사했다.

물론 능숙하다고 말하기는 어렵고, 다른 메이드들보다 연습 부족이 훤히 보였다.

하지만 그런 면 때문에 오히려 어른들의 따뜻한 눈길을 받기도 했다.

게다가 여성으로서 매력이 있는 하루카는 내면을 몰라도 무의식적으로 호감이 가는 구석이 있었다.

"이기고 지는 문제 이전에 우리 반이 이제 겨우 안정을 찾을 것 같아."

"그러게."

"아야노코지 군~. 하세베 씨에게 사진 촬영 세 장 요청이 들어왔어요! 잘 부탁드려요!"

사토의 목소리가 대기실에 들려서 바로 카메라 준비를 했다.

호리키타도 휴식까지 남은 시간 동안 마지막 스퍼트를 올릴 각오를 했으리라.

"그럼 나중에 보자."

호리키타가 대기실을 나간 후, 나는 실내에 놓인 알림판에 주목했다.

누가 사진 촬영에 가장 많은 지명을 받았는지 한눈에 알수 있게 만든 것인데, 자리를 비웠을 때도 촬영 횟수가 늘어난 것은 56장인 쿠시다였다. 24장으로 2위인 사토와 압도적인 차이를 보이며 당당하게 1위를 차지했다.

참고로 호리키타는 애교 없는 성격이라 그런지 11장밖에

찍지 않았다.

외모만으로 평가하자면 쿠시다에게도 지지 않겠지만, 중요한 건 그게 아니니까.

첫째도 애교, 둘째도 애교……구나.

"지금부터 하루카가 반격에 나선다고 해도 이 기록은 넘기 어렵겠지."

카메라를 가지고 하루카 앞에 서 있는 동안에도 복도에서 또 새로운 주문으로 쿠시다와의 사진 촬영을 희망하는 목소리가 들렸다.

"자, 하루카. 찍는다."

"……으, 으응."

나와 마주 보고 서 있는 것에 아직 저항감이 드는지 표정이 굳어 있었다.

렌즈 너머에서 셔터를 누를 틈을 엿보았지만…….

"……요스케한테 찍으라고 할까?"

"잠깐만. 괜찮아…… 응, 괜찮아."

자신에게 들려주듯 몇 번인가 중얼거리더니 하루카가 손을 들었다.

환한 미소까지는 아니어도 사진으로 남기기에는 충분한 표정이 나와서 셔터를 눌렀다.

한 장은 단독 사진. 나머지 두 장은 손님과의 투샷이다.

드디어 오후 3시도 가까워져 왔을 때.

나는 마지막 수를 두기 위해, 그 밑 작업을 하러 메이드 카페에서 나왔다.

얼마를 벌어야 1위가 될지 정확한 금액은 아무도 모른다.

물론 이번에 뿌려진 프라이빗 포인트의 절반 넘게 벌면 확실한 1위가 되겠지만, 그건 구조상 거의 불가능하다.

요컨대 문화제가 끝나는 그 순간까지 최대한 많이 버는 게 중요하다는 뜻이다.

학생들의 콘셉트 카페는 호리키타 반과 류엔 반 모두 호평을 받았다.

일대일 맞대결 구도는 많은 손님을 놀라게 했고, 그래서 둘 중 한쪽 또는 두 반 모두 힘내도록 도움을 받는 데 성공했다.

서로 막상막하라고 여기던 상황에 새로운 변화가 일어난 것은 상대 반의 상황을 파악하려고 전통 복장 콘셉트 카페를 찾아갔을 때였다.

긴 줄을 형성한 손님들이 자기 입장 차례가 오기만을 기다리고 있었다.

"여기도 우리 반 못지않게 대성황이네."

상상 이상으로 바빠 보여서 류엔 반 학생에게 말을 붙일 틈도 없었다.

이 순간만 보고 전부 판단하면 안 되겠지만, 벌어들인 포인트 금액에 별로 차이가 없지 않을까.

충분히 상위까지 노려볼 수 있는 느낌인데, 그래도 절대라는 보장은 없다.

"굳이 여기까지 오시라고 해서 죄송합니다, 차바시라 선생님."

교내에서 2학년 이외의 반에 포인트를 쓰고 다녔을 차바시라 선생님을 불러냈다.

"프라이빗 포인트는 다 쓰셨습니까?"

"응? 아아, 80포인트 남았어. 다 쓴 거나 마찬가지지. 그게 왜?"

시간이 시간인 만큼 교사로서 끝까지 문화제에 잘 공헌한 모양이다.

"그럼 나머지 시간은 비어 있다고 받아들여도 됩니까?"

"그래. 이제 문화제가 끝나기만을 기다리면 되는데…… 왜 그러는 거야?"

선생님은 여기 오라고 한 이유를 몰라서 그런지 난감해했다.

어디까지나 전통 복장 카페는 배경에 불과하다. 내 입으로 여기 장사가 잘된다거나 호리키타 반이 질 수도 있다는 말은 하지 않는다.

차바시라 선생님이 두 눈으로 이 장면을 목격하고 알아서 해석하면 그만이다.

"사실은—— 지금부터 한 시간만 차바시라 선생님의 협력을 구하고 싶습니다."

"잠깐만, 아야노코지. 협력이라고? 네 말이 무슨 의미인지 잘 모르겠다만……."

오늘 교사들은 학교 안에서 포인트를 소비하며 문화제에 공헌하는 역할만 맡았다.

"메이드 카페의 매출을 올리기 위해서 차바시라 선생님도 메이드가 되어 주셨으면 합니다."

승리를 확고히 다지기 위한 전략을 들려주었는데…….

"뭐……라고……?"

이 정도로 얼빠진 목소리는 처음 들어보는 것 같다.

"나더러 메이드가 되라고? 그런 이야기, 난 들은 기억이 없는데……. 도대체 지금 무슨 소리를 하는 거지?"

"그야 지금 말씀드렸으니까요. 이기고자 쓸 수 있는 모든 수단을 다 쓰려는 것뿐입니다."

"그렇다고 해도, 왜 내가 메이드가 되어야 하지? 애당초 난 교사야. 그리고 너희 반 담임이기도 하고. 특정 반에 힘을 실어주는 게 허용될 리 없잖아?"

"그건 아니죠. 이번에 교사들은 내빈과 같은 입장이라는 것. 담임은 자기 학년에서 포인트를 쓸 수 없다는 것. 그 두 가지 규칙밖에 없잖아요. 또 학생만 부스에 참가해야 한다고 정해진 것도 없어요. 극단적으로 말해서 내빈에게 일을 시키는 것도 가능합니다. 일반적인 선택은 아니지만,

받아들이는 쪽만 괜찮다고 한다면 다 해결되는 문제죠."

규칙상으로는 금지 행위에 해당하지 않는다.

이게 편의점, 케야키 몰, 문화제에서 사용 가능한 포인트가 아니라 사비로 급하게 상품을 사는 행위 같은 것이라면 명백한 규칙 위반이지만.

하지만 『인재』는 허가를 구할 필요가 없고 자유롭다.

아직 이해가 따라가지 않는지 차바시라 선생님은 말이 나오지 않는 눈치였다.

"더 쉽게 설명해드릴까요? 예를 들어서 무거운 짐을 옮기는 학생이 있는데 다리가 막 후들거리는 겁니다. 그때 지나가던 내빈이 도와주겠다고 자청했고 목적지까지 짐을 대신 옮겨주었어요. 이건 규칙 위반인가요?"

"……위반이 아니지."

"그렇죠. 이건 학생들로 바꿔 생각해도 성립합니다. 2학년 A반이 2학년 D반에게 협력을 요청했고, D반이 받아들였어요. 학생을 빌려주면 문제가 됩니까?"

빌려주는 이유는 다양하다. 순수한 감정으로 도와주기 위해서. 내부에 문제를 일으키려는 책략. 또는 보상을 바라고 노동력과 대가 교환.

어떤 이유든 규칙의 범위 안에 있다면 학교 측에서 뭐라고 할 수 없다.

실제로 교내를 걸어보기만 해도 다른 반을 돕는 학생들을 쉽게 찾아볼 수 있었다.

"문제는…… 없지."

"그거랑 똑같습니다. 선생님이 도움 요청에 응하는 것 자체는 규칙 위반에 해당하지 않아요."

"아니, 그래도 안 돼. 담임이 자기 반에 도움을 준 걸로 받아들일 거야."

"그렇겠죠. 개략적으로는 허용되더라도 그런 말이 나올 수도 있겠죠."

그렇기에 명확하게 나와 있는 규칙을 활용해 정당성을 갖출 필요가 있다.

"교사의 도움을 빌릴 경우에 발생할 프라이빗 포인트를 내겠습니다. 학교도 이번 문화제를 준비하면서 그럴 가능성도 예상했을 겁니다."

"설마―― 아니, 그렇군……. 충분히 그럴 수 있겠어……."

정곡을 찔렀다. 그런 표정을 지어 보였다.

차바시라 선생님도 이 학교 교사로 과거에는 다른 반을 맡았다.

지금껏 실시된 예가 없는 문화제라도 학교 측에서 다양한 방면으로 가정해보았을 것은 안 봐도 뻔하다.

원칙적으로 이 학교에서 프라이빗 포인트는 강력한 무기가 된다. 일상 쇼핑뿐만 아니라 필요에 따라서는 인원 확보를 위해 쓸 수 있어도 이상하지 않다.

"이 학교에 프라이빗 포인트로 못 사는 것은 없죠. 아닌 가요?"

이것을 부정하면 곧 학교를 부정하는 셈이 된다.

그리고 교사로서 실격임을 인정하는 것이나 마찬가지.

본의와 동떨어져 있다고 해도 차바시라 선생님에게 거부할 권리는 없다.

차바시라 선생님이 당황하면서 스마트폰을 켜서 문화제 관련 규칙을 확인했다.

"……교사의 협력을 요청할 경우 시간당 10만 프라이빗 포인트를 지불할 것."

"학교 측만의 이면 규칙에 분명히 마련되어 있는 듯하네요, 그 선택지가."

예전에 프라이빗 포인트로 시험 점수를 샀을 때와 마찬가지다.

"하지만 시간당 10만 포인트야. 절대 싸지 않은 조건인데…… 정말로 괜찮아?"

"물론입니다."

교사는 원래 협력을 구한다고 해도 그렇게 도움이 되지는 않는다.

요리든 서빙이든 미리 연습한 것도 아닌 이상 고작 한 시간 정도 도와봐야 프라이빗 포인트만 낭비하는 꼴이다.

솔직히 서빙은 실전에서 바로 해내기 어렵다.

하지만 일반적이지 않은 방법을 쓴다면 높은 프라이빗 포인트를 투자한 만큼의 성과를 얻을 수도 있다.

"정말 정말로 괜찮은 거지?"

"집요하네요, 차바시라 선생님. 지금은 시간 아까우니까 싫어도 도와주세요."

오후 3시가 지나버리면 1시간 꽉 채워 도울 수 없는 만큼 효율이 떨어진다.

"자, 잠깐만. 그래, 치에한테 부탁하는 건 어떨까? 이런 쪽은 그 녀석이 훨씬 잘해. 아무리 라이벌 반이라도 교사로서 의무를 다할 거다."

"그렇겠죠. 하지만 지금 제가 원하는 건 능숙하게 해내는 사람이 아니라 오히려 서투른 사람입니다. 서툴면 서툴수록, 또는 동떨어진 사람일수록 효과가 클 것 같아서요."

"모르겠어…… . 난 네 말을 하나도 못 알아듣겠어."

진심으로 하기 싫고 이해도 안 될 거다.

하지만 그래서 더 내 상상대로 움직여줄 것이다.

"이제 시간 없어요. 그럼 잘 부탁드립니다."

억지로 스마트폰을 쥐여주고 차바시라 선생님에게 프라이빗 포인트를 이체했다.

"이걸로 계약 성립입니다."

"비, 비겁해, 아야노코지. 학교의 규칙을 이용하다니."

비겁한 게 아니라 아주 정당한 방식이라고 생각하는데 말이지…… .

"난 메이드 카페의 방식을 하나도 몰라. 어떻게 되든 난 모른다."

"상관없어요. 선생님에게는 아무 기대도 없습니다."

메이드복을 입은 차바시라 선생님이 교실에 있다, 그 사실만 있으면 우리가 이긴다.

4

내키지 않아 하는 차바시라 선생님을 탈의실에 밀어 넣은 나는 스마트폰에 미리 써 둔 문장을 붙여넣기 해서 반 아이들에게 일제히 보냈다.

마지막 1시간 한정으로 차바시라 선생님이 메이드가 될 거라고 알리고, 별 일정이 없는 학생들이 교내를 돌아다니며 여기저기 홍보하게 한 것이다.

내가 노린 대로 이 화제는 입소문을 타고 신속하게 퍼져 나갔다.

선생님을 이용하는, 학생이 절대 실현할 수 없는 한정 특대 이벤트.

복도의 분위기가 확 달라질 만큼 순식간에 소동으로 발전한 것을 알았다.

메이드복을 입은 차바시라 선생님이 얼굴을 붉히며 서둘러 뛰어왔다.

"와, 왔다, 아야노코지. 빠, 빨리 교실에 들어가게 해줘!"

"기다리고 있었습니다."

공짜로 계속 보여줄 수는 없으므로 나는 교실 안으로 선생님을 안내했다.

"난 이제 여기서 뭘 하면……?"

"아무것도 안 해도 됩니다. 그냥 가만히 서 계세요."

"뭐, 뭐라고?"

"말씀드렸잖아요, 잘하는 걸 바라지 않는다고. 그럼 잘 부탁드립니다."

이렇게 차바시라 선생님을 교실에 두고 그냥 서 있는 작업을 맡긴다.

누구와 대화를 나누지도 않고 그저 교실 한구석에서 창피해하면서 꿔다 놓은 보릿자루처럼 서 있을 뿐.

누군가에게 구원의 눈빛을 보내도 아무도 도와줄 수 없는, 아니 도와주지 말라고 지시해두었다.

이것이야말로 궁극의 에로티시즘이다.

이제부터는 메이드 카페의 방침을 크게 전환해야 한다.

최대 우려 요소는 교실에 들어오지 못하는 많은 손님. 이 물리적인 문제를 강제 해소하려면 손님들에게 그 나름의 대가를 치르게 할 필요가 있다.

바로 『입석 입장료』를 설정해서 수용인원을 넘게 받는 것.

1,000포인트를 내면 교실에 바로 입장 가능한 규칙을 추가.

제일 앞에서 기다리는 손님부터 순서대로 제안해서 입석이라도 상관없다고 대답한 사람만 차례를 바꿔 먼저 입장시킨다. 현시점에 줄 서서 기다리고 있는 손님 중에 불만을 드러내는 사람도 있을지 모르지만, 그 리스크는 이미 각오했다.

"입석이라……. 메이드 카페에서 그런 발상이라니 금시초문이야."

"제2의 공간인 거지."

책상을 놓을 수 없는 교단 쪽 그리고 교실 뒤편에 입석 공간을 만드는 것이다. 이렇게 하면 책걸상이 없어도 손님을 받을 할 수 있다.

그리고 차바시라 선생님과의 사진 촬영은 2,000포인트. 학생 한 사람과의 촬영보다 배로 비싼 가격을 매겼다.

그런 내용을 출입구에 있는 보드에 급하게 써넣었다.

"와……. 그 가격을 손님이 받아들일까……?"

"뒤를 좀 봐."

보드 내용을 읽던 쿠시다가 뒤돌아보니 입석 계산을 이미 마친 손님이 속속 교실에 마치 빨려 들어가듯 사라지고 있었다.

앞으로 두 번 다시 볼 수 없는 모습이기에 현역 교직원들도 흥미진진한 모양이었다.

같은 학년 담임은 프라이빗 포인트를 쓸 수 없다는 제약이 있긴 했지만, 학교에 근무하는 교사는 2학년보다 다른 학년을 맡은 교사가 당연히 압도적으로 많다.

게다가 케야키 몰에서 일하는 어른들도 평소 차바시라 선생님을 보고 고지식한 선생님이라는 이미지를 강하게 품고 있었다.

파도처럼 밀고 들어오는 어른, 어른, 어른들.

"왠지 그동안 우리가 한 노력이 물거품으로 돌아가는 듯한…… 좀 허무해지네."

밖에서 온 내빈들은 왜 이런 현상이 일어났는지 모를 수도 있겠지.

하지만 『한번 봐서 손해 볼 것 없다』라고 하면 이야기는 달라진다.

잘 모르더라도 일단 보자면서, 한정이라는 단어에 낚이고 충동에 이끌린다.

열 명이 넘고 스무 명이 넘고, 입석 손님으로 넘쳐나는 메이드 카페.

장사진이 줄어들기는커녕 쭉쭉 늘어나기만 했다.

"괴, 굉장한 숫자야, 아야노코지."

정신이 멍해진 쿠시다가 대거 밀고 들어오는 어른들을 보며 학을 뗐다.

"그러게. 솔직히 나도 이 정도까지는 예상 못 했다."

"이 엄청난 걸 언제부터 생각했어?"

"보름 정도 전에. 문화제의 와일드카드로 생각해뒀었지."

"만약에 더 일찍부터 시작했다면 어떻게 되었을까……?"

"아마 두 시간에서 세 시간 정도는 효과가 지속됐을지도 모르지. 하지만 다른 문제도 발생했을 거야. 시간에 여유가 있으면 다른 반도 따라 할 수 있으니까."

"아, 그렇구나. 지금은 1시간도 남지 않았으니 따라 하려고 해도 못 따라 하겠네."

이 반이고 저 반이고 교사를 이용하는 부스를 한다면 이 효과가 빛바래지겠지.

"승부수를 띄울 거면 프리미엄 느낌까지 낼 수 있는 이 마지막 한 시간밖에 없어."

메이드 카페의 평판을 쿠시다와 아이들이 좋게 퍼트려 준 공도 크다.

"……역시. 못 이기겠다니까."

"뭐?"

"아야노코지가 얼마나 대단한지 새삼 실감했어. 적으로 돌리면 어마어마하게 성가신 애야."

"눈이 안 웃고 있는데, 쿠시다."

"같은 반이어서 다행이라는 감정이랑 열 받는 감정이 반반이어서 그런가?"

말은 반반이라고 했지만, 후자의 비율이 더 높을 듯한 느낌이 든다.

"밀지 마세요! 여기 줄 서세요! 밀지 마세요!"

스도 일행이 허둥지둥 인간 벽을 만들어 줄 정리에 나섰지만, 어떻게든 교실 안을 들여다보려고 시도하는 어른들도 있었기에 군중은 계속 더 모여들기만 했다.

하지만 우리도 돈을 벌어야 하는 상황. 철저하게 안을 가리고, 창문도 잠갔기에 억지로 안을 보려면 창문이라도 깨는 수밖에 없다.

물론 그런 짓을 할 어른은 없기에 겨우 줄이 형성되어 갔다.

이러는 동안에도 차바시라 선생님과의 촬영을 희망하는 사람은 끝없이 이어졌다.

카페에 들어온 입석 손님들도, 그 이전부터 카페에 있던 손님들도 하나둘 손을 들고 촬영 신청을 했다.

"이 한 시간 만에 개인 매출 탑을 찍을지도 모르겠네, 선생님…… 아무것도 안 하고 가만히 있었는데."

"이제 더는 수용 못 해요오오~~!"

비명과도 같은 미짱의 목소리가 울려 퍼지며, 제2의 공간도 꽉 찼음을 알렸다.

"여기까지인가? 아직 손님 줄이 전혀 줄지도 않고 돌아갈 기색도 없어서 좀 아쉽지만."

입석 손님을 받지 못하게 된 이 지점에서 만족해야 하나 하고 쿠시다가 말했다.

"아직 멀었어. 지금 남아 있는 손님은 돈이 있으니까 줄서 있는 거잖아. 돌아갈 생각도 없고."

"하지만── 아니면 책상을 치워볼까? 하지만 테이블에 식기류 같은 것도 있고 무리겠지. 옮기려면 힘도 들고……."

교실 안에 손님이 들어갈 공간이 없다는 것은 분명하다.

"지금부터는 제3의 공간을 효과적으로 활용해보자."

"제3의…… 공간?"

나는 줄 서 있는 모든 손님을 향해 외쳤다.

"대단히 죄송합니다만, 카페 안이 만석이라 더는 입장이 불가능합니다."

그렇게 알리자 어른들의 불만 어린 시선이 날아왔다.

"하지만 지금 1포인트 이상 가지고 계신 분들은 전액을 내시기만 하면 특별히 이 자리에서 카페 안을 구경하실 수 있게 하겠습니다."

이 자리란 메이드 카페의 줄 형성이 허락된 복도를 말한다.

문을 열어 차폐물을 없애고 창문을 열면 교실을 유사 확장할 수 있다.

"보, 복도를 쓰자고?!"

"그래."

"하, 하지만 전액이라니…… 소액이라면 모를까 많이 가지고 있어도 낼 사람이 있을까?"

아무리 차바시라 선생님이라도 전액을 낼 사람이 많다고 생각하지 않는 듯했다.

"괜찮아. 큰돈을 낼 가치가 있는지는 모르겠지만, 시간이 얼마 남지 않았잖아. 가령 10,000포인트 가까이 남아 있다고 해도 그걸 어디서 어떻게 쓸지 큰 의문이 남지."

"아, 그런가…… 문화제가 끝나면 남은 포인트는 다 반납해야 한다고 했나?"

"그래. 최대한 다 쓰라고 전달받았을 거야. 여기서 포인트를 남겨 반납할 바에야 전액 다 쓰는 게 낫지. 1포인트든

10,000포인트든, 어른들에게는 같은 가치나 다름없어."

오히려 많으면 많을수록 여기서 다 쓰고 가야 한다고 생각할 것이다.

게다가 지금까지 기다린 손님이 아직 많이 남아 있다.

"순서대로 계산을 도와드릴 테니 그 자리에서 기다려주세요."

그렇게 말하고 몇 명이 나눠서 돈을 받으러 다녔다.

그리고 어른들을 복도에 줄 세운 다음 교실 안을 잘 볼수 있는 위치로 안내했다.

"이제 지금까지 가리고 있던 커튼을 걷기만 하면 돼."

그렇게 하면 제3의 공간이 완성된다.

일제히 걷히는 커튼 그리고 깜짝 놀라는 차바시라 선생님.

차바시라 선생님에게는 일종의 공개 처형이 되고 말았지만, 우리는 학교에 그만큼의 대가를 치렀으므로 미안하게 생각할 필요는 없다.

"오, 오오, 과연 이건……."

마침 예전에 차바시라 선생님이 이상하다고 소문내고 다녔던 교사가 감탄사를 흘렸다.

가까이에 있는 이성에 독신, 게다가 동료의 지금껏 보지 못한 모습인 만큼 그 자극이 강렬하리라.

이렇게 해서 오후 4시가 될 때까지 복도를 이용한 차바시라 선생님 공개가 계속 이어졌다.

최종적으로 차바시라 선생님은 63장의 촬영 요청을 받

아 쿠시다를 누르고 1위를 차지했다.

○보이지 않는 등장인물

오후 3시가 되어, 문화제에서 내가 해야 할 일이 모두 끝났다.

와일드카드의 등장으로 분위기가 한껏 달아오르자 나는 아야노코지에게 교실을 맡기고 밖으로 나왔다.

"그나저나── 설마 정말로 차바시라 선생님을 메이드로 세울 줄은 몰랐네."

이번 문화제, 사전 준비의 모든 것을 아야노코지와 논의했었다.

그중에는 마지막 1시간 동안 차바시라 선생님을 활용하는 내용도 있긴 했지만, 실현 가능할지 반신반의했었다.

그런데 그것을 실현해 보인 것도 모자라 어마어마한 효과를 냈다.

복도를 걸을 때마다 차바시라 선생님이 메이드가 되었다는 소문이 퍼져나가는 순간을 알 수 있었다.

여하튼 차바시라 선생님의 참전은 개인적으로도 아주 좋은 기회를 얻은 이벤트다.

많은 사람이 특별동에 주목하면서 필연적으로 다른 곳에는 사람이 없어질 테니.

스마트폰으로 그 애에게 메시지를 보내고 읽음이 바로 뜨는 것을 확인한 후 나는 학생회실로 향했다.

다시 한번 의사록을 확인하고 싶었기 때문이다.

물론 학생회 모임이 있는 날 야가미에게 부탁할 수도 있 겠지만, 그러면 찬찬히 관찰하기 힘들다.

아야노코지의 퇴학을 넌지시 암시한 인물.

아마사와와도 연관이 있어 보이고 신체 능력도 아주 뛰 어난 위험한 존재.

그리고 그 사람이 만약 야가미라면, 내가 다시 의사록을 보여 달라고 부탁하면 의심하고 있다는 걸 눈치챌 것이다.

아니…… 범인이라고 전제한다면 이미 그렇게 생각하고 있다고 보는 편이 좋다.

여하튼 들키지 않고 확인하려면 아무도 없는 시간대를 노려야 했다.

나구모 학생회장의 사정 때문에 학생회는 당분간 폐쇄 되어 있었다.

즉 의사록을 몰래 볼 기회가 줄었지만, 이는 반대로 말 하면 괜히 주변 사람을 물리칠 필요가 자연스레 사라졌다 는 것.

기회는 이 문화제 타이밍이라고 여겼다.

차바시라 선생님께는 『학생회실에 수첩을 놓고 온 것 같 다』고 아침에 말씀드리고, 휴식 시간에 교무실에 가서 열 쇠를 받아 수첩을 가져오겠다고 허락을 받아두었다.

학생회실에 들어가는 내 모습을 누군가가 목격하더라도 대의명분은 선다.

나는 재빨리 메이드복에서 교복으로 갈아입고 혼자 잰 걸음으로 교무실로 향했다.

"이제 50분, 남았나."

학생회실 근처까지 도착한 나는 복도에 있는 시계를 보며 숨을 토했다.

오늘은 좌우지간 바쁜 하루였다.

아직 끝난 것은 아니지만 이제 내가 할 일은 없다.

1시간은 반드시 쉬어야 하므로, 내 휴식 시간이 끝남과 동시에 문화제도 막을 내린다.

아침부터 메이드복도 입고, 쉬지 않고 계속 일하고 정말 바빴다.

교복 차림으로 학생회실에 도착한 나는 조용히 문에 열쇠를 꽂았다.

문화제 때문에 바쁜 오늘은 학생회실에 아무도 없다.

요컨대 다시 한번 의사록을 확인하고 스마트폰에 사진을 담는 것도 어렵지 않다.

그렇게 생각했는데……

주머니 속 스마트폰이 진동했다. 뜬 이름을 보고 심장이 쿵 내려앉았다.

야가미 타쿠야. 왜 하필이면 이 타이밍에 전화를 건 거지…….

소름 돋는 우연을 느끼면서 전화를 받았다.

"여보세요?"

『호리키타 선배.』

수화기 너머로 들려야 할 터인 야가미의 목소리가 조금 멀리서 직접 귀에 꽂혔다.

지금 제일 만나기 싫은 사람이, 웃으면서 나를 향해 손을 흔들었다.

심장에 바로 찬물을 끼얹은 듯 온몸에 오한이 들었다.

"놀라셨어요?"

그렇게 말한 그는 전화를 끊고 점점 가까이 걸어왔다.

"야가미, 네가 어떻게 여기에?"

"어떻게…… 왔냐고요? 제가 가까이 있으면서 전화를 건 건 마음에 안 걸리시고요?"

다른 데 정신이 팔려 그걸 지적한다는 걸 깜빡했다.

마치 야가미는 나의 그런 동요와 당황하는 모습을 확인하는 듯 보였다.

"그런데 선배는 왜 이런 아무도 없는 곳에 온 거죠? 문화제도 절정으로 접어들었으니 마지막 스퍼트를 올릴 때가 아닌가요?"

"휴식 시간이어서 문화제에서 내 할 일은 이제 다 끝났거든. 그리고 잠깐만 혼자 있고 싶어서."

"오후 3시부터 휴식입니까? 흔치 않은 패턴을 선택하셨네요."

흔치 않은가?

애당초 이런 형태의 문화제를 경험해본 적이 없어 판단

기준이 없다.

하지만 참가자 모두 1시간은 반드시 쉬어야 한다는 규칙이 있는 이상, 나처럼 오후 3시부터 쉬는 쪽을 고르는 학생도 일정 비율 있을 텐데.

사고 회로가 곧바로 답을 도출하지 못해 나는 몇 초간 침묵하고 말았다.

그리고 알아차렸다.

야가미가 내뱉은 『흔치 않은 패턴』이라는 단어에는 진실도 거짓도 없다고.

다른 의도 없이 오후 3시를 휴식 시간으로 고른 것인지, 아니면 의도를 가지고 휴식 시간을 고른 것인지 알아내려는 발언에 지나지 않는다고.

실제로 나는 동요한 나머지 바로 대답하지 못했다.

이제는 뭐라고 대답하든 이미 덫에 걸린 건지도 모른다.

아니, 아직은 아니야.

대답이 늦어졌으니 아예 대답하지 않는 선택지도 있다.

흔치 않은 패턴이라는 위화감을 풍기는 단어를 그냥 넘기는 수밖에.

"그런데 야가미는 여기에 무슨 일로?"

"살벌한 얼굴을 한 호리키타 선배를 보고 무슨 일인가 궁금해져서 뒤따라왔지요."

"언제부터? 이유가 뭐든 여자 뒤를 밟는 건 잘하는 행동이 아닌데."

"저는 분명히 선배를 불렀는데, 주위가 시끄러워서 못 들으신 모양이네요."

이리로 오면서 내가 생각에 몰두한 것은 사실이다. 하지만 그렇다고 나를 불렀는데 정말 알아차리지 못했을까. 조금 전과 똑같이 동요하는지 떠보는 느낌이 없지 않지만, 이런 일련의 흐름에 진실은 아무 의미 없을지도 모른다.

그리고 여기 도착할 때까지 얼마든지 더 부를 수도 있었을 텐데.

아니면 뒤따라온 게 아니라 처음부터 이 근처에 있었나?

모든 것은 야가미가 내가 쫓는 유려한 글씨체의 주인이라고 가정했을 때의 이야기.

아무 관계 없다면 나중에 진심으로 사과해야 할 만큼 심하게 의심하고 있다고 할 수 있겠지.

"넌 문화제에서 빠져나와도 괜찮니?"

"저도 똑같습니다. 해야 할 일이 다 끝났거든요. 휴식 시간인 건 아니지만 자유 시간을 받았어요. 1시간 이상 쉬면 안 된다는 규칙은 없으니까요."

역시 단순한 우연? 아니, 그렇게 생각하지 않는 편이 좋다.

나중에 우연이라는 걸 알아도 문제는 생기지 않는다.

하지만 우연이 아니면 일이 곤란해진다.

"학생회실에 무슨 볼일이라도 있습니까? 문단속이 된 상태라 아무도 없을 텐데요."

선수 치듯이 야가미가 학생회실 문을 보며 말했다.

"뭐 찾을 게 있어서. 열쇠는 교무실에서 받아왔으니까 괜찮아."

"찾는 게 있다고요. 그럼 저도 도와드리겠습니다."

마음속에서 냉정함과 초조함이 충돌하게 시작했다.

그의 발언이 오로지 선의에서 비롯했는지, 아니면 악의가 들어 있는지 명확한 판단이 서질 않았다.

"네 도움을 받을 것까진 없는데."

"굳이 문화제 도중에 찾을 정도지 않습니까, 선배에게 중요한 것이겠지요?"

내 생각을 전부 꿰뚫어 보는 듯한 발언으로 들리기도 했다.

"수첩이야. 얼마 전에 산 건데 잃어버려서 난감해하고 있어. 남이 주워서 읽을지도 모른다고 생각하니 정신 건강에 좋지 않아서. 그냥 포기하려다가 아무래도 마음에 걸리기도 하고, 아직 안 둘러본 곳은 학생회실 정도야."

여기서 더 시간 끌어봐야 소용없다.

선생님에게 둘러댔던 내용을 야가미에게도 말했다.

"그럼 저도 찾는 걸 돕겠습니다. 문화제가 끝나면 또 정신없이 바빠질 테니까요. 혼자보다 둘이 찾으면 단순히 두 배의 효율을 낼 수 있잖아요."

"그래, 그러네."

천천히 열쇠를 넣고 문을 열었다. 옆에 딱 달라붙어 서 있는 야가미를 놔두고 한발 먼저 학생회실에 들어가려다가 그대로 멈추었다.

"호리키타 선배?"

"학생회실에서 물건을 찾는 데 둘씩이나 필요할까? 아니면 무슨 다른 목적이라도 있니?"

"네——?"

이런 상황에서 나는 오히려 반격에 나서기로 했다.

"내가 네 도움을 거절하려고 했던 건 솔직히 좀 겁났기 때문이야."

"겁나다니…… 뭐가요?"

"모르겠니?"

"짐작도 가지 않습니다만."

"아무도 없는 학생회실. 그리고 넌 나를 불렀다지만 전혀 못 들었어. 꼭 내 뒤를 몰래 밟은 것 같은 이 상황에 단둘이 있게 되는 거야. 여자한테 그게 어떤 느낌인지 모르겠어?"

호리키타 스즈네라는 개인이 아니라 사회적 성 차이의 관점으로 그를 공격했다.

그가 머리가 좋든 말든 상관없이, 절대적인 방법으로 쫓아내려는 것이다.

"그, 그렇군요. 죄송합니다, 거기까지 전혀 생각이 못 미쳐서…… 그러네요……."

이렇게 되면 함부로 학생회실에 따라 들어올 수 없는 데다가 복도에서 기다리기도 어려워진다.

그랬다가는 당연히 꺼림칙한 느낌을 주게 될 테니까.

"죄송합니다. 듣고 보니 과연 제 행동이 잘못된 것 같네요."

깊이 고개 숙이는 야가미.

"그런데 실례인 줄 알지만, 한 말씀 드려도 되겠습니까?"

"뭔데?"

여전히 머리를 숙인 그는 이 기회를 빌려 무슨 이야기를 할 셈일까.

"호리키타 선배가 학생회실에 온 진짜 목적은——."

그렇게 말하며 야가미가 고개를 든 직후——.

그가 갑자기 상반신을 굽혔다.

아니, 굽혀졌다.

"잡았다!"

그런 목소리와 함께 모습을 드러낸 것은 전통 의상을 입은 이부키였다.

"저, 저기, 이부키?!"

"멍하게 있지 말고 빨리 안으로 들어가자, 호리키타! 누가 보면 큰일이니까!"

하긴 명백한 폭력 행위로밖에 보이지 않으니 들키면 일이 커진다.

학생회실 문을 열자 이부키가 야가미를 억지로 안에 밀어 넣었다.

"무, 무슨 짓입니까……?"

가장 먼저 입을 연 사람은 당연히 피해자 야가미였다.

갑자기 뒤에서 등장한 이부키가 야가미를 붙잡고 있는 이 상황이 혼란스러웠다.

"또 내 활약에 도움을 받았네, 호리키타."

"……도움을 받다니, 난 아무것도 받은 게…….."

"이 녀석한테 세심한 주의를 기울여야 한다고 네가 말했잖아. 그런데 이 녀석이 너한테 들이대고 있었으니까. 당연히 무슨 일이 생겼다고 생각하는 게 자연스럽지 않겠어?"

하지 않아도 될 말까지 술술 늘어놓았다.

그녀의 단세포 같은 행동 때문에 지금까지 내가 한 대화는 전부 물거품으로 돌아가고 말았다.

당사자 앞에서 경계하고 있었다고 말하다니, 난센스도 정도가 있지.

"저기, 저한테 주의를 기울여야 한다는 게 무슨 뜻이죠?"

몸을 움직일 수 없게 된 야가미가 당연한 질문을 던졌다.

이렇게 된 이상 그냥 들이받는 수밖에 없다.

"……일이 난폭하게 된 건 사과할게. 그런데 너한테 마음에 걸리는 부분이 있어. 저번에 나한테 의사록을 보여줬던 것 기억하니?"

"나구모 학생회장의 발언에 관해서, 였죠?"

"그래. 그때 봤던 네 글씨를 다시 한번 확인하고 싶었어."

"글씨요? 잘 모르겠지만 그럼 진짜로 찾는 물건은 의사록 노트입니까?"

난감하다는 투로 야가미가 말을 이었다.

"제 글씨를 확인하고 싶다고 하셨는데, 진짜 의도가 뭐죠?"

이부키가 등장하기 전에 하려던 말이 궁금했지만, 나는 설명을 이어갔다. 무인도 특별시험 때 내 텐트에 누가 쪽지를 넣었다. 그걸 보낸 사람이 누구인지 몰라서 알아보고 있었다고. 야가미는 계속 몸을 붙들린 채 조용히 귀를 기울였다.

"제 의사록 글씨랑 그 쪽지 글씨가 비슷했다는 겁니까?"

"그래, 맞아."

"그 이야기가 사실이라면 하긴 저를 경계하는 마음도 이해가 되네요. 그리고 몰래 확인하려면 이 타이밍을 노리는 게 제일 낫겠죠."

문화제 준비 기간에는 주말에도 사람들이 많이 오가고, 출점 장소를 물색하느라 학생들이 교내 여기저기 돌아다녔기 때문에 그때 회수하는 선택지를 취할 수는 없었다.

"하지만 전 그 쪽지를 쓴 사람이 아닙니다."

단호하게 부인하는 야가미. 그 말을 믿고 싶지만…….

순순히 받아들이지 못하자 그의 어조가 조금 강해졌다.

"의심할 때는 그럴 만한 근거가 있는 거겠죠?"

"아쉽게도 근거는 없어. 그냥 순순히 인정할 것 같지 않아서."

"괜찮으시다면 그 쪽지를 한 번 보여주시겠습니까? 그럼 의사록의 글씨와 비교해서 제 무고함을 증명할 수 있겠죠."

"미안한데 그건 불가능해. 문제가 좀 생겨서 그 쪽지를 잃어버렸거든."

섬에서 대치했던 아마사와가 갈기갈기 찢어버렸으니까.

"곤란하게 됐네요. 그럼 제 무고함을 증명할 수 없는 거 아닌가요?"

"그래서 일단 의사록을 다시 보고 싶어."

"다시 본다고 해도 기억과 정확하게 대조가 될까요? 호리키타 선배는 지금 저를 강하게 의심하고 있어요. 그럼 기억이 수정되면서 저를 범인으로 만들어버릴 가능성도 적지 않아요. 분명히 저한테 불리한 상황입니다."

"……그럴지도 모르겠네."

야가미였으면 좋겠다는 것은 아니지만 범인을 찾아내고 싶은 감정은 몹시 강하다.

그가 앞으로 일어날 전개를 염려하는 것도 이해는 된다.

"제가 의심받는 건 좀 어이없지만, 어쨌든 일단은 좀 놔주실래요? 이랬든 저랬든 이대로 있는 건 두 분한테도 좋은 일이 아닌 것 같은데. 이러다가 나구모 학생회장이 이 장면을 보면 뭐라고 변명하시려고요?"

1학년 남자를 아무 이유도 없이 구속하고 있다.

과연 이 상황은 우리에게도 불리하기만 할 뿐이다.

폭행을 당했다거나 했으면 이야기는 달라지지만, 그는 아무 짓도 하지 않았다.

"이부키, 놔줘."

나는 그의 말을 받아들여 이부키에게 말했다.

하지만 야가미를 억압한 이부키의 표정은 험악했고 구속을 풀어주지도 않았다.

"미안한데 그렇게는 안 되겠어."

"왜죠?"

"너처럼 세상 무해하게 생긴 놈일수록 위험하다고 내 본능이 말하고 있어서."

그건 예전에 아야노코지를 통해 그녀가 학습한 사실.

하지만 단순히 겉모습만의 문제가 아니라는 것은 그녀의 태도를 보면 잘 알 수 있었다.

"또 다른 이유가 있는 거야?"

"그냥 딱 봤을 때는 비실비실해 보였는데, 위험한 느낌이 막 드네. 너 그냥 공부만 파는 애가 아니지?"

야가미를 직접 붙잡고 있어서 알아버린, 시각 이외의 정보일까.

그 느낌이 정말로 맞는다면 유력 용의자가 되어도 어쩔 수 없다.

"내가 받은 쪽지는 야가미 네 글씨와 아주 유사해. 게다가 네가 숨겨 온 신체 능력. 그리고 이 자리에 나타난 것."

"신체 단련을 싫어하지 않아서 어느 정도 자신이 있긴 합니다만……."

어이없다는 듯 한숨을 내쉬면서 야가미가 고개를 살짝 들어 나를 보았다.

"이러면 저도 화가 조금은 날 수밖에 없습니다만? 지금이 상황은 너무 일방적이네요."

정말 야가미가 이부키의 짐작대로 신체 능력이 뛰어나도 이상한 일은 아니다. 원래 그의 OAA 성적은 C로 평균. 달리기라든지 운동 능력은 낮은 편이라도 무술은 익혔다는, 그런 경우도 얼마든지 있겠지.

범인일까 아닐까.

그 판단이 요구되는 상황 속에서 침묵은 생각지도 못한 형태로 깨졌다.

아무도 올 리 없는 학생회실의 문이 아무런 예고도 없이 열렸기 때문이다.

"어라── 이거 꽤 예사롭지 않은 상황이로군."

모습을 드러낸 것은 나구모 학생회장. 야가미만 태도가 그대로였고, 나와 이부키는 떳떳하지 못한 행동 중인 만큼 몹시 놀랐다.

"학생회장, 어떻게 여길……?"

"그런 것보다 이게 다 무슨 상황이지?"

이게, 란 주로 이부키가 야가미를 구속하고 있는 것을 가리킨다.

"두 사람이 후배 하나를 괴롭히고 있는 거라면 큰 문제야."

이렇게 되니 이부키도 계속 붙잡고 있을 수 없어서 야가미를 그만 놓아주었다.

"덕분에 살았습니다. 나구모 학생회장."

붙잡혀 있던 몸을 차분하게 만지는 야가미.

학생회장이 올 것을 미리 알기라도 한 듯 이 여유로운 태도는 뭐지?

"그럼 여기에 무단으로 들어 온 이유를 설명해볼까?"

수첩을 잃어버려서라고 대답하면 야가미가 거짓말이라고 바로 지적할지도 모른다.

그렇다고 의사록 이야기를 꺼낸다면 나구모 학생회장까지 이야기를 알게 되고 만다.

"호리키타 선배가 수첩을 잃어버리신 모양이라 저도 같이 찾아드리려고 했습니다. 그런데 이부키 선배는 제가 호리키타 선배를 덮친다고 착각하셨는지 정의감이 앞서 조금 전과 같은 행동을."

나를 궁지로 내몰지 않고 거짓말을 도왔다.

"그렇군. 그게 붙잡혀 있던 이유인가."

"오해를 푸셨을 테니 특별히 문제 삼을 생각은 없습니다."

"그럼 더 언급할 필요 없겠군. 그래서 그 수첩은 찾았나?"

그가 말을 맞춰준다면 나도 감사히 그 흐름에 동조해야겠다.

"아뇨, 못 찾았어요. 여기가 마지막 희망이었는데……. 어쩌면 쓰레기인 줄 알고 버렸을지도 모르겠네요. 그냥 포기해야겠어요."

직접 물어보고도 사실은 수첩의 행방 따위 아무 관심 없겠지. 흥미 없다는 듯 학생회장은 시선을 돌리고 그대로 늘 앉는 자리에 가서 앉았다.

"어떤 이유가 됐든 문화제 도중에 할 일은 아니지. 당장 돌아가라."

여기 계속 붙어 있어 봐야 의사록은 이제 볼 수 없다. 지금은 얌전히 물러나는 수밖에.

그렇게 생각하고 이부키와 함께 돌아가려는데…….

"그런데 나구모 학생회장은 여기에 저희가 있는 걸 어떻게 아셨죠?"

나와 이부키의 옆에서 야가미가 그런 의문을 던졌다.

"궁금하나?"

"학생회실 문은 잠겨 있다고 생각할 텐데요, 보통은. 그런데 학생회장은 망설이지도 않고 문을 열어서 그게 좀 마음에 걸립니다."

하긴 부자연스럽긴 했다. 학생회장에게 예비 열쇠가 있는지는 잘 모르겠지만, 그렇다면 일단 열쇠를 꽂고 돌려보았을 터.

그런데 그는 아무런 의문도 없이 자연스럽게 들어왔으니 의심스럽게 생각해도 무리가 아니다.

마치 처음부터 이 안에 누가 있다는 것을 알고 있기라도 한 듯…….

나구모 학생회장과 야가미가 여기서 만나기로 했다?

그렇다면 학생회장이 올 수 있다고 했던 야가미의 말과도 자연스럽게 이어진다.

하지만—— 두 사람의 대화는 서로 미리 짠 것과는 거리가 많이 멀었다.

"대답해 줄 수도 있지만, 그전에 나도 야가미에게 물어보고 싶은 게 있다."

"저에게 말입니까?"

"저번에 학생회실에서 한 이야기 기억하지? 내가 거금을 써서 일부 학생을 퇴학시키려 한다는 소문이 돈다는 이야기 말이야."

"물론입니다. 저도 이래저래 알아보고 있습니다만 소문의 출처를 파악할 수가 없네요."

갑자기 그 이야기를 다시 꺼내서 이해가 따라가지 않았다.

"사실은 알고 있는 것 아닌가? 소문의 출처가 어디인지."

"……그게 무슨 말씀이십니까?"

"그 소문을 퍼트린 사람이 너 아니냐고 묻는 거다."

나구모 학생회장이 짜증 났는지 책상 밑을 발로 가볍게 찼다.

"잠깐만요. 갑자기 무슨 말씀을 하시는 겁니까. 왜 제가 그런 짓을?"

우리한테 의심받더니 이번에는 나구모 학생회장에게 의심받고 있다.

그것도 완전히 다른 내용으로.

"왜긴 뭐가 왜야. 상금을 걸고 특정 학생을 퇴학시키는 1학년들만의 특별시험. 너도 그때 참여했던 몇 안 되는 사람 중 하나잖아."

여기서 야가미의 표정이 조금 어두워졌다. 나구모 학생회장처럼 짜증을 담고서.

"나구모 학생회장, 뭐예요, 그게 다 무슨 소리죠?"

"학생회 회의 때는 아니라고 했지만, 사실이라는 말이다."

"그럼 정말로 그런 일이……?"

"하지만 딱히 규칙을 깬 건 아니잖아? 어디까지나 학교 방침이었어. 츠키시로 이사장과 함께 나도 학생회장으로서 공평성을 기하기 위해 입회했었지. 안 그래? 야가미."

이 학교에 힘들고 혹독한 특별시험이 있긴 하지만, 설마 그런 것까지.

"그 특별시험에 대해서, 그리고 참가자에 관해서는 누설하지 않기로 되어 있지 않았나요?"

"그 룰을 먼저 깬 건 너야."

"제가 아닙니다. 나구모 학생회장을 곤란하게 만들어서 저한테 무슨 이익이 있다고요. 그리고 저 말고도 같은 설명을 들은 1학년이 몇 명 있지 않았습니까."

"그건 그렇지. 하지만 네가 여기에 모습을 드러냈잖아. 그러니 의심할 수밖에."

"이건 단순한 우연입니다."

나구모 학생회장은 야가미와 마주 보고 있다가 우리에게로 시선을 돌렸다.

"너희는 그만 돌아가. 지금부터는 야가미와 둘이서 얘기하겠다."

"그 일은 몰랐지만, 발언을 허락해 주세요."

"호리키타 선배. 무슨 얘기를 하시려고요."

야가미가 눈빛으로 말렸다. 조금 전에 제가 감싸드렸잖아요, 하는 압박은 무시하기로 한다.

"말해봐."

"그 특별시험의 소문을 흘린 사람이 저 애인지 저는 몰라요. 하지만 이 자리에 나타난 게 우연이라고 생각하지는 않아요. 야가미는 제 뒤를 몰래 밟았어요. 그게 아니면 처음부터 이 학생회실 주위를 지켜보고 있었다는 생각이 강하게 들어요."

"스즈네는 이렇게 말하는데?"

양쪽에 끼어 표정이 굳어지는 야가미였지만 곧 어이없다는 듯 한숨을 내쉬었다.

"……그렇군요, 이제야 알겠습니다. 그러니까 두 사람은 처음부터 손을 잡고 있었던 거네요. 그 러브레터인 것처럼 꾸민 편지를 저한테 건넬 때부터, 저를 이렇게 궁지로 내몰기로 정했던 거죠?"

"러브레터인 것처럼 꾸민…… 편지?"

"이거 말인가?"

나구모 학생회장이 주머니에서 꺼낸 것은 내가 이치하시한테 부탁받은 러브레터.

아니, 그런데 러브레터인 척 꾸민 편지라니?

"아무것도 모르네. 누가 보냈는지 모르는, 나에 대한 마음을 담은 단순한 러브레터다."

"아니죠. 그 편지는 언뜻 보기에는 분명 러브레터지만, 『문화제 오후 3시 학생회실』이라고 적혀 있죠. 그 밖에도 『중요』, 『퇴학』, 『비밀』 등의 단어가 곳곳에 담겨 있고요. 아닙니까?"

이미 봉투가 뜯긴 편지를 펼친 나구모 학생회장이 내용을 읽었다.

"어디 그런 말이 적혀 있다는 거야. 난 전혀 모르겠는데."

그렇게 말하고 내게 러브레터…… 편지를 넘겼다.

"그럼 잠깐 실례할게요."

편지를 받아 읽어보았다. 하지만 야가미가 말한 단어는 어디에도 없었다.

이부키도 궁금한지 들여다보고는 나와 같은 반응을 보였다.

이름을 밝히지 않고 고백하는 걸 용서 바란다, 계속 좋아했다. 그런 내용.

"잔꾀 부리지 마세요. 애너그램을 해석하면 진실을 알 수 있잖아요."

"애너그램……? 그게 뭐야?"

단어 자체를 모르는 이부키는 그렇다고 치고, 이 편지에 애너그램을 썼다는 거야? 글자를 재배열하면 다른 의미가 나오는 애너그램. 말놀이.

몇 번 반복해서 풀었는데 답은 바로 나오지 않았다.

시간을 들이면 찾아낼 수 있겠지만 지금 당장은 힘들다.

"꽤 머리가 좋은데, 야가미. 아무래도 나나 스즈네는 곧장 애너그램을 해석할 수 없는 것 같다만?"

깊이 의심하는 우리와 마찬가지로 야가미도 우리를 강하게 경계했다.

"둘 중 한 사람이 쓴 게 아닌지? 아니면 공통으로 아는 사람이 썼습니까?"

"공통으로 아는 사람? 누굴 말하는 거야."

"――아니, 그건 저도 모르지요. 여하튼 제가 그 애너그램을 토대로 여기에 왔다는 건 믿어주세요."

만약 그렇다면, 아니 그게 아니라도 그는 이상한 말을 하고 있었다.

"애너그램인지 뭔지가 지금 중요한 게 아니야. 네가 이 러브레터의 내용을 어떻게 알아? 나한테 주기 전에 읽은 거지?"

그렇다. 그것 말고는 알 방법이 없다.

"그건 우연이었습니다. 떨어트렸는데 마침 스티커가 떨어져서 편지가 밖으로 나와버렸거든요. 보면 안 된다는 건 알았지만 저도 모르게 그만."

"학생회 멤버로서 도덕성이 결여된 행동이군."

몰래 보고 싶어지는 마음도 모르는 바는 아니지만, 보통은 자제하기 마련인데.

하물며 자신과 아무 상관도 없는 제삼자끼리 나누는 편지.

리스크를 감수하면서까지 굳이 내용을 확인하려고 할까. 물론 보낸 이가 누구인지 모른다는 점에서 호기심이 생길 수는 있겠지만, 그래도 내용을 확인하는 것과는 다른 문제다.

"평소에 구린 짓을 했으니까 편지를 확인한 거 아냐? 자기가 무슨 덫에 걸리는 게 아닐까 억측해서."

"아니라고 해도 믿을 분위기는 아닌 것 같군요."

나는 이 일련의 대화를 들으며 묘하게 기분이 나빠졌다. 내가 보는 세계와 야가미가 보는 세계 그리고 나구모 학생회장이 보는 세계.

세 사람이 다 조금씩 다른 느낌이 들었기 때문이다.

맞물리는 것 같으면서도 어긋나 있다. 마치 어금니 사이에 이물질이 낀 것만 같은 불쾌감.

야가미가 편지를 마음대로 읽은 것은 잘못이다.

하지만 나구모 학생회장의 안 좋은 소문을 퍼트린 것도, 의사록 일도 여전히 불투명하기만 한 상황.

학생회실 앞에 모습을 드러낸 것도 그게 의도적인지 우연인지 명확한 판단이 서질 않는다.

여기서 계속 야가미를 몰아 세워봐야 그것으로 끝…….

야가미는 나와 나구모 학생회장을 번갈아 보면서 슬쩍 웃었다.

"이제 슬슬 정답을 맞혀 볼까요? 사실은 다들 이미 알고 있는 거죠?"

머릿속으로 생각을 정리했는지, 잠시 침묵했던 야가미가 입을 열었다.

　"호리키타 선배, 선배는 의사록을 보고 무인도 시험 때 받은 쪽지가 떠올라서 제가 범인이라고 생각했습니다. 그리고 나구모 학생회장에게 러브레터로 꾸민 편지를 건네면서 은밀한 메시지를 보냈고요."

　무슨 영문인지 그는 지금까지 다루지 않았던 의사록과 쪽지에 대해 자기 스스로 언급했다.

　"왜 그런 귀찮은 과정을 밟을 필요가 있지? 전화나 채팅을 하면 그만인데."

　"저를 의심한다는 증거를 남기지 않기 위해서 아닌가요? 이 러브레터인 척 꾸민 편지면 얼마든지 핑계를 댈 수 있으니까요. 그리고 오늘 의사록을 같이 확인하려고 했겠죠. 제가 호리키타 선배가 찾는 인물인지 확정 짓기 위해서."

　"무인도? 의사록? 스즈네가 찾는 인물? 이게 다 무슨 소리야."

　"아직도 계속 연기할 생각이십니까, 나구모 학생회장. 당신도 그리고 호리키타 선배도 어떤 인물의 지시를 받고 움직였다는 걸 이미 알고 있습니다. 모든 것은 이 편지의 애너그램을 만든 아야노코지 선배의 지시죠? 나쁘네요. 호리키타 선배한테 의사록을 보여줄 것까지도 없이, 이미 확정 지은 거 아닌가요?"

　"……왜 여기서 아야노코지의 이름이 나와?"

"그 선배도 참 여기까지 빙 둘러오네요. 공공연하게 알려지는 걸 싫어한다는 건 알았지만, 이런 방식으로 접촉해올 줄은 몰랐습니다."

유쾌하다는 듯이 웃었다. 야가미의 태도는 지금까지와 명백하게 달랐다.

"그래서 이제부터 어떻게 할 생각이세요? 이제 드디어 아야노코지 선배와 대면합니까?"

야가미는 마치 장난감이 든 선물 상자를 앞에 둔 아이 같은 눈으로 입구 쪽을 바라보았다.

"애가 타네요. 그가 도착하기 전까지, 저에 대해 뭐라고 말했는지 들려주시겠어요? 특히 당신 입으로 듣고 싶네요, 호리키타 선배."

"잠깐만. 정말로 난 뭐가 뭔지 하나도 모르겠어. 네가 내 텐트에 와서 쪽지를 넣고 갔다고 의심하긴 했지만, 그 이야기는 이부키한테만 상의했는걸?"

진실을 말해도 야가미는 믿으려고 하지 않았다.

"나도 알아들을 수 있게 설명해라, 야가미."

"후우. 아무리 저라도 질리네요, 나구모 학생회장. 당신은 편지를 통해 호리키타 선배와 함께 여기서 아야노코지 선배를 만날 예정이었죠. 그리고 저와 얘기하려고 했고요. 그도 저를 혼자 만나는 건 위험하다고 생각했나 보죠. 그래요, 현명한 판단입니다."

"혼자서 열변을 토하는데 미안하지만 야가미, 내가 학생회실에 온 이유를 알려줄게.”

나구모 학생회장이 스마트폰을 꺼내 화면을 보여주었다.

누구에게서 전화가 왔는지 번호가 표시되어 있었다.

“도착했나 보군. 들어와.”

전화를 건 상대에게 그렇게 말했다.

“아하! 역시 아야노코지 선배가 왔군요! 기쁘다!”

목청 높여 웃은 야가미가 천천히 열리는 문을 보고 두 팔 벌려 환영했다.

“들어간다.”

그런 말과 함께 안으로 들어온 것은 예상을 뒤집은 인물.

가장 먼저 반응을 보인 사람은 나와 나구모 학생회장, 야가미도 아닌 바로 이부키였다.

“앗? 류엔? 네가 왜 여기에 와?”

등장한 사람은 류엔만이 아니었다. 그와 같은 반 학생 두 명도 있었다.

“오, 그 복장 꽤 잘 어울리는데, 이부키. 안 그래? 키노시타?”

“정말. 땅꼬마 같아서 귀여운 것 같기도 하고.”

“앗? 잠깐, 코미야? 그리고 키노시타까지……?”

그리고 결정적으로 사카가미 선생님과 마시마 선생님도 뒤에서 모습을 드러내 학생회실로 들어왔다.

“……뭐죠, 이 상황은?”

가장 아연실색한 사람은 이해되지 않는다고 엉겁결에

내뱉은 야가미였다.

"학생회실에 온 이유는 류엔과 이야기를 나누기 위해서야. 그렇지?"

"그래. 그러려고 왔는데, 지금 좀 바쁜가 보네?"

그들을 본 야가미도 알 수 없는 흐름에 험악한 표정을 짓고 있었다.

나구모 학생회장이 자리에서 일어나 편지를 야가미의 가슴팍에 강제로 밀었다.

"러브레터인 척하는 애너그램이고, 의사록이고, 죄다 못 알아듣겠군, 야가미."

"……그럴 리가 없는데요. 이게 무슨……."

당혹감을 감추지 않는 야가미에게 류엔이 다가갔다. 그리고 손가락으로 가리키며 말했다.

"너희가 말한 게 저놈 맞지?"

뒤로 물러나 있던 코미야와 키노시타에게 류엔이 뭔가를 확인했다.

두 사람 모두 긴장한 표정으로 고개를 힘차게 끄덕였다.

"네. 틀림없어요."

"응. 확실해."

그 말을 들은 류엔은 여느 때와 다름없이 희미한 웃음을 띠며 야가미에게 더 다가갔다. 팔을 뻗으면 닿을 정도로 가까운 거리였다.

"너랑 찬찬히 대화를 좀 해야겠는데."

"무슨 대화를 말입니까?"

류엔이 웃으면서 오른팔을 뻗어 갑자기 야가미의 앞머리를 움켜쥐었다.

"류엔!"

폭력에 해당하는 행위여서 마시마 선생님이 나섰지만, 그는 그만두지 않았다.

"너, 이름이 뭐라고 했지?"

"……야가미. 야가미 타쿠야입니다, 류엔 선배."

머리카락이 당겨져 점점 고통스러운 표정으로 바뀌는 야가미.

"그래, 야가미. 네놈이 코미야랑 키노시타를 가지고 논 범인이라며?"

"네……? 무슨 뜻인지, 모르겠습니다만."

"시치미 떼지 마. 코미야와 키노시타가 며칠 전에 기억이 났다네. 무인도 시험 때 그렇게 심하게 다친 거, 네가 폭력을 썼기 때문이라고."

무인도에서 크게 다쳤던 사건. 골절이라는 중상을 입은 건 알았지만, 그건 부주의에 의한 사고였을 텐데…….

"그런, 제가요? 뭡니까, 도대체!"

"다친 충격으로 이 녀석들이 기억을 잃어서 사고인 걸로 정리했는데, 이제 기억이 난 거야. 네가 범인이라는 걸 말이야."

그 발언에 호응하듯 나구모 학생회장도 인정했다.

"바로 어제였지. 그래서 오늘 나와 류엔, 코미야와 키노시타 넷이 만나 논의하려고 한 건데……. 그런데 선생님은 왜 여기에?"

"수고를 덜려고 내가 불렀어. 사카가미가 두 사람이 다쳤을 때 달려왔으니까."

"야가미라면…… 아, 그러고 보니, 마시마 선생님?"

사카가미 선생님이 생각났다는 듯 마시마 선생님에게 확인을 구했다.

"네, 학생을 의심하고 싶지는 않지만…… 가능성은 부정할 수 없어요."

"무, 무슨 말씀 하시는 겁니까. 저는 아무것도 하지 않았어요!"

당황하며 난리 치는 것도 무리가 아니다. 나도 아직 생각 정리가 되지 않는걸.

"야가미. 그날 두 사람의 경보음이 울렸을 때 네 손목시계의 GPS가 기능하지 않았다는 걸 알아. 특별시험 중에 손목시계가 망가진 학생은 여럿 있지만, 마지막 소식이 끊긴 지점에서 코미야, 키노시타와 접촉했던 건 너를 포함해 두 명뿐이다. 물론 당시 코미야도 키노시타도, 그리고 시노하라도 누군가가 다치게 했다고만 말했지 이름은 밝히지 못했어. 그래서 사고로 처리할 수밖에 없었는데——."

"기억이 없다가 동시에 떠올렸고 저를 지목했다고요? 말도 안 됩니다! 이 두 사람이 서로 말을 맞춰서 제 이름을 꺼낸 게 틀림없어요!"

"말을 맞춰? 네 손목시계가 망가진 건 다른 일반 학생은 모르는 사실이야."

400명 넘게 무인도에서 시험을 치렀다. 그들이 다친 타이밍에 GPS가 망가진 손목시계를 차고 있었던 건 두 사람. 과연 우연이라고 부르기에는 확률이 너무 낮다.

"범인이 떠올랐다. 그걸 의심하는 근거가 뭐지, 야가미. 말해봐라."

손가락 끝에 더욱 힘을 실은 류엔이 야가미의 머리카락을 잡아당겼다.

"윽……! 그, 그건——."

"아무도 봤을 리 없다, 완벽하게 해냈다. 그렇게 생각하기 때문이겠지."

"자, 잠시만요. 저는 정말 아무 짓도 하지 않았습니다. 제가 그런 엄청난 짓을 어떻게 합니까?!"

체격이 절대 크다고 할 수 없는 야가미.

언뜻 봐서는 이상하다고 느끼리라.

하지만 류엔은 야가미의 말을 하나도 믿으려고 하지 않았다.

"원래 무해해 보이는 놈이 제일 골 때린다는 건 예전에 학습을 이미 마쳤거든. 안 그래? 이부키."

"이 녀석은 틀림없이 강해. 코미야와 애들이 모르는 사이에 크게 다치게 만드는 것 정도는 가능하다고."

"원래라면 복수하는 차원에서 똑같이, 아니 그 이상으로 너를 손봐줬겠지만 아쉽게도 선생들이 보고 있어서 봐준다. 어차피 퇴학이 너를 기다리고 있을 테니."

사실을 확인해서 야가미가 코미야 일행을 크게 다치게 했다는 게 입증된다면 정학 차원으로 끝날 일이 아니다. 정상참작의 여지도 없이 퇴학을 면할 수 없다.

류엔이 움켜쥐고 있던 머리카락을 놓자 야가미가 얼굴을 푹 숙였다.

"그런데? 넌 여기 왜 있는 거야, 스즈네."

"난…… 나도 야가미 일로 알아볼 게 있어서."

"뭐? 그게 뭔데."

여기까지 온 이상 전부 실토하는 수밖에 없다.

무인도에서 있었던 일, 정갈한 글씨체의 주인을 찾고 있었다는 것. 야가미의 글씨와 흡사해서 의사록을 확인하려고 여기 왔다는 것까지.

나는 의사록 노트를 꺼내 야가미가 쓴 페이지를 펼쳤다.

"그 글씨랑 야가미의 필적이 거의 똑같아요. 기억과 일치해요."

"어떻게 된 일인지 설명해볼까, 야가미."

나구모 학생회장도 모든 사태는 아직 파악하지 못했지만 그렇게 캐물었다.

여기서 기묘한 일이 일어나고 있다는 것만은 확실했다. 모두가 야가미와 관련된 등장인물이면서, 결정적 단서가 될 만한 것을 가지고 있지 않다.

가장 중요한 열쇠가 될 수 있는 인물이 없다.

이런 일이—— 일어날 수 있을까.

그 한 통의 러브레터에서 모든 것이 시작되었다면…….

내가 야가미에게 부탁하고, 야가미가 편지를 몰래 보는 것까지 계산에 들어 있었던 걸까?

애너그램을 해석해 이곳으로 끌리듯이 왔다…….

하지만 내가 야가미의 의사록을 보고 의문이 생겼다는 것은 몰랐을 텐데.

——아니, 그건 상관없나.

나는 무관한 사람. 그러니 이부키도 무관한 사람.

설령 나와 이부키가 이 자리에 없었어도 이 일련의 흐름은 있었을 것이다. 편지 내용에 따라 학생회실에 온 야가미는 나구모 학생회장에게 추궁당했겠지.

그런데 그게 어떻게 가능하지?

가능하다고 해도, 누가?

언제, 어디서?

아니, 이런 자문 자체가 틀렸는지도 모른다.

이 사건 뒤에서 아야노코지가 움직였다고 해도…… 전혀 이상하지 않다.

학생회실에 부자연스럽게 등장한 류엔과 코미야 무리. 그리고 선생님들.

발뺌하는 야가미를 사방에서 포위하는 장이었다는 것.

"크큭, 나도 놀랍지만 어쩌겠어. 불장난이 지나쳤어."

나와 같은 느낌을 받았는지 류엔이 웃기 시작했다.

"왜── 왜. 이런 말도 안 되는 일이······."

"무슨 배경이 있는지는 모르겠지만 네놈은 붙잡혔어."

"난, 난 아직 그와 싸우지도······ 아니, 그 이전 단계인데? 이런 데서 끝난다고? 끝이라니, 그런 말도 안 되는······."

온몸을 떨기 시작한 야가미가 처음 듣는 목소리로 소리쳤다.

"직접 상대할 것까지도 없다······ 뭐 그런 건가? 하, 하하······ 하······ 하하핫······! 웃기지 마, 웃기지 말라고!"

"시끄럽네. 바로 옆에서 빽빽거리지 말라고."

류엔이 새끼손가락으로 귀를 틀어막고 성가시다는 듯 중얼거렸다.

그런 말은 귀에 들어오지도 않는지 야가미의 흥분은 가라앉을 줄 몰랐다.

"괜찮아. 지금, 지금 당장 그 녀석을, 그 녀석을 이 손으로 죽여버리면 되니까! 그럼 난 원래 있어야 할 곳으로 돌아갈 수 있어! 길동무 삼아주마!"

이곳에 교사가 두 명 있지만, 그딴 것은 아무 상관도 없다는 듯이.

누가 봐도 돌변한 그가 살기를 드러냈다. 류엔을 향해 한 걸음 다가서려고 했을 때, 뒤에서 이부키가 야가미에게 발차기를 날렸다.

야가미는 뒤돌아보지도 않고 피한 다음 바로 그녀의 복부에 팔꿈치를 꽂았다.

"으윽——!"

단 한 방. 하지만 이부키는 그 자리에 쓰러져 다시 일어나지 못했다.

"그만해, 야가미!"

선생님들이 야가미를 말리려고 달려가려고 했을 때 류엔이 막았다.

"나서지 마. 이 녀석은 지금 할 생각인 거야. 그럼 받아줘야지?"

이곳이 학생회실이라는 것도 개의치 않고 류엔이 주먹을 휘둘렀다.

"너 같은 게 막을 수 있을 리 없지. 잘 들어. 지금부터 내 앞을 가로막는 놈은 누구든 안 봐준다. 여자도 교사도 상관 없어. 코미야 때처럼 당하고 싶지 않으면 입 닥치고 꺼져."

"크큭. 이게 네 본성인가. 재미있네."

류엔은 망설이지 않고 한 발 앞으로 나가 도발하듯 두 팔을 펼쳤다.

"기꺼이 앞을 가로막아줄 테니 덤벼보시지."

"고작 양아치 주제에……."

체격이 왜소한 그가 내뿜는 기운은 아야노코지나 아마사와와 같이 『평범한 학생』의 것이 아니었다. 류엔은 상대할 생각이겠지만 도저히 못 막을 것 같았다.

하지만 여기서 어떻게든 붙잡아야 한다.

그는 선생님들이 있어도 상관없다는 듯 모든 것을 파괴하려는 충동에 휩싸여 있다.

지금 가게 두면 그의 폭주를 막을 수 있다는 보장이 어디에도 없다.

그리고 그가 향하는 곳은── 아야노코지다.

문화제 도중에 지금과 같은 일이 또 일어난다면 주의를 주는 선에서 그치지 않을 것이다.

"그만해, 야가미. 그리고 류엔도. 여기서 싸우면 아주 큰 페널티를 받게 된다."

"어차피 난 퇴학이야. 그러니 그만할 이유 없잖아? 마시마."

선생님이라는 단어조차 붙이지 않고 반말을 내뱉는 야가미.

그래도 마시마 선생님은 교사로서 야가미와 류엔 사이에 개입했다.

"꺼져."

체격에 압도적 차이가 나는데도 그는 전혀 아랑곳하지 않고 마시마 선생님에게 다리를 날렸고, 선생님의 무릎이 꺾이자 얼굴에 주먹을 꽂았다.

사카가미 선생님이 바로 옆에서 그 장면을 목격하고는 겁에 질려 뒷걸음질 쳤다. 완전한 싸움의 시작에 흥분한 류엔이 야가미에게 달려들려던 바로 그 순간──.

"이제 그만해, 타쿠야."

학생회실 문이 열리고, 눈이 빨갛게 부은 아마사와가 등장했다.

"뭐야? 왜 네가 여기에…… 언제부터 있었어……."

그 누구의 말도 귀에 들어오지 않던 야가미가 움직임을 멈추었다.

"더 날뛴다고 해서 뭐가 어떻게 되는데? 그러면 인정받을 것 같아? 받아줄 것 같아? 이제…… 다 끝났어."

"그렇지 않아! 선생님들이 기다리고 있어! 나는, 나는 최고가 될 거야!"

선생님이란 누구를 가리키는 것일까.

적어도 이 학교 교사들이 아니라는 것은 알겠다.

"오늘 그 녀석의 과거를 폭로해서 문화제를 재미있게 마무리 지어 주려고 했는데, 다 엉망으로 만들어버리다니……!"

"타쿠야, 역시 그럴 생각이었구나……."

"비켜. 아야노코지를 후회하게 만들어 줄 거야. 웃음도 안 나올 만큼 재미있게 만들어 줄 거라고……!"

"꼭 아야노코지 선배한테 가야겠다면 그 전에 나부터 상대해."

"너? 넌 나한테 한 번도 이긴 적 없잖아. 사람 웃기지 마라."

"힘으로는 못 이기겠지. 하지만…… 할 수 있는 데까지 할 거야."

"네가 아야노코지 쪽으로 넘어갔다는 건 진작 알았지만,

이 정도로 바보였을 줄은 몰랐다."

"알아버린 것뿐이야. 우물 안 개구리는 큰 바다를 모른다. 그 말이 맞았다는 걸."

"그럼 그냥 죽어. 더 살아 있을 의미 따위 없으니."

아마사와가 각오했을 때, 복도 너머에서 여러 개의 발소리가 들려왔다.

어른 다섯 명이 무표정으로 학생회실에 들어왔다. 모두 다 아는 얼굴은 아니었지만, 다섯 명 중 두 명은 메이드 카페에도 왔던 내빈이었다.

조금 전까지 아무도 건드리지 못했던 야가미가 갑자기 몸을 사시나무처럼 떨기 시작했다.

"어, 어째서 당신들이 여기에⋯⋯? 어, 어째서⋯⋯."

"학생회실까지 데리러 오라는 연락을 받았다. 예정과는 좀 달라졌지만."

불과 조금 전까지만 해도 살기를 내풍기던 야가미가 어느새 어린애처럼 기죽어 있었다.

부모 눈에 띄어, 야단맞을 것을 걱정하는 모습으로밖에 보이지 않았다.

어른들에게 에워싸인 야가미는 별다른 저항도 없이 그대로 끌려갔다.

아마사와도 그의 뒤를 따랐다.

"당신들은⋯⋯."

통증을 참으며 몸을 일으킨 마시마 선생님이 확인을 구

했다.

"야가미, 아마사와와 관련 있는 사람입니다. 나머지는 저희가 수습할 테니 부디 치료 잘 받으시길. 그리고 여기서 있었던 일은 선생님들 그리고 학생들도 비밀로 해주시길 부탁드립니다. 사카야나기 이사장에게는 빠짐없이 잘 말씀드려 놓을 테니 안심하시고요."

"……알겠습니다."

사카가미 선생님의 도움을 받아 마시마 선생님이 학생회실을 떠났다. 그렇게 난리가 났던 실내가 갑자기 고요해졌다.

"흥 다 깼네. 이제부터 재미있어지려던 참인데. 일어서, 이부키. 철수한다."

"진짜…… 손 정도는 빌려달라고."

아직 일어서지 못하는 이부키를 슬쩍 본 류엔은 코미야에게 턱으로 지시해 부축해서 나갔다.

이제 학생회실에는 나와 나구모 학생회장만 남았다.

"다 끝났군. 여러 가지로 파격적이었지만 일단은 이렇게 일단락되었다."

"어디까지 아셨던 거예요, 오늘 일. 아야노코지랑 관련 있는 거죠?"

"무슨 소리야? 아까도 말했지만, 류엔이랑 얘기 좀 하려고 여기 온 것뿐이야."

"그럼 그 편지를 가져올 필요가 없었을 텐데요."

구겨진 러브레터가 허무하게 바닥에 떨어져 있었다.

"야가미의 말을 빌리자면 우연이랄까. 어쩌다 주머니에 들어 있었을 뿐이야."

다 뻔히 보이는 거짓말. 더는 말할 게 없다, 그런 학생회장의 통보였다.

"시끄럽던 문화제도 이제 끝났다. 너도 돌아가."

"……네."

이제 곧 오후 4시. 예상하지 못한 해프닝도 일어난 문화제가 끝을 고한다.

○뒤에서 암약하는 자들

드디어 오후 4시를 맞이해, 정신없던 문화제도 마침내 종료되었다. 미리 들은 설명대로 계산 앱이 강제 셧아웃되어서, 이후부터는 매출을 입력할 수 없었다.

결과는 2시간 후인 오후 6시부터 스마트폰을 통해 확인할 수 있다고 한다.

끝났다고는 해도 마지막 순간까지 당연한 대응이 요구되는 것은 변함없다.

영업이 종료되었기에, 끝까지 남아 있던 손님들도 이만 자리에서 일어났다.

손님들은 메이드 카페에서 저마다 느낀 점을 학생들에게 들려주고 돌아갔다.

하나같이 재미있었다, 즐거웠다 등 긍정적인 의견뿐이었다. 고생한 학생들에게는 그 따뜻한 말이 가슴 깊이 스며들어 피로도 다 날아갔겠지.

참고로 차바시라 선생님은 4시 정각이 되자마자 쏜살같이 교실을 뛰쳐나갔다.

그 복장으로 뛰어가면 그건 그것대로 튈 텐데……. 뭐 알아서 하겠지.

모든 손님이 돌아가고 반 아이들 전원(코엔지는 제외)이 메이드 카페에 모인 것은 5시 반이 되었을 때다.

"다들 오늘 고생 많았어. 여러 일도 있었지만 어쨌든 이상적인 형태로 문화제를 마칠 수 있었어. 이보다 더할 나위 없는 매출을 올렸다고 생각해."

교실에는 야외 노점 정리를 막 마치고 돌아온 이케 일행도 있었다.

메이드 카페 쪽은 식사 도중이던 손님들이 다소 늦게 돌아간 부분 때문에 아직 다 치우지 못했지만, 어쨌든 호리키타는 문화제 마무리에 나섰다.

"곧 결과가 발표되는데, 그전에 모두에게 말하고 싶은 게 있어."

그렇다, 반에는 37명. 아키토와 하루카도 계속 남아 있었다.

호리키타가 재촉한 것은 아니지만 이 자리의 주역이었던 하루카가 한 발 앞으로 나왔다.

"먼저 말할게. 나는 여기에 있는 모두를 용서한 게 아니야."

정적에 휩싸인 교실 안에서 하루카가 처음으로 입을 열었다. 사과할 줄로만 알았던 일부 학생은 화가 난다기보다 심한 당혹감을 느끼며 서로의 얼굴을 마주 보았다.

다만 그녀가 그들을 탓하려는 것은 아니다. 그 사실은 누구나 다 알고 있었다.

친구를, 가장 친했던 친구를 잃은 그 괴로움에 공감할 만큼 성장했다.

"하지만 제일 용서할 수 없는 사람은 바로 나야. 퇴학당한 사람은 다 불행할 거라고 단정 짓고 있었어. 작년에 떠난 야마우치 그리고 아이리."

야마우치의 이름이 나오자 스도와 이케 무리도 그때를 회상하는 듯 보였다.

"난 아이리가 이 학교에 계속 있는 게 최선이라고 굳게 믿고 있었어. 그게 제일 행복할 거라고 내 멋대로 단정 지었었지. 그래서 모두를 증오했어⋯⋯. 복수하려고 했어."

분한 감정을 드러내며 하루카는 교복 치마를 세게 움켜쥐었다.

"이 문화제가 끝나고 나면 학교를 그만둘 생각이었어."

알리지 않아도 될 사실이었지만, 감추는 것이 싫은 하루카가 그렇게 고백했다.

예감했던 학생도 있었겠지만, 대다수는 얼굴이 굳었다.

"나도 하루카의 퇴학에 동참할 생각이었고."

여기서 아키토도 하루카와 함께 진실을 털어놓았다.

"만약 너희 두 사람이 퇴학을 선택한다면 우리 반은 A반이 될 가능성이 사라지겠지. 제일 쉽고, 제일 강력한 복수 방법이야."

잔꾀 따위 부릴 필요도 없다. 그냥 학교만 그만두면 대량의 반 포인트를 잃게 된다.

"하지만 나에게 기회를 준다면 이 반에 계속 남고 싶어."

"너에게 심경의 변화가 생긴 거구나?"

"그 아이는 바깥세상에서 날아오르려 하고 있어. 그걸

쿠시다가 알려주었어."

여기서 쿠시다의 이름이 나오자 모두의 시선이 그녀에게 집중되었다.

다들 상황을 이해하지 못해서 쿠시다가 설명을 보충했다.

"사쿠라는 아이돌이 되려고 열심히 하고 있나 봐. SNS로 검색하면 나오니까 나중에 하세베한테 알려달라고 하면 되지 않을까?"

의외라고 여기는 학생, 그렇구나 하면서 짐작했다는 식으로 나오는 학생.

다만 공통으로 생긴 인식은 아이리가 새로운 한 걸음을 내디뎠다는 것이다.

"아이리는 크게 성장할 거야. 분명 내가 생각하는 그 이상으로. 그러니까 난 A반으로 졸업해서 아이리를 만나러 가고 싶어. 창피하지 않은 내 모습을 보여줄 수 있었으면 해."

그것이 이 학교에 계속 남는 쪽을 선택한 이유임을 아이들은 알게 되었다.

"잘 결심해주었구나, 하세베."

"피해를 준 만큼의 벌은 받을 생각이야."

"나도 똑같이 잘못했어. 문화제 때 돕지도 않고 반에 민폐를 끼쳤어."

다른 학생들이 괜한 소리를 꺼내기 전에 호리키타가 나섰다.

"문화제 때 땡땡이친 건 문제 행동이지만, 다행히 규칙을 어기지는 않았어. 최소 1시간의 휴식이 정해져 있을 뿐이었지 꼭 일해야 한다는 규칙은 없었으니까. 코엔지도 아침부터 코빼기도 안 비쳤으니 마찬가지야."

호리키타는 어이없어하면서도 안도한 표정으로 하루카에게 다가갔다.

"네가 받아야 할 벌이라면 그건 앞으로도 나와 계속 같은 반으로 있는 것 정도야. 그 현실을 잘 받아들일 수 있겠어?"

하루카는 호리키타를 보며 무슨 생각을 하고 있을까.

"최선을 다해, 노력해 볼게."

"그래. 그럼 앞으로는 평소의 하세베로 돌아왔다고 생각하면 되겠지?"

"……그래. 더는 피해 안 줄게."

그거면 충분하다며 호리키타가 고개를 끄덕인 후 선언했다.

"미야케도 지금까지와 다름없는 거야. 됐지?"

"물론이지."

"그럼 오늘은 이것으로 끝. 남은 정리는 다 함께 빨리 마쳐버리자."

케세이가 왠지 주저하면서 하루카와 아키토에게 걸어갔다.

아키토가 사과할 때부터 조금씩 눈시울이 붉어지던 케세이는 안도하며 말을 붙였다.

하루카의 사과로 세 사람은 오랜만에 조금이나마 웃으

면서 서로를 대하게 되었다.

　이윽고 결심했다는 듯 이쪽으로 시선을 옮기는 아키토와 케세이.

　그 두 사람은 하루카와도 신호를 주고받았고, 세 사람의 눈빛이 조금 떨리면서도 내게 쏟아졌다.

　여기서 내가 다가간다면 형식적으로는 그룹이 다시 살아날지도 모른다.

　하지만 이제 그럴 필요는 없다. 나는 뒤돌아 사토 무리에게 고생했다고 말하러 갔다.

　다섯 명이었던 그룹은 이제 세 명이 되고 말았지만, 예전보다 더 끈끈하게 이어지기를 바란다. 거기에 내가 있을 필요는 없다.

　결별을 증명하는 나의 행동을 알아차리지 못할 세 사람이 아니다.

　내게 다가와 말을 거는 일은 일어나지 않았다.

　그다음부터는 일사천리였다. 나머지 정리도 37명이면 바로 끝난다.

　우리는 오후 6시가 되기 전에 모든 정리를 마쳤다.

　그리고 문화제 결과가 발표되었다.

　1위: 2학년 B반, +100 반포인트
　2위: 2학년 C반, +100 반포인트

3위: 3학년 B반, +100 반포인트

4위: 2학년 A반, +100 반포인트

5위: 1학년 A반, +50 반포인트

6위: 3학년 C반, +50 반포인트

7위: 2학년 D반, +50 반포인트

8위: 1학년 C반, +50 반포인트

9위: 3학년 D반

10위: 1학년 B반

11위: 3학년 A반

12위: 1학년 D반

"우리가 1위다! 해냈어!"

"역시 차바시라 선생님의 코스프레가 먹혔네!"

모두 기뻐하며 그동안 애쓴 서로를 칭찬했다.

"그런데 류엔 반도 2위를 놓치지 않았고 사카야나기의 반은 4위라니 역시 대단해."

"아야노코지."

"어어, 다 계획대로야."

호리키타 반이 상위를 차지하는 것은 대전제에 깔려 있었고, 류엔의 반도 상위에 오르는 것은 애초부터 예상했다.

"일련탁생의 결과가 어떤 식으로 나올지 궁금했는데…… 성공적이었어."

"하지만 예상 못 한 일도 있었지. 사카야나기가 4위를 먹은 거."

"그러게……. 너 그 반 부스 봤어?"

"아니, 오늘은 특별동 3층에 안 가서. 넌 봤어?"

"A반은 학교에 관한 팸플릿 등을 저렴한 가격에 팔았어. 그 이외에 음식점이나 다른 부스 같은 것도 안 하고. 도대체 무슨 수를 쓴 걸까……."

"그 힌트는 아마도 최하위에 있을 것 같다."

"1학년 D반, 호우센의 반이지……? 그게 왜?"

"열심히 하고도 최하위가 된 거면 모르겠는데. 그렇다고 볼 수가 없어. 그 반은 축제를 그대로 재현한 부스가 중심이었는데, 손님의 발길이 끊이지 않았거든. 그래서 난 그 반이 상위에 들어갈 거라고 생각했었지. 그런데 결과는 3학년 A반보다 아래였어."

"11위인 3학년 A반은 처음부터 대결을 포기한 가격 설정이었어. 어디까지나 손님들을 기쁘게 해주는 접대를 메인으로 했지."

귀신의 집 등을 100포인트면 즐길 수 있다는 사실 확인을 마쳤다.

반면 호우센이 내세운 사격 등의 부스는 분명 적정 가격으로 설정되어 있었다.

"이 문화제에서 상위 반은 100포인트를 얻었어. 그 이면에서 호우센이 다른 뭔가를 얻었을지도 몰라."

"생각해볼 수 있는 건 프라이빗 포인트……?"

"작년 무인도 시험 생각 안 나?"

류엔과 카츠라기는 반 포인트를 획득하게 해주는 대신 프라이빗 포인트를 받는 계약을 맺었었다.

사카야나기와 호우센 사이에도 비슷한 일이 있었어도 이상하지 않다.

"말이 안 되는 이야기는 아니야. 아니면 그 비슷한 계약을 했을지도."

계산은 스마트폰으로 하는 시스템이었다. 호우센의 반이 2학년 A반에게서 계산을 위한 스마트폰을 받아 모든 매출을 그리로 보냈다면 충분히 성립하는 전략이다. 호우센의 반에 문화제용 자금까지 제공했다면 그렇게 컸던 축제 부스 규모도 이해가 간다.

"만만치 않네, 그 애."

"어느새 승리로 가는 선택지를 취했으니."

어찌 됐건 사카야나기는 접근을 쉽게 허용하지 않는다는 뜻이다.

승부를 내팽개치는 것처럼 보이게 해놓고 사실은 착실하게 성과를 내고 있는 게 틀림없다.

1

그 후 모두 해산했는데, 호리키타는 일부 멤버를 B반 교실에 불러보았다. 몸이 좋지 않아 빠진 마츠시타를 제외한, 메이드 카페 입안자 세 사람이었다.

"실은―― 너희한테 사과할 일이 있어."

"응? 사과? 무슨 일 있었던 거야?"

힘든 하루이긴 했지만, 호리키타가 실수하는 모습은 특별히 보이지 않았다.

사토 일행은 짐작 가는 데가 전혀 없어서 이상하다는 듯 고개를 갸우뚱거렸다.

"류엔이 메이드 카페 정보를 온 학교에 퍼트린 거, 기억하지?"

"응. 그땐 진짜 불안했었어."

"사실은…… 그 애가 메이드 카페 소문을 퍼트리는 거, 처음부터 정해져 있었어."

이야기는 문화제 때 서로 협력해서 상위를 차지하기 위해 어떠한 형태로 손을 잡자고 내가 제안한 데서 기인한다.

"비밀을 폭로하는 게 처음부터 정해져 있었다니? 그게 무슨 말이야?"

"전부 계획한 거였어. 나랑 류엔이 손잡았다가 그 애가 배신하고 메이드 카페 소문을 퍼트리는 것까지 전부."

"뭐어어어?! 진짜?!"

당연히 놀라겠지. 이 사실을 알았던 사람은 반에서 나와 호리키타뿐이었으니까.

"그럼 이긴 쪽이 프라이빗 포인트를 주기로 한 거래도?"

"그건 류엔이 독단적으로 한 거야. 갑자기 그렇게 말을 꺼냈을 땐 나도 좀 당황했어."

"하지만 속을 떠보던 하시모토 무리한테는 내기 이야기가 결정타가 되었을 거야."

"맞아. 사카야나기는 제삼자로부터 많은 정보를 받고 있어. 이번 일도 하시모토 등 첩보원을 통해 입수했을 거야. 서로 협력할 예정이었던 두 반에 갈등이 생겼고 류엔이 일방적으로 배신했다고."

"그럼 1위를 차지하면 100만 포인트를 받을 수 있다는 이야기는?"

"유감이지만 실제로는 누가 이겨도 포인트 거래를 하지 않기로 정했어. 그 애는 할 생각이 있었던 것 같은데, 지금쯤 간담이 서늘해지지 않았을까?"

나와 호리키타를 제외한 반 아이들에게는, 케이까지 포함해서 그 사실을 감추었다.

그리고 류엔 반도 류엔과 카츠라기만 빼고는 아무도 그 이야기를 알지 못했다.

이시자키와 알베르트와 같은 측근도 예외는 아니었다.

그렇기에 류엔이 진짜로 덤비려 했다고 받아들이는 수밖에 없었다.

"전통 복장 콘셉트 카페를 대항마로 가지고 나온 것도 전략 중 하나야. 적대한다는 걸 어필하는 것 이외에, 다른 라이벌이 나오지 않게 하려는 목적도 있었어."

대항전. 분위기가 달아오르면 달아오를수록, 어른들도 책임을 느끼고 돈을 쓴다.

서로 질 수 없는 싸움임을 알면 자신이 응원하는 쪽을 이기게 만들고 싶다고 생각하는 것은 자연스럽다. 반면 다른 반 다른 학년은 사활이 걸린 싸움을 하는 게 아니다.

물론 반 포인트를 따고 싶은 반이야 많겠지만, 호리키타 VS 류엔의 대결에 비하면 그 열량이 훨씬 못 미친다.

"정말 미안해. 이기기 위해서였다지만 너희한테까지 말 안 해서."

줄곧 죄책감을 느꼈던 호리키타는 한시라도 빨리 이 사실을 털어놓고 싶었을 테지.

진심으로 미안해한다는 건 이 세 사람도 충분히 느꼈을 것이다.

"뭐 어때? 그 결과 1위도 했는데, 그렇지?"

별로 비난하지도 않고, 사토가 기쁜 투로 미짱과 마에조노에게 확인을 구했다.

"뭐. 결과가 잘만 나와준다면 별로 상관없다는 느낌은 있지."

"맞아요. 괜히 들었다가 얼굴에 다 드러나 버렸을지도 모르고요……."

연기하는 것도 자신 없다며 미짱이 솔직하게 대답했다.

"다행이야, 호리키타."

"응, 이제 좀 어깨가 가벼워졌어. 이 일은 너희가 마츠시타한테도 알려줘. 그리고 아이디어를 낸 너희에게는 프라이빗 포인트가 들어오는 대로 보상할게."

"오예~."

세 사람이 각각 하이 파이브를 했다.

"차바시라 선생님이 메이드를 하는 것도 처음부터 논의되어 있었던 건가요? 그게 제일 충격이었을지도 몰라요."

"진짜 굉장했어. 한 시간 만에 촬영 1위를 찍었는걸."

"쌓인 이야기도 많겠지만 오늘은 이만 해산하자. 정말 고마웠어."

메이드 카페라는 제안에 반이 전략을 찾아냈고 1위를 차지할 수 있었다.

그 밖에 계산하지 않았던 요인도 긍정적으로 작용해주어 다행이었다.

세 사람을 보내고 이제 교실에는 나와 호리키타만이 남았다.

열린 창문으로 조금 강한 바람이 불어 들어와 커튼이 팔랑거렸다.

"정말로 괜찮겠어? 계획은 대부분 너 혼자 짠 거잖아. 공로를 좀 더 주장해도 되지 않니? 대립이라는 연출이랑 차바시라 선생님을 메이드로 내세우는 것. 1위가 되는 데 공헌한 건 틀림없이 너의 실력인데."

"호리키타가 리더로 잘해줘서 성립할 수 있었던 거야."

"……예전의 너였다면 이 계획에 나를 끼워주지 않았겠지?"

이제 아무도 없는 교실에서 호리키타는 나를 보지도 않고 중얼거렸다.

"그렇지."

"부정 안 하네."

"사실이니까 어쩔 수 없지. 너도 아니까 물어본 거 아냐?"

"뭐, 그래. 그럴지도."

나와 류엔, 카츠라기만으로 강행할 수도 있었다.

하지만 나는 이 제안을 할 때 망설이지 않고 호리키타에게도 동시에 전달했다.

연기를 해낼 수 있을지의 문제 이전에, 리더 없이 진행할 수는 없는 일이기 때문이다.

만약 완전히 거부당했다면 이 안건이 무산되어도 상관없었다.

"이기는 데 도움이 되는 수단이라면 망설임 없이 같은 편도 속일 각오를 해야 한다는 거. 설령 위험과 표리 관계에 있다고 해도 강행해야 할 때는 강행해야 한다는 거. 이제 잘 알겠지?"

직접 그 방법을 실행하면서 호리키타의 몸에도 스며들었다.

"지금은 알 것 같기도 해. 조금씩이지만 보이는 느낌이 들어."

아직 손에 잡히는 느낌이 약할지는 몰라도 어쨌든 그 감

촉은 확실하게 얻은 모양이군.

"오늘은 이 정도로 해두자. 슬슬 해 떨어진다."

"잠깐만. ······아야노코지, 너한테 지금 꼭 물어보고 싶은 게 있어."

돌아가자고 재촉했는데 거부하는 호리키타. 그럴 줄은 알고 있었다.

학생회실에 호리키타와 이부키가 있었던 것은 단순한 우연이 아니겠지.

어떤 실마리를 잡고 그곳까지 간 게 틀림없다.

"뭐?"

"오늘 문화제, 그 뒤에서 일어났던 큰 사건. ······너는──."

타이밍이 좋은 건지 나쁜 건지, 이때 스마트폰이 울렸다.

"미안, 잠시만 기다려줘."

"그, 그래."

화면을 보니 모르는 번호였다.

"여보세요."

『아직 학교에 남아 있어요? 괜찮으면 잠시만 얘기 나눌 수 있을까요?』

이 목소리는 낯이 익었다. 1학년 C반 츠바키 사쿠라코였다.

번호를 입수하는 방법이야 얼마든지 있으니 상관없지만, 의외의 인물이다.

하지만 오늘 접촉을 해와도 놀랍지는 않다.

『지금 혼자인가요?』

"유감이지만 아니야."

『그럼 어디서 만나지 않을래요?』

"지금 어디 있는데."

『현관을 나서는 중이에요. 아직 교내에 있죠?』

"5분만 줘."

『알겠어요!』

짧은 통화를 마친 나는 호리키타에게 양해를 구했다.

"미안한데 잠시만 나갔다 와도 될까? 10분에서 20분, 그 정도면 돌아올 수 있을 거야. 그 후에 이야기를 마저 하자."

"알았어. 여기서 기다릴게."

나는 이곳에 돌아오기로 약속하고 교실에서 나왔다.

혼자가 되자, 오늘 제일 도움을 많이 받았던 인물에게 전화를 걸기로 했다.

"3학년의 정보망은 역시 대단하군요. 쿠시다 키쿄도 그렇고 하세베 하루카도 그렇고 바로 찾아내다니. 나구모 학생회장의 실력을 새삼 통감했습니다."

『그 얘기 하려고 전화했나?』

"일단 감사 인사는 드려야 할 것 같아서. 오늘 해주신 수색, 정말 큰 도움이 되었습니다."

하루카와 쿠시다가 있는 곳을 바로 알아내는 3학년들의 수많은 눈 그리고 통솔력은 정말 훌륭했다.

『설마 너한테 써먹은 수법을 네가 그대로 이용할 줄은 몰랐다.』

"학생회실의 상황을 전달해주신 것도 도움이 됐습니다. 덕분에 신속하게 대응할 수 있었어요."

『처음에는 야가미가 헛소리한다고 생각하기도 했는데, 그 편지에 정말 그런 장치가 되어 있었나?』

"그냥 읽으면 나구모 학생회장 앞으로 쓴 러브레터로만 보이지만, 야가미가 주장했듯 조금 복잡한 애너그램을 만들어뒀었죠. 해석하면『오후 3시쯤에 학생회실에서 중요한 할 얘기가 있다』라는 문장을 알 수 있어요. 그것 이외에도 몇 가지 마음에 걸릴 만한 단어를 섞어두었습니다. 강한 흥미를 느낀다면 당연히 걸려들죠."

러브레터에는 애너그램 이외에도 약간의 수를 써두었다.

편지를 넣은 봉투와 입구에 붙인 스티커는 케야키 몰에서 누구나 언제든지 살 수 있는 것이었다. 그게 아니라 인터넷으로 특별히 주문했다면 야가미는 증거가 남을까 봐 염려해서 편지를 읽지 않았을지도 모른다.

하지만 케야키 몰을 돌아보면 편지 이외에는 얼마든지 바꿀 수 있다는 것을 깨닫게 된다.

그러면 주저 없이 내용을 확인할 수 있다.

그리고 나는 편지를 직접 써서 야가미에게 필적 정보를 주었다. 화이트 룸생은 글씨 교육도 철저히 받아 반드시 유려한 글씨를 쓸 수 있기 때문이다. 그렇게 준비한 러브레터는 케이를 이용해 다른 여학생을 경유해서 호리키타에게 전달되었다. 그리고 야가미에게 건네도록 유도해서 훔쳐볼 시간을 주었다. 호리키타가 나구모에게 직접 줄 가능성도 있었기에 당일에 기분이 언짢은 연기를 하게 해서 곧바로 편지를 줄 수 없는 상황도 연출했다.

『설마 그 녀석이 무인도에서 폭력을 쓴 줄은 몰랐어. 넌 어디까지 알고 있었지?』

"아무것도 몰랐습니다. 그냥 야가미가 알아서 자백한 것뿐입니다."

『코미야 일행이 야가미를 지목한 건 무슨 수를 썼기 때문이지? 교사가 나타난 것도 우연인가?』

"다툼의 중심인물이 진범일지도 모른다고 전했을 뿐입니다. 범인을 특정 짓지 못하고 있던 류엔 쪽은 힌트를 원하고 있었으니까요. 학생회에 아무도 오지 않는다, 또는 있어도 아무것도 일어나지 않을 리스크까지 알고 제안에 응한 거예요."

『그래? 뭐, 네 말이 어디까지 진실인지는 의심스럽지만.』

"상상에 맡기겠습니다."

내가 한 일은 정말 다 사소했다. 특별히 말할 것은 하나도 없다.

『뭐, 그건 됐고. 이제 약속을 지키겠지?』

"물론입니다. 저도 기대하고 있습니다, 나구모 학생회장."

현관으로 접어들었을 무렵, 나는 통화를 마치고 신발장으로 손을 뻗었다.

2

약속한 장소에는 츠바키 혼자 있을까. 순간 그런 생각이 들었는데, 조금 떨어진 곳에 우토미야가 누군가와 통화하는 모습이 보였다. 시선만 나를 향했다.

"전화로는 말하기 힘든 이야기인가?"

"뭐. 1학년은 지금 분위기가 좀 어수선해서요. 문화제 때 의외의 퇴학생이 나와버린 바람에."

"퇴학생? 그것 또 위험한 이야기군. ——이렇게 말하면 되는 건가?"

이번 퇴학 소동과 전혀 무관하지는 않은 인물. 그게 바로 지금 눈앞에 있는 츠바키 사쿠라코였다.

"상상 이상의 결과에 만족하고 있어요. 아야노코지 선배."

꼭 합격이라고 말하듯 손가락으로 원을 만드는 츠바키.

"사토 선배한테서 정보를 잘 끌어내셨나 보네요. 그리고 훌륭하게 야가미 군을 퇴학으로 내몰았어요. 정말 감사합니다."

"내가 정보를 끌어낸 게 아니지. 네가 사토를 계속 만나 야금야금 궁지로 내몰았잖아. 결국 참지 못하고 누군가에게 털어놓게 위협했지."

내 앞에 있는 츠바키는 아무도 모르게 사토와 접촉해온 인물이다.

"무슨 뜻인지 잘 모르겠는데요. 이러고 막."

사토는 케야키 몰의 여자 화장실 근처에서 츠바키를 맞닥뜨린 모양이었다. 그때 츠바키는 나와 케이의 관계, 사토의 입장까지 포함해 분위기를 유리하게 바꿀 수 있는 재료를 넌지시 보임으로서 호기심을 자극했다.

"사토를 네 방으로 불러서 간단히 협박한 모양이던데, 그건 진심으로 사토를 조종해 우리의 관계를 망가뜨리려고 한 게 아니야. 협박했다는 걸 나에게 간접적으로 알려서 내가 행동, 그러니까 대처하게 만들고 싶었던 거지."

묵묵히 듣던 츠바키는 부인하지 않고 나를 바라보았다.

"자세한 경위를 듣다가 뭔가 부자연스럽다는 걸 바로 알았어. 사토가 네 꼬드김에 넘어가지 않자 바로 타격을 주려고 재접촉, 비슷한 발언을 해서 자극했지. 그런데도 사토가 아무에게도 상의한 것 같지 않으니 협박 문구를 살짝 강하게 해서 압박을 줬어. 그러면 언젠가 누군가에게······ 아니, 나에게 상담할 거라는 건 명백했는데도 개의치 않고 말이야."

사토를 농락하려는 목적이 아니라, 사토가 참지 못하고 내게 도움을 요청하기를 기다렸다.

"그리고 사토가 물어본 것도 아닌데 야가미의 명령으로 협박했다고 밝혔지."

정신적으로 궁지에 몰린 사토는 그게 진짜인지 거짓인지 생각할 여유도 없었으리라.

이 일을 사적으로 이용하자는 생각이 든 나는 사토와 얘기하는 자리에 케이를 불러내, 학교 폭력을 당한 일과 지금에 이르기까지 거의 모든 과거를 털어놓게 했다. 사토가 츠바키 쪽에 붙지 않은 만큼 우리 편이 되어 주리라는 확신이 들었기 때문이다. 그 결과 두 사람은 그저 그런 친구에서 진정한 의미로 둘도 없는 절친이 되었다. 그것이 11월 1일에 있었던 일이다.

"나쁜 애죠, 야가미 군은."

"어설픈 연기할 필요 없잖아. 야가미는 이번 일에 노 터치. 전혀 관여하지 않았어."

"야가미의 지시였다고 생각하지 않는 거예요?"

카루이자와의 과거를 아는 인물은 화이트 룸을 아는 자에 한한다.

정체를 들킬 수 있는 짓은 쉽게 하지 않으니까 말이지.

"그럼 오히려 이상한걸요? 야가미 군에게 누명 씌우려고 한다는 걸 알았다는 얘기잖아요? 그런데도 저에게 아무것도 하지 않고, 결백할지도 모르는 야가미를 퇴학으로 내몰았어요. 모순 아닌가요? 아야노코지 선배가 자세히 알아보는 느낌도 없었는데."

"그래. 난 딱히 츠바키와 야가미에 대해 알아보지 않았어. 그럴 필요도 없어서."

"……무슨 뜻인가요?"

"미안한데 더 말하고 싶지 않네."

여기까지 말하면서 확신으로 바뀌었다. 이 모든 것을 조종한 사람은 츠바키도 아니라고.

더 뒤에 숨어 있는 인물이 이번 그림을 그렸다.

"우토미야 군, 잠깐만 와 줄래?"

츠바키가 통화 중인 우토미야에게 손짓하더니 내게 스마트폰을 주라고 지시했다.

"……여기요."

우토미야가 경계하면서도, 전화를 끊지 않고 스마트폰을 건넸다.

『야가미는 츠바키와 같은 반 아이를 퇴학시켰어. 그게 그 두 사람이 협력한 이유다.』

작년에 전화 그리고 내 방 앞에서 말했던 남자의 목소리가 틀림없었다.

『직접 움직이면 언제든지 쓰러트릴 수 있다는 걸 알고 그냥 놔뒀던 거지? 하지만 그 결과 1학년에서 퇴학생이 나왔어. 방해꾼이 없었다면 일어나지 않았을 일이야.』

"부정은 안 할게."

『더 이상 무고한 희생이 나오지 않으려면 그를 퇴학시키는 수밖에 없었어. 하지만 그걸 알아도 야가미를 쓰러트리기란 쉽지 않지. 평범한 고등학생이 아니라는 걸 아니까.』

"그래서 나를 이용하고 싶었던 거군."

화이트 룸생의 목적, 집착하는 마음을 잘 알기에 할 수 있는 판단.

『내가 보낸 메시지는 잘 읽은 듯하군.』

"언젠가 나와 가까운 사람에게 접근할 것이다. 그리고 그때는 퇴학생이 나올 것이다, 잖아?"

『그래. 그런데 단번에 야가미를 궁지로 내몰아 퇴학시킬 줄이야. 이건 좀 계산 밖이었다. 야가미가 아무 상관도 없을 가능성은 고려하지 않은 건가?』

"퇴학당할지 말지는 야가미의 선택에 달렸었지. 진범인지 판단할 사람은 내가 아니야. 그 녀석은 1학년 C반 학생을 퇴학시킨 것처럼 여기저기서 불장난을 했어. 쿠시다 키쿄한테 옛 후배라고 속이고 접근한 것. 가진 정보를 이용해 쥐락펴락하고 장기 말로 써먹으려고 했던 것. 무인도에서 아무 상관도 없는 학생을 크게 다치게 만들어 도발했던 것. 남 앞으로 된 러브레터를 덫이라고 생각해서 자기 멋대로 내용을 확인한 것. 그 자리에 왜 호리키타와 이부키가 있었는지는 모르겠지만, 그것 역시 녀석의 불장난이 원인이었겠지."

보통 남의 러브레터는 훔쳐보지 않는 법이다.

그리고 만약 본다고 해도, 그 안에 심어 둔 애너그램을 알아보지는 못한다.

『모든 것이 연결되어 있었던 거군.』

"명확한 증거를 남기지 않았더라도 일을 벌이면 벌일수록 언젠가 반드시 흔적이 남기 마련이지. 그 녀석은 자기가 은근히 골탕 먹고 있다는 걸 몰랐어."

『하긴 야가미가 아무 짓도 하지 않았더라면 지금쯤 퇴학 당하진 않았겠지.』

"바로 그거야."

쌓이고 쌓인 불장난이 지금의 결과를 초래하고 말았다.

이 전화 속 남자를 화나게 하지 않았다면 나도 아직은 야가미를 건들지 않았을 것이다. 쿠시다에게 접근하거나 무인도에서 사람을 크게 다치게 만들지 않았다면 퇴학 페널티까지는 받지 않았을 것이다.

러브레터를 몰래 읽지 않았다면 궁지로 내몰리는 상황까지는 가지 않았을 것이다.

"결과적으로 퇴학당한 건 야가미가 스스로 진범임을 인정했을 뿐인 거야."

그것을 시험하는 무대를 세팅한 것에 불과하다.

완전히 무고하다면 애초에 소동도 일어나지 않았겠지. 나에 대해 알고 있고, 또 머리가 잘 돌아갔기에 학생회실까지 가고 말았을 뿐이다.

『소문대로의 실력인 듯하군.』

"이 김에 확인하겠는데, 전에 나한테 말했던 거 기억하지? 방해꾼을 배제한다고 해서 평온을 되찾을 수 있다고 생각하진 말라고. 그것도 예고였던 거지? 빨리 처리하지 않으면 일이 더 커진다고 불안하게 만들고 싶었던 거야."

나를 움직이려고, 그 단계부터 야가미를 퇴학시키기 위해 손을 썼다.

『아야노코지 선생이 말씀하신 대로 이 학교를 고른 건 정답이었다.』

"무슨 의미지?"

『말 그대로야. 난 나대로 학교생활을 즐길게. 1학년과 2학년이 부딪칠 일이 없는 한에는 너와의 관계를 여기서 끝내기로 하지.』

자기 하고 싶은 말만 하고 일방적으로 전화를 끊었다.

스마트폰 화면을 훔쳐보고는, 의도적으로 발신자 표시 제한으로 걸었음을 알았다.

우토미야가 저장하거나 전화번호를 통해 짐작하는 것을 꺼려서 한 행동이다.

"많이 알아내셨나요?"

"그래."

"우리 반 아이가 퇴학당했을 때, 처음에는 호우센 군이 연루되어 있다고 생각했는데 최근에 와서 야가미 군이었다는 것을 알게 되었거든요."

야가미의 잠재 능력은 과분할 만큼 높겠지만, 그 오만함에 발목이 잡히고 말았구나. 나만 의식하다가 같은 무대에 선 다른 라이벌들을 보지 못했다.

1학년들의 싸움에 찬물을 끼얹은 야가미는 환영받을 존재가 아니게 되어버린 것이다.

"적을 해치웠다고 그만두지 마라, 츠바키."

"저도 알아요. 솔직히 처음에는 이 학교에 애착 같은 게 없었는데…… 좀 바뀌었어요. 의외로 재미있더라고요, 이 학교."

지금의 대화를 통해 단순히 적을 치는 것 이외에도 다양한 마음이 교차하고 있다는 것을 알 수 있었다.

"그럼 저희는 이만 돌아가야 해서."

"……먼저 가보겠습니다."

억지로 경어를 끄집어낸 우토미야는 츠바키와 함께 기숙사로 돌아갔다.

"나도 교실로 돌아가야지."

3

츠바키와의 대화를 마치고 교실에 돌아오는 도중에 초췌한 차바시라 선생님을 맞닥뜨렸다.

"오늘 고생 많으셨습니다. 대활약을 펼치셨더라고요."

"……뭐가 고생 많으셨습니다야."

애처럼 거침없이 노려본 차바시라 선생님은 분명 잔뜩 화나 있었다.

"메이드복을 입는 게 그렇게 싫으셨습니까?"

알고 있으면서도 물어보자 어깨를 부들거리며 다가왔다.

"교무실에 돌아갔더니 내 사진이 이 선생 저 선생 책상마다 놓여 있었어. 그뿐인 줄 아니? 그 짧은 시간 동안 얼마나 많은 선생이 말을 걸고 메이드복 이야기를 하고, 얼마나 창피했는지 네가 알기나 해? 진심으로 당분간 어디 틀어박혀 있고 싶어."

어마어마한 압박이 느껴지는 것을 보건대 정말로 괴로 웠나 보다.

"그건…… 제 알 바가 아니어서. 선생님의 인기를 상징 하는 게 아니겠어요?"

"난 절대 인기 있는 사람이 아니야. 쓸데없는 짓을 한 거다."

진심으로 인기가 없다고 생각하고 있다면 앞으로 고생 좀 하겠는데. 지금까지 겉으로 드러나지 않았을 뿐, 차바 시라 선생님을 이성으로 높이 평가하는 어른들이 적지 않 을 터.

"어쨌든 반이 1위를 차지했으니 좋은 것 아닌가요?"

"하나도 안 좋아. 어차피 내가 아무것도 하지 않아도 상위는 확실했던 매출 금액이었다."

"그렇죠. 뭐, 하지만 어설프게 2위, 3위 하는 것보다 1위 가 보기에도 좋으니까요."

"너답지 않은 말을 다 하네…… 진짜."

더 항의해도 소용없다고 생각했는지 말을 꾹 삼키며 참 았다.

"그런데 설마 류엔 반과 적대하는 척하면서 서로 협력하 고 있을 줄은 몰랐다."

"한 반만으로 싸우면 많아야 40명 정도의 전력. 하지만 두 반이 손잡으면 그 배 가까운 인원이 같은 편이 되잖아요. 이게 의외로 무시할 수 없죠."

홍보는 꼭 표면상으로 손을 잡아야만 할 수 있는 것이 아니다.

형태는 달라도 많은 이가 모이면 자금을 별로 들이지 않고도 대대적으로 보여줄 수 있다.

"교무실에서도 다들 놀랐지. 모두 진짜 대결한다고 생각했었으니까."

차바시라 선생님은 문화제에서의 활약상에 대해서는 언급했어도 야가미의 퇴학은 일절 다루지 않았다.

직접적인 관계는 없는 1학년이라도 교사니까 알았을 텐데, 나는 아무 상관 없다고 생각하는지 그 이야기를 하지 않았다.

이 학교의 교사로서 올바른 판단을 하고 있다.

"그런데 하교 안 하니?"

"호리키타가 교실에서 기다리고 있어서요. 선생님이야말로 아직 일이 남은 겁니까?"

"교내 순찰. 내빈들로부터 분실물을 찾아달라는 요청도 몇 가지 와 있어서."

문화제는 끝났어도 교사들은 뒷정리를 마저 해야 하는구나.

4

차바시라 선생님과 함께 교실로 돌아오니 호리키타가 책상에 엎드려 있었다.

나와 차바시라 선생님은 서로 마주 본 후, 그녀를 깨우지 않기로 했다.

혹시 몰라 가까이 다가가서 확인했는데 역시 잠들어 있었다.

열린 창문으로 강한 바람이 불어 들어왔다.

순간 교복 상의라도 덮어줘야 하나 망설였지만 하지 않기로 한다. 나중에 내가 가까이 다가갔다는 것을 알면 호리키타는 좋게 생각하지 않을 거라고 판단했기 때문이다.

"으음……."

음? 순간 깬 줄 알았는데 아무래도 그건 아닌 듯하다.

"안 돼……."

잠꼬대다. 살짝 멈칫하게 되는 발언이라 다소 놀랐는데.

오늘은 호리키타도 많이 피곤할 테니. 적어도 감기에는 걸리지 않게 해주자며 창문만 조용히 닫았다. 그리고 바로 복도로 나왔다.

"좀 더 자게 두려고요."

"깰 때까지 여기서 기다리려고?"

"문화제에서 1위 했잖아요. 그러니 그 정도 서비스는 해

줘도 되겠죠."

어차피 곧 깨겠지.

"넌 이만 돌아가라. 여긴 내가 있을 테니."

"그래도 되겠습니까?"

"숨은 주인공에게 그 정도 서비스는 해줘도 되겠지."

"그럼 사양하지 않을게요."

"단, 아야노코지. 두 번 다시는 나를 창피하게 만드는 작전을 짜지 마라?"

"아직도 마음에 남아 있는 겁니까."

"……나한테는, 평생 잊지 못할 하루야."

"뭐…… 차바시라 선생님도 고생 많으셨습니다. 그것도 언젠가는 좋은 추억으로 남겠죠."

"학생이 건방지게 말하네."

노려보면서도 한숨을 푹 내쉰 차바시라 선생님이 교실 문에 몸을 기댔다.

자, 그럼 나는 이만 돌아갈까.

11월 문화제 종료 시점의 반 포인트

사카야나기가 이끄는 A반 1201
호리키타가 이끄는 B반 966
류엔이 이끄는 C반 740
이치노세가 이끄는 D반 675

작가 후기

2022년도 어느새 절반이 지나가고 있습니다. 시간 가는 속도가 너무 빠르네요. 안녕하세요, 키누가사입니다.

요즘에는 생강을 먹는 것이 제 안의 유행이 되어 정기적으로 몇 킬로씩 주문해 갈고 또 몇 킬로씩 주문해 갈아서 고기, 채소와 함께 먹고 있습니다.

특히 새송이버섯이랑 생강이랑 레몬 소스 조합을 가장 좋아한답니다.

에헤헤, 아무도 궁금하지 않을 제 사적인 이야기를 살짝 공개해봤습니닷.

네. 딱히 쓸 것도 없어서 헛소리를 늘어놓았습니다만, 이제 본론으로 들어가 보죠.

이번 이야기는 11월 문화제가 메인 테마입니다.

그 밖에도 다양한 학생의 옷차림 등을 보고 싶었던 분도 계셨을 테지만, 또 다른 기회가 있을 테니 부디 양해 부탁드립니다.

그런 실지주입니다만, 이야기는 막힘없이 순조롭게 잘 진행되고 있습니다.

이제 곧 2학기도 끝나고 겨울방학 그리고 격동의 3학기에 돌입하게 됩니다.

당초 예정보다 권수가 좀 늘어났습니다만, 2학년 편도 드디어 반환점을 돌았습니다. 완결까지 한 발 한 발 가까워지고 있음을 느낍니다.

과연 아야노코지는 무사히 학교를 졸업할 수 있을까요.

각 반은 최종적으로 어떤 결말을 맞이할까요.

그 전모가 조금씩 드러나게 될 테니 기대 많이 해주세요.

그리고 그리고! 드디어 7월부터 애니메이션 2기가 시작됩니다! 정말 오래 기다렸습니다.

얼마나 더 기다려야 하는 거야 할 정도로 기다렸습니다.

몇 년 만에 아야노코지와 아이들의 활약을 볼 수 있어서 벌써 기대되어 참을 수 없네요.

또 3기도 예정되어 있어서 네, 뭐랄까…… 감개무량합니다. 실지주를 좋아하시는 분도 좋아하지 않으시는 분도, 관심 있는 분도 없는 분도 모두 봐주신다면 기쁘겠습니다.

누구보다도 2기를 기다려온 한 사람으로서 잘 감상해보겠습니다. 예이!

마지막으로 평소답지 않게 약간 진지한 소식을 전하고자 합니다. 미리 양해 부탁드립니다.

곧 『TV 애니메이션 어서 오세요 실력지상주의 교실에 2기』가 시작됩니다만, BD&DVD 특전으로 『어서 오세요 실력지상주의 교실에 0권』을 집필하였습니다. 정말 힘들었습니다. 0권이라고 해서, 아야노코지의 과거를 다룬 내용입니다. 일러스트레이터 토모세 님의 전면적인 도움을 받아, 본편과 다름없는 볼륨에 일러스트의 양도 똑같으니 부디 잘 부탁드립니다.

　이상, 이번 후기는 이런 형태로 마무리 지으려고 합니다.

　그럼 여러분, 올해가 가기 전에 또 어딘가에서 만나요.

YOUKOSO JITSURYOKUSHIJOUSHUGI NO KYOUSHITSU E 2NENSEIHEN Vol.7
©Syougo Kinugasa 2022
First published in Japan in 2022 by KADOKAWA CORPORATION, Tokyo.
Korean translation rights arranged with KADOKAWA CORPORATION, Tokyo.

어서 오세요 실력지상주의 교실에 2학년 편 7

2022년 11월 15일 1판 1쇄 발행
2023년 11월 15일 1판 2쇄 인쇄

저　　　자 키누가사 쇼고
일 러 스 트 토모세슌사쿠
옮 긴 이 조민정
발 행 인 유재옥
본 부 장 조병권
편 집 1 팀 박광윤
편 집 2 팀 박치우 정영길 정지원 조찬희
편 집 3 팀 오준영 이소의 이해빈
라이츠담당 김정미 맹미영 이윤서
디 지 털 김지연 박상섭 윤희진
미　　　술 김보라 박민솔
발 행 처 ㈜소미미디어
인쇄제작처 ㈜코리아피엔피
등　　　록 제2015-000008호
주　　　소 서울시 마포구 토정로222, 403호 (신수동, 한국출판콘텐츠센터)
판　　　매 ㈜소미미디어
마 케 팅 박수진 최정연
영　　　업 최원석
물　　　류 백철기 허석용
전　　　화 (02)567-3388, Fax (02)322-7665

ISBN 979-11-384-3481-2 04830
ISBN 979-11-6611-455-7 (세트)